Anhui Sanwen
2024 Xia Zhi Juan

2 0 2 4 夏 之 卷

主 编 ◎ 潘小平　许泽夫

执行主编 ◎ 钱红丽

时代出版传媒股份有限公司
安徽文艺出版社

图书在版编目（CIP）数据

安徽散文. 2024夏之卷 / 潘小平，许泽夫主编. 合肥：安徽文艺出版社，2024. 10. -- ISBN 978-7-5396-8204-4

Ⅰ. I267

中国国家版本馆CIP数据核字第202463U8V4号

ANHUI SANWEN 2024 XIA ZHI JUAN

出 版 人：姚　巍
责任编辑：宋潇婧　　　　　装帧设计：许含章　张诚鑫

....
出版发行：安徽文艺出版社　　www.awpub.com
地　　址：合肥市翡翠路1118号　邮政编码：230071
营 销 部：(0551)63533889
印　　制：安徽乡愁文化产业科技发展有限公司 (0551)67689980
....
开本：787×1092　1/16　印张：13　字数：237千字
版次：2024年10月第1版
印次：2024年10月第1次印刷
定价：68.00元
....

（如发现印装质量问题，影响阅读，请与出版社联系调换）
版权所有，侵权必究

编　委　会

编委会主任：章玉政

编委会副主任：程　浩　马婵娟

特约编审：沈天鸿　赵　昂

主　　编：潘小平　许泽夫

执行主编：钱红丽

副　主　编：陈巨飞

编委会成员：赵　凯　徐　迅　钞金萍　苏　北
　　　　　　马丽春　钱红丽　郭翠华　刘政屏
　　　　　　程保平　徐艾平　贾鸿彬　张建春
　　　　　　罗光成　赵　阳　宋同文

写在前面

让散文回归它的纯粹

王祥夫是著名小说家,也是作家中的著名画家,小说家的散文似乎更倾向于随笔,更倾向于生活,而不是主观的感受和体验。换句话说,小说家的散文是小说思维,而思维是最基础、最本质的文体界限。

这就让小说家的散文,比散文家的散文,多了一些人间的烟火气和世俗的温暖。王祥夫的《雨·梦·酱油炒饭》,写得多么平常、多么日常啊,读来就如同日子本身,琐碎、轻松、随意。《母亲的酱油炒饭》笔触尤其柔软、细腻。文中"远处有炮仗声传来,因为下雨,炮仗声也显得闷声闷气"这样的细节捕捉和细微感受,尤其值得我们关注和学习。

互联网出现以后,散文似乎成了所有文体中门槛最低的文体,谁都可以写,谁都在写,网络上浩浩荡荡,涌现出数以千万计的散文大军。但很少有人意识到,散文的门槛看似很低,其实很高,它需要深厚的人文储备和由此涵养出的优雅趣味,以及很强的语言掌控能力。在中国文学传统中,散文属于"雅文学""士大夫文学",换句话说,它属于书斋文体。散文与小说一个很大也是很重要的区别,就是要除净烟火气,所谓"秋水文章不染尘"。而汉语简洁、优美、富有韵律感的品质,当然首先是在诗歌中,但也是在散文中,表现得最为集中、最为彻底。徐迅的《故乡手记》，延续了他散文的一贯风格，简阔、舒缓、安静，缭绕着纯美的气息。还记得多年以前，第一次读他的《皖河散记》，印象是那么深刻，甚至有一种欣喜。作为对农耕文明的整体性展示，他的散文境界阔大、浑然，犹如他笔下的中国乡村，春种秋收、夏锄冬藏、生老病死、婚丧嫁娶。在他的笔下，大地一如既往，一年只有四季。这是对"乡土中国"最本质的呈现，也是农耕文明的挽歌，在城市化进程高歌猛进的今天，读他的《故乡手记》，真的是心有痛、意难平。

我一向认为，作为一名散文写作者，语言永远是第一位的。周卫彬的《雨天炎天》，从"雨水大概是在下午两点抵达那堆碎瓦的"特定语境开始，进入他的雨天叙事，接下来所营造的氛围、所弥散的气息，都氤氲着挥之不去的水汽，如他所描述，"抬眼望去，整个村庄，都浸泡在无边无际的雨水里"。这实际是一篇写人写事的散文，事件是造屋，人有父亲、母亲、中风瘫痪的婶子，以及做瓦工的表舅等。但不管是什么人、什么事，都是作者的视角、作者的感受、作者的情绪。造屋事件虽贯穿始终，但呈现事件的方式却绝对地散文化，过程时断时续，时隐时现，几乎淹没在作者的感受和情绪里。而强势婶子在分家时，骑在母亲身上连抽耳光的那一幕，简直是触目惊心。这才是散文的笔法，场景也好，细节也罢，都是素描、白描，寥寥几笔。

以优美的文字，唤醒沉睡已久的汉语，江少宾的《岁月忽已晚》以富有美感和韵律的语言，展示了汉语固有的优势与魅力。"寒露近，农事忙，乡下正在秋收"，语言一如既往地平实和简洁。而"田间黄灿灿的晚稻，地里红彤彤的辣椒"，让他那终将逝去的故乡故土，呈现为一幅鲜活浓丽的乡村画卷。江少宾多年以来致力于书写和表达的，是他家乡皖西南一带的乡村，是乡村的变迁和乡村的当下，所以忍不住有痛惜、有慨叹、有流连。"四十七块五毛一分钱，是一个乡下妇女一生的积蓄"，这样的叙述看似朴素、直白、平静和不动声色，却能将人的身心洞穿。以土地与变迁为主题，书写家国情怀与大地动荡，是中国散文的传统，隐含着很深的乡愁，而乡愁是中国文学对于世界文学的独特贡献。

方向荣《速写的马》，同样让我们感受到那些隐藏在唐诗、宋词、元曲间的语词光辉，感受到古典意象穿越时空的美感。如何在先锋写作中吸纳中国古典文学的精华，让语言更凝练、更简洁、更纯正，方向荣的努力值得肯定。很多散文作家都曾经是诗人，诗人一般不在意具体的生活、具体的事物，而更为关注宇宙和生命、时间和生命的关系，更注重内心的挣扎和灵魂的拷问。以诗歌的感知方式和表达方式写散文，无疑让散文的文本更简括、更高洁。

散文是一种古老的文体，其审美经验的积累，已有两千多年的历史。散文队伍的日趋庞大，带来散文语言的日趋庞杂，互联网的喧嚣，带来散文语言的泥沙俱下。我们希望《安徽散文》在文本的丰富性、实验性和发展性上，有所创新和拓展，同时也希望散文这一古老的文体，能够在复杂的文化语境下，坚守它固有的美学品质和审美特性。

让散文回归它的纯粹，让散文绵延它的高贵，让散文更审美，让散文更文学。

2024 年 9 月 30 日

目 录

写在前面
让散文回归它的纯粹 ················ 潘小平 / 001

开卷
雨·梦·酱油炒饭 ················ 王祥夫 / 002

不染尘
故乡手记 ························ 徐　迅 / 008
雨天炎天 ························ 周卫彬 / 015
颜色五帖 ························ 许冬林 / 023
春有信 ·························· 宋晓杰 / 031
旧年的春天 ······················ 许松涛 / 038
春天的七个片段 ·················· 项丽敏 / 044
凤凰何处栖梧桐 ·················· 张　建 / 050

最先锋

候鸟是云朵的伴侣 ················· 彭一田 / 055

速写的马（外四篇） ················ 方向荣 / 071

人间世

岁月忽已晚 ······················· 江少宾 / 077

人间器物 ························· 刘　鹏 / 082

车站 ····························· 连　亭 / 088

流星,流星（外三篇） ················ 胡正勇 / 093

琥珀的血泣 ······················· 章熙建 / 099

父亲的犁 ························· 田再联 / 105

阿咪 ····························· 黎　戈 / 109

皖地风

循理书院 ························· 赵　阳 / 113

奠枕楼头望长淮 ···················· 贾鸿彬 / 123

徽州的豆腐家族 ···················· 许若齐 / 130

拜谒一棵树（外一篇） ··············· 高　翔 / 135

剔银灯

癫狂艺术家 ······················· 思不群 / 141

茶事二帖 …………………………………… 曾　园 / 148

风雅的礼物(外一篇) ……………………… 张秀云 / 154

金蔷薇

旷野记 …………………………………… 黑　马 / 158

高原的夜色(七章) ………………………… 赵惠民 / 162

邂逅瓦尔登湖(外五章) …………………… 姚　园 / 166

七步,抵达诗意苍茫的圣殿(组章) ………… 李春林 / 170

八斗岭

我们只有回家这一条路可走 ……………… 宇　轩 / 172

诗意地栖居在这片大地上:走近十八联圩 ……… 顾雯鑫 / 180

从"五柳村"到"千柳村"(外一篇) ………… 张守福 / 187

桥头集镇之绿 …………………………… 马　健 / 192

王祥夫

作者简介

王祥夫,辽宁抚顺人,当代作家、画家。著有长篇小说、中短篇小说集、散文集三十余部。曾获鲁迅文学奖、林斤澜短篇小说奖·杰出作家奖、赵树理文学奖、《小说月报》百花奖、《上海文学》奖、《雨花》文学奖、滇池文学奖等多种文学奖项,并屡登中国小说学会年度小说排行榜。其美术作品曾获第二届中国民族美术双年奖、2015年亚洲美术双年奖。

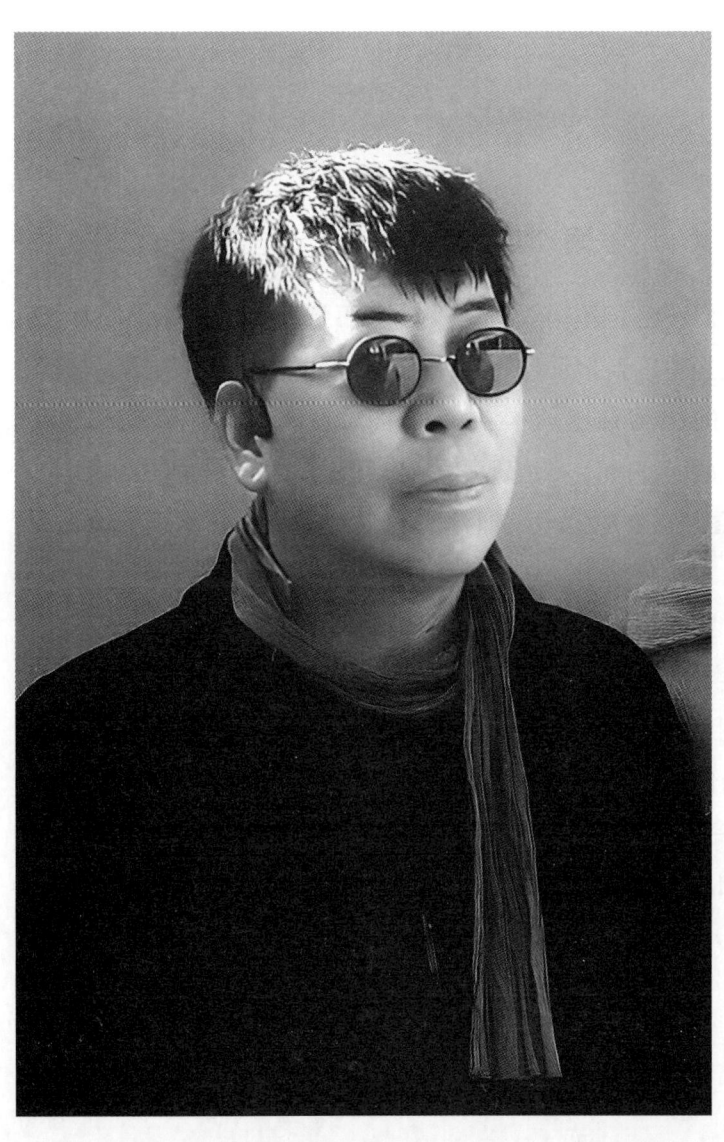

开卷

雨·梦·酱油炒饭

王祥夫

雨 时 记

早上起来,外边淅淅沥沥还在下雨。这雨从昨晚一直下到了今天,雨不是很大,也不小,从我的北窗望出去已经看不到北面那座"晶"字形的大楼。按照惯例,鄙人一早起来就要写写画画。写字作画就要研墨,虽然有"一得阁"的瓶装墨放在那里,但我很少用到它,总觉得不如自己研的好,而且一边研墨一边还可以顺便翻翻字帖或想想接下来要画的画。一张画的构图往往就是在研墨的时候想好的,也算是打腹稿,这和写文章差不多。

下雨的早晨我是喜欢的,而且还喜欢在这样的早晨做我自己喜欢的事。远处有炮仗声传来,因为下雨,炮仗声也显得闷声闷气。今年一入春,好像就没有遇到过响脆麻利让人高兴的事,一切都闷声闷气或怪里怪气的。但万幸许多事暂时和自己无关,仍然可以安坐在桌边作画写字,仔细想想,这也真可以算是一种福气,所以我很珍惜这样的时光。我的习惯是每次作完画或者是写完字都会顺便就把笔洗干净了。以前洗笔都在笔洗里,这几年却喜欢在抽水马桶里,一边洗一边放水冲,如果写很大的字,要连着冲三四次才能把一支笔洗干净。所以我一般不喜欢在家里写那种很大的字,一是费纸,一张四尺纸写两三个大字,而且每次都不可能一下子写好,如果再来第二遍,那么第一张纸就会整张地被浪费掉;第二是浪费墨,所以我只有在写大字的时候才会用到瓶装的墨汁,半瓶墨汁倒下去有时候还不够,所以我写大字总是等机会去外边写,比如去某地,某地请我写字,我便附带着把要给朋友们写的大字先写出来放在一边收起来,再写主人需要的字。我现在的案子按尺寸说是能写大字的,但我的案头既像是古董摊又像是旧书铺子,放满了各种我喜欢并且可以一伸手就拿过来把玩一下的小古董或我近期要看的一些书,但各种经常替换着看的书里边有两本是几乎一年四季放在那里的,一本是《唐诗三百首》,一本是王国维的《人间词话》。有时候一早起来研墨就打开这两本书随便看看,看一首唐诗或者是几阕宋词。我的不在家里写特别大的字到了后来几乎成了我的持身涉事之要道,自己想一想也未免觉得好笑,但我现在还是不能改掉有话便说的毛病,我是这么做,我便如此说,比如前不久借着在邢台写字的机会便给老朋友李延青顺便写了副联,这副联虽然不算是什么大字,但也比在家里写方便得多。虽然知道现在的涉事持身的方法是既不要相信别人的话,自己也不要讲真话,但我还是实话实说。这样说话,并不是有意拒绝给朋友们写大字,我还是喜欢写大字的,写大字跟练瑜伽差不多,全身都被调动着,这也许只有写大字的人才能体会得到。如果是写小楷,也许所能调动的只是手腕和嘴。这么一说我就想笑,鄙人的兄长,写小字和弹古琴的时候嘴总是跟上一动一动的,让他不要动,但只是一时半会儿,他像是只能忍一时半会儿,只需一会儿,他的嘴又会跟上动起来。我很担心他如果上台演奏古琴,嘴跟着琴曲一下一下地动起来该怎么办。好在他现在根本就没有机会上台演奏,并且他已经很少动古琴了。嘴跟上写小字的笔动或跟上弹琴的抹挑勾剔大动,看上去既好像是为写小字或弹琴使劲,又好像是毛笔和古琴让他不得不动。究竟为什么,我说不来。

是为记。

记　　梦

昨天晚上做梦又去了云南碧色寨那个小车站,与海男一起坐在那个有一百多年历史的老铁椅子上喝咖啡,旁边的芭蕉开着花,是一团锥形肥硕的紫。梦真是奇怪的,千里迢迢的,怎么就一下子到了那么遥远的地方?所以说梦是好的,一是自由,二是不要买票。我们坐在那里喝咖啡,咖啡的味道真真切切,包括杯子里冉冉的热气。我还在梦里对海男说我要喝美式的,一点糖都不加,要深焙的那种。说话的时候抬头看看,天很蓝,云在天上自由地卷舒。

我做梦一般都是在夜里。我总是在夜里出没,总是梦见自己变成了一只鸟,在天空上急迫而起伏地飞翔。那天空上必定是布满了明亮的星星,我起起伏伏地飞,滑过下边城市的街道、路灯、树木和建筑,但就是不会有一个人出现。我就那么飞着,轻松而愉快。我还会梦见我落在了别人家的窗台,悄悄偷窥屋里的人在灯下看书。我会一个窗台一个窗台地飞飞落落,是一种访问性质的。那样的晚上,天地间似乎就我一个人,我在广袤的夜里自由地飞着。但这种梦我最近做得少了,或几乎不再做。有时候,在入睡前我会对自己说今晚再做一次这样的梦吧,让自己再次飞起来,哪怕每次这样的飞翔总是在暗夜里,我奇怪那种俯视的感觉从何而来。我的前世难道是一只鸟吗?那我真是后悔此生做了人并且活到了如今?是谁?我这是问谁?我忽然又觉得我现在的生活和我现在的种种种种是不是也只是一个个梦,梦醒了我还会重新飞到天空上去。但有一个疑问,为什么我做梦都是在夜里飞翔?我在天上飞翔,我的上边是群星,我的下边是城市的灯火,这样的梦我做过许多许多次,但我从来都不曾做过在太阳下飞翔的梦。我又想,那只在夜晚飞行的鸟也许才是真我,而现在的生活只不过是我的一个梦——是一只在夜色里自由飞翔的鸟做的关于白天的梦。白天是多么丑恶,我希望我这个梦赶紧醒来,但我不知道这个梦会不会醒来……

街头做饼师

我生长于北方,北方本是个极为广大的泛指,而中国人也习惯了这种说法。北方人或南方人,并不见有人说自己是东方人或是西方人,虽然他也许生长于东边的海边或西边的什么地方,但在中国,也只说自己是北方人南方人。

鄙人在北方生活了几乎一辈子,天天吃的早点,不是炸油条\豆腐脑便是馄饨加烧饼。油条如果加一碗豆浆,虽说说不上是什么味道,但也是极喜欢的,油条在豆浆里蘸蘸就是一顿早餐。油条、豆浆之外,想不出这种吃法应该就什么小菜,好像什么小菜都不宜,这个早点是极其简单的,正好符合现在风行的极简主义。好像饮食方面不合适用"极简"两个字来说道,但两根油条一碗豆浆确确实实是简单了,有时候想着加颗茶叶蛋,也好像不那么对头。油条要吃刚出锅的,而且必须是加了明矾的那种才够味。现在炸油条大多不再加明矾,所以那种风味根本就吃不出来。明矾是什么味?就是那个味,这让人说不来。好吃的油条还要守在锅边,那里刚一出锅你这里就马上吃起来。就像是烧饼,也要守在炉边。我们这小地方把烧饼叫作焙子,这种叫法别的地方很少有,内蒙古一带也这么叫。焙子就是发面饼,那种夹熏肉的饼正是这种。面是事先发好的,一大盆放在那里,上边盖着一个小被子,炉上边是一个铁盖,叫饼铛,饼要先在上边烙,两面都烙到,烙的时候饼师傅的手还不停,他那个擀面杖在案子上敲打,几乎是不停的。因为是天天在那里敲打,终于有节奏被打了出来,几乎是好听。他一边敲打一边做饼,好像不这么敲打他就不会再做,是近乎一种配乐。在饼铛上烙好的饼还要放到炉里去烤,那饼铛,原先还要端开来,再端上去,而现在做了改革,可以旋转,只需一转,便可以把烤在里边的烧饼翻一翻或取出来,或把刚烙好的饼放进去。刚烤出来的烧饼很香,北方的这种饼又叫白皮饼。所谓白皮饼,就是里边什么都不加,到吃的时候师傅会横着来一刀,再把熏肉夹进去。

"要青椒吗?"打饼的师傅会问。

"要辣的还是不辣的?"还会再问。

打饼的师傅手脚麻利,饼上横着来一刀,肥瘦相间的熏肉剁碎,很辣的青椒亦剁碎,只这两样,夹在刚烤好的饼里,很香。饼的外皮还很脆。这种饼不能带回去吃,如果放在塑料袋里一捂,饼的那种独特的风味便会失去。

有一阵子,我几乎是天天去吃这种烧饼,配上熏肉再加上很辣的那种青椒,一边吃一边上坡。那时候,我的家在一个坡上,我站在三楼家里的窗子边往下看能看到在街边打饼的师傅,下雨下雪的时候买饼的人不多,他就会显得很落寞。此刻打开窗子,隐隐约约能听到他用擀面杖在面板上敲打出的声音,嘚嘚嘚嘚、嘚嘚嘚嘚、嘚嘚嘚、嘚嘚嘚嘚嘚嘚嘚,节奏被不停地打出来,几乎是好听。

早上起来

早上起来,我喜欢绕着新搬过来的这个小区走一圈。一圈下来差不多是四十分钟,作为锻炼,时间已经够了。我喜欢一边走一边看看市井气的东西。此刻小区四周的那些小饭店照例已经是人进人出,火气腾腾。炸油条的摊子直接摆在路边,油条炸得真是好,膨松着,且粗且大,看上去便令人动念起食欲。我这个小区,如果从东边的门出去,向南,再向西,向北再向东,就会回到原来的位置。这个小区和别的小区都一样,是簇新的、夸张的,绿植和喷泉蓬勃无比,日本红枫和黄榆样样都有,但这些东西别的新小区也都有,而不同的是我这小区的四周竟然开了四五家花店,这就显示出了它的与众不同。

北边的那家花店更是呈现了另一种崭新的风格。这家花店只卖多肉,店主是个年轻人,剪着好看的短发、单眼皮,白净且精神。想必他自己便是个多肉迷,而且看样子他是想要发展他的多肉事业,他居然开设讲授怎样栽培多肉的课,星期几授什么课都安排好了,将他自己亲手设计亲手画亲手写的广告贴了出来,而且免费,而且讲明了,听他的多肉课,如果听够五次就可以白得到他赠送的小多肉。有人去听了,听够五节课果然得到了他的免费赠予,是叫"鸽子蛋"的那种植物,绿得很淡,但很好看。因为尚处在幼苗期,所以只有黄豆粒那么大。虽然小,但它看上去更像是一粒宝石,而且他还给了盆,比火柴盒还小的那种黑塑料小盆,比火柴盒深一些,里边有一点点土。这么小的多肉苗,这么小的盆,一切都像是游戏,但让人觉得这年轻人好可爱。这年轻人,他一早起来要做的第一件事就是把他那一盏一盏的多肉都从花店里端出来,再一盏一盏地在门口拼齐。门口他自认是自己的范围,所以,他把这些多肉放在那里别人也不会有什么意见。我站在那里仔细看他的多肉,黑针球和淡绿的龙球真是颗颗醒目。

我住的这个新小区的北边,那条人行道虽说才修好没多少时日,铺在人行道上的砖却是一走一响,是砖下没铺沙子还是怎么回事?我走在上边的时候总会这么想,这人行道怎么会这样?如果碰上下雨,从这条人行道上走过的人必然满裤腿都是泥水,人们对此抱怨多时,却终不见有关部门理会。

这天早上,我从这里走过,却见人行道上平铺的砖面有一块砖被弹了出来,也许是被开过的车重重压了一下,然后就跳了出来。一块砖就这样脱离集体独自地待在那里,也许,我想,它一不小心会把哪个行人绊倒。我看着这块砖的时候,却见一个老年人慢慢走了过去,朝那块砖慢慢弯下腰,再慢慢慢慢把手伸出去,慢慢慢慢把那块砖拿了起来,再慢慢走到那块砖原来待的地方,再慢慢慢慢弯下腰去,把那块砖慢慢慢慢放回它原来的地方,然后老人家再慢慢慢慢直起腰来,拍拍两手慢慢走开。此时的太阳已经从旁边的楼顶上升起来,光芒顿时轰然而至。

新的一天就此开始。

母亲的酱油炒饭

南方与北方不同,说到吃饭,北方人常说"今天吃米饭",或者是"今天吃馒头",或者是"今天吃面条"。北方人的吃饭不过此三种,饺子和包子当然也吃,油饼和油条也吃,但不会经常没事就去做来吃。而在南方很少听到有人说吃米饭,对南方人而言,吃饭当然就是吃米饭。四五十年前，在北方工作的南方人有一个特殊的待遇，那就是每个月粮店会专门多供应两斤大米给他们，北方籍的人却没这一待遇。

　　说起吃米饭的事，我便想起母亲做米饭，总是先把大米淘好后下锅，水开后稍煮一会儿便把米捞出来放到笼屉里去蒸。锅里的米汤里如果少留些米在里边，多煮煮就是一锅好粥；如果把米全部捞干净，留下来的米汤也相当不错。这样的做法好在有稀有干，不像现在，做什么都用高压锅，高压锅做的米饭不怎么好吃，总是黏到一起。

　　母亲过去做米饭，如果是晚上吃米饭，她会多做些，这样第二天的早饭也就有了。剩下来的米饭她会把它们盛在一个带盖子的木桶里。母亲是家中起得最早的人，一早起来就做早饭，前一晚剩下的米饭，或是用来做炒饭，或是用来做萝卜丝氽饭，都好。现在的炒饭总会有鸡蛋在里边，叫鸡蛋炒饭，过去鸡蛋不是可以随便就吃到的，哪能动不动就用来炒饭？母亲便把昨晚剩下的米饭做成酱油炒饭。酱油炒饭真的很好吃。前不久我坐飞机从上海回来，飞机上的餐盒一打开我就觉得亲切，里边居然是酱油炒饭，我把它吃得干干净净一粒不剩。我在飞机上想起了我的母亲，想起了母亲的酱油炒饭，在锅里先放一些猪油，然后放葱花，葱花炒出香味再把米饭放进去，过去那种上笼蒸的米饭是松爽的，过去的酱油也好，真材实料，不像现在的酱油放在碗里不去管它过一个月也不会起白醭。这样的酱油炒饭真是朴素，也真是香。如果不是吃炒饭，那么母亲便会把昨晚剩下的米饭给我们做氽饭，照例是锅里先下猪油，然后下葱花炒出香味，再下切好的白萝卜丝炒一炒，然后哗的一声把水倒在锅里，再把昨晚剩的米饭放进去，这样的氽饭真的很香。

　　母亲去世多年了，我还保留着她用过的蒸笼、锅及那个带盖子的老木饭桶。我想我应该把它们再拿出来，做一做那种先煮后蒸的米饭，有干有稀，晚上多做一点，第二天的早饭就吃酱油炒饭……

007

不染尘

故乡手记

徐 迅

夜 火 车

好久没有这样凝望着夜了。在深夜,我端坐在窗前凝望,凝视夜和夜的并不固定、却在行进中的大地。在夜间,绿皮火车像是大地上一只奔跑的兔子,欢快的奔跑中略带着机警。

夜的大地黑漆漆的,火车咣当咣当地响着,坐在窗前,我感受到了寂静。寂静让我的眼光伸向夜的深处,看不清楚夜深处的大地、河流、树木、房屋,以及大地上生长的一切动植物的模样。但大多数时候,铁路两边亮着无眠的灯火。城镇、乡村、车站本身的灯火一闪而过,像是夜的一个补丁,偌大的色彩斑斓的补丁。

旅途上看到这样的灯火,很多人内心便会滋生一种温暖得无以言说的东西。在绿皮火车软卧和硬卧的走廊上,我就经常遇到这样端坐的人,看到他们,我就当他们也是在急切地思念家乡,思念爱人,心里不由自主地生出一种亲切,感觉灯火可亲——哪怕我便是那端坐着的一个。

走 灯

灯光昏黄,人影绰绰,村庄在幽暗中浮动。纸的棺椁,村里一位老人永远地睡了。

而在正月里,我们还向她拜年,她憨厚地朝我笑着,喊着我的乳名。但这笑,这亲切的声音转瞬消失在新年的天空。

她儿孙满堂,有着自己的至亲与至爱,但一生从未走出村庄。如果没有这座村庄,世上很少有人知道她,甚至不知道她在人间笑过、哭过。现在哀乐声、哭泣声、怜悯声低旋回荡,充满着村庄。乡亲们头缠白老布,白老布让他们满头如雪似霜。村庄仿佛一夜白了头。他们头戴白老布孝帽,称这作"见棺白"。有了这一片白,他们的神色一下子变得凄苦,有着说不出的悲痛和凝重。

送亡人远行,乡村最隆重的仪式就是走灯。

为了让乡亲们不走夜路,老人孝顺的儿子将走灯时间选择在天明。天一大白,草木瑟瑟,万物光辉,大地也像裹了一捆白老布,开始走灯了。乡亲们提着灯,当然有人接灯、送灯、跪拜、烧纸、敲锣打鼓、吹唢呐,将长长的炮仗响在老人生前无数次走过的路上。春天的早晨,大地无垠,提灯的乡亲走在天地间,用光明驱赶黑暗,用光明送走亡灵,显得是多么虔诚而庄重。我听唢呐声由高亢变得细若游丝,提灯的人似乎比谁都明白,那一盏盏行走的灯和咿咿呜呜的唢呐声,洞亮的也是他们的宿命。

地　　耳

它贴着泥土,贴着春水,仿佛悄悄谛听着春天的消息。实际上它总是沉浸在春天的草地上。如果没有春天,没有春天湿润的草地,哪里会有它的存在?即便存在,它的谛听也将变得异常单调和沉闷。

乡亲们说,它是老天甩下的一把鼻涕。这种说法让人听了心里怪怪的。但确实像,像一声春雷响起,老天冷不丁打个喷嚏,不小心甩下的。灰不溜秋,又滑溜溜,看上去有些拖泥带水,极不干净。乡亲们这样说,却并不嫌弃,还给它送上许多好听的名字:地踏菜、地皮菇、地衣、地耳……在这些名字里,我喜欢它叫地衣和地耳。但叫地衣似乎又觉得有哪里不对,是哪里不对呢?地衣算是一个好名字,像春雷一样悦耳动听。再就是叫地耳了。地耳仿佛散落在大地的耳朵。一地的交头接耳,谛听春雷馈赠大地怎样的响亮和丰饶。

乡下人实在。我看见乡亲们成群结队地去采地耳,然后放在水里洗干净,做成了桌上的佳肴。只是一群姑娘一边洗着地耳,一边高兴地唱着山歌,而采地耳的男人却一声不吭,似乎有些不好意思。记得乡下人说那些不好意思,没见过大世面的人就是"黑耳朵"。黑耳朵,黑耳朵,像大地上羞涩的花朵。

故　　事

　　总是无端地想起一些故事。故事,故事,就是故乡的事吧?如烟似雾。断断续续的回忆。乡村、少年、故乡以及远逝的亲人、三两声鸟鸣,想起这些,心里就有一些温馨,有一些沉迷,还有些莫名其妙的疼痛。

　　这种疼痛,不是锥子锥了一下的感觉。不是那样的。因为那些故事的本身并不一定给我带来疼痛感。甚至,仿佛是旧时代电影里某一个画面,一闪而过。我抓不着。但那些故事以前确实真实地存在过,我身居其中;现在依然存在,时而袭击着我的思想。

　　有点酸涩、温暖的味道。涩涩的,就像眼里刚爬出的一滴暖流。

　　但想了半天,我总是不甚清晰和明了。再想时,我脑子里的故乡是一片空白,它发出一种胶片走动似的嗞嗞声。那真是一种奇妙的感觉,其中不可言说,或有一丝丝甜蜜和忧伤。

传　　说

　　传说中,故乡遍地宝藏,到处都有金银财宝的谚语。如,"上七里,下七里,还有金银在漆器里"。如,"金杯银筷铜盘玉碟"。如,"金仓金子亮,银仓银子多。头顶大吴寺,脚踩三到河。有人来得到,三千八稻箩"。什么人能得到?传说设置的难度是:"有胡子奶奶,没胡子老爹,圆蹄子牛,开蹄子马,竹篮子装水,稻草搓金索……"还有某地,不仅说藏有金柜银柜,而且有金撑篙、银扁担。但能得的人必须是"不长胡须的男人,长了胡须的女人"。男人不长胡子或有,女人长胡子哪里找到?至于"圆的牛蹄、开的马蹄",更像天方夜谭。

　　故乡雪金藏银,当然也是风水的宝地。例如,说甘家坪:"甘坪一穴地,面朝鸡冠石。谁人能得到,纱帽当斗笠。"谶语说姓甘的人以地师失明为代价得到宝地,信誓旦旦承诺照顾地师一辈子。但时间久了,甘家人却见利忘义,抛弃地师。事情闹上朝廷,惹得龙颜大怒,说:"只留甘家坪,不留甘家人。"——诡异的是这里确实没有了甘姓的人。

　　都说风水宝地是:"不出知府,就出王侯。"例如,说五庙:"五庙一只虎,掩耳听钟鼓。谁能得穴地,代代出知府。"说逆水:"狮象把水口,宝剑插龙头。学习读书好,就能当诸侯。"不知道故乡的五庙出过知府没有,但逆水出了几百个博士和硕士却是真的,因为他们的故事上了报纸——传说从此有了口实,传说者好像深明大义。

歌　　谣

　　认识故乡有时就从歌谣开始。记得小时候,故乡有首童谣:"我有一分钱,骑马到苏联,苏联莫斯科,吃个大萝卜,萝卜泡(空)了心,骑马到北京,北京天安门,骑马到梅城,梅城没得讲(方言念港,好的意思),骑马到黄泥港,黄泥港有个井,骑马到余井,余井吃个粑,一直到了家……"童谣字头咬字尾,用了顶针格,像有学问的样子。有学问的是它嵌入了地名:莫斯科、北京、梅城、黄泥镇、余井……说莫斯科,因为我们那时称苏联同志为"老大哥",穿了苏联的大花布。地名忽中忽外,忽城忽乡,读起来朗朗上口,倒是让我们从小增强了认识故乡的一种能力。

　　故乡亦有歌谣。比如,"黄泥佬,卖大蒜,黄泥的奶奶(女人)真好看"。还有一首《车水谣》:"车水车水,车到江家嘴,江家嘴的奶奶好白腿……"歌谣里有人调情,仿佛给枯燥的生活增添佐料。有意思的是,歌谣里的"黄泥"和"江家嘴"两地都曾是当年的繁华之地。还如黄泥港,就被称为"小上海""小苏州"。在歌谣中长大,我们不知不觉记住了故乡的一些地名,记住了故乡的前世今生。

结　　香

　　有些植物的名字真是好听。比如,结香。

　　木叶脱尽,山岭冷寂。乌桕树在寒风中战栗。我特地说到乌桕树,是因为它在这山里特别高大。在秋天,它全身通红,像是一位涨红了脸的汉子,吭哧吭哧,把整个山谷都抬了起来。

　　青翠的竹叶,算是冬天山里最富有生机的颜色。在山崖上,我意外地看到了两株猩红,走近一看,一株是茶花,玫瑰般的红,此时被霜打蔫了;还有一株,是冬枝上挂的一串串玲珑的红灯笼,纸扎的,却异常醒目。

　　在我略感遗憾时,我突然看到身边一株矮树,上面挂着淡青色的花骨朵,像是婴儿攥紧的拳头。一问才知道,这是冬天开的花,叫结香。凝结的香,或大地结出的香团团,这名字让人怦然心动。

　　结香还被称为梦树,它的花朵叫解梦花。山里人说,做梦的人会将它的花朵放在枕头下面。但我还是喜欢它叫梦树。抬头一望,山崖上有一棵树悄然生长,如幻如梦。

太子阁

萋萋的荒草,深埋了一颗读书的种子。

残存的石碑被早早搬到地方博物馆里去了。它证明这里曾是昭明太子的读书处。昭明太子读书的地方都有太子阁,太子阁成了读书太子的标配。让人一恍惚,仿佛就看到太子倚楼临阁读书的身影。

沙沙的,有风吹荒草的声音。我没有听到读书声。但我知道风吹荒草,是风翻动大地之书。

冻 土

冷冻的泥土应该是板结且厚实的。大地噤口不语,自有一种封闭的状态。但冻土不是,冻土被冰冻得膨胀而且酥松。这种泥土踩在上面嘎吱吱直响。在早晨,我喜欢听见这种声音,尽管我感觉面前的大地不真实起来。

忽然,想起童年时吃过的冬米糖。冬米糖是用上好的糯米浸泡、蒸熟,放到屋外霜打冰冻,然后晒干,放到锅里与铁砂一起炒熟,再用筛子筛去铁砂的米粒与山芋熬出的糖稀融合在一起,拍成一个个板结方块,最后用刀切成一条条的——这就制成了冬米糖。

但我总以为冬米糖应该是冻米糖。

大地似乎有一个冻土原理:或是热胀,或是冷缩。

檐 溜

只有天寒地冻时,在乡间瓦屋的屋檐才会看到晶亮亮的檐溜。

白色而冰凉的身影在奔跑中突然凝固。奔跑从此成为往事,却无法知道是哪一次的奔跑造成这么大的失误。这是一种比跌落更为可怕的白色恐怖。

檐溜子如剑、似刀,寒光闪闪,像是大地的兵器。童年时,我曾敲下一支支檐溜,含在嘴里,像是把戏人玩的口吐宝剑,或者如儿童含一支让风吃剩了的冰棍。

鹭 鸶

张开白色的翅膀,鹭鸶在池塘后面掠起,款款飞了一圈又回到了原点。这是一口水塘,水塘的四周全是水田。我最早看到鹭鸶在这里飞翔时是春天。春水荡漾,水田里的水绿茵茵的,它的飞翔让我想起一句唐诗:漠漠水田飞白鹭。

现在是冬天,池塘里的水干涸不少,鹭鸶似乎也是一身的苍凉。它在池塘边掠起,似乎是一把出鞘的利剑,刺破寒风的大氅,然后让利剑悠然入鞘。那一刻,我相信所有看到它的人都十分着迷。

村　　庄

村庄大部分时间是静止的。男人和女人都出去打工了。鸡们鸭们都被圈着,只有一两只白鹅在门口的池塘里悠闲地戏水。村庄门前的田地静悄悄的。田地里偶尔有沟,沟里的水静止着,就像天空挥洒下的阳光的碎片,星星点点,不很规则,只是无端地折射着太阳的光芒。我还可以说,这是大地一面破碎的镜子,只是镜子有些残缺,有些刺目,所以我不那么比喻。

野　　火

多年没有见过这么燃烧的大火。在旷野里,火瞬间被点燃,噼里啪啦就熊熊燃烧起来。一堆火的云,一堆红的云朵腾空而起。

拒绝一切善意的规劝和严苛,不听命于人,只听命于火种,听命于风。燃烧起来就像一万匹、千万匹奔腾的烈马,抖动着红色鬃毛向各个方向奔突。暴烈不足以形容它,因为它是有秩序的,甚至像是有意地要摆脱着一种桎梏。

仿佛受了风的鼓舞,它还像大地上人们打铁花,一下一下的,钢花泼过去,火光四溅成为满天星斗;还像是凤凰涅槃,展示出它的颜色、形状、运动和力量的叠加之美。它的身躯是扭曲的,但钢铁般的意志摧枯拉朽。

我远远地望着,野火像大地吐出的红红且坚硬的舌头,要吞噬一切的黑暗。尽管过分的燃烧烫伤了土地,也焚烧了自己,但它还是毅然决然地唤醒着冰封的泥土。

细　　河

杂木靠河的两岸生长。因河细瘦,那些杂木一旦长大,就交头接耳地在了一起,翳天蔽日的。杂木林的品种繁多,我数了数,竟有薜荔、扶芳藤、枫杨、红桤木、桦叶槭、青檀等四十多种。山上清一色长着的是松树,偶尔也会见一两株的棕榈、枫树、刺槐,但集中这么多的杂木,唯有这不足两公里的细河两岸。

　　细河其实没有名字。我姑且就叫它无名河。若不是潺潺的流水声,谁都不会想到,这里竟然暗藏着这样一条极细的无名河。河里有鱼,有泥鳅、螃蟹、黄鳝、龟鳖……细河曲曲弯弯的,本身就如一条蠕动着的蚯蚓,仿佛是我们手背上一条暴突的青筋。我现在看见河水缓缓地流淌,如果硬要比喻,我想大多数人的生命就是一条细河。

　　我还深深地感觉,如果以前说,这河是我挂在故乡大地的一抹泪痕。那么现在我可以说,它是藏在我腹内的一根愁肠,已然百转千回。

然　　而

　　春天吐絮的杨柳、萋萋的青草,掩映着一座座白墙黑瓦。一口池塘像是大地的一枚枚纽扣。桃花汛泛滥的时候,潺潺的河流、清亮亮的池塘,碧翠滚涌。一条条鱼儿跳跃着,像是飞舞的一支支银梭。放牛时,孩子们早早把牛绳远远地丢掉,扔下牛们径自在岸边吃草,孩子们笑着、闹着,用网兜挡在河坝或池塘的水口抓鱼。这时如果说还有一些斯文相的话,那么一到夏天,孩子们就无束无拘了。他们光着脚丫子在水塘或河里,成群的鱼儿嬉在脚肚、膝间,扰得他们脚窝痒痒的。每逮到一条鱼,他们把它抛到岸上,河里岸上一片欢呼。有人上岸折了一根柳条,就将鱼儿串起来挂在牛角上,乘着夕阳,哼着黄梅小调回家……

　　(徐迅,安徽潜山人,系中国作协第九、十届全委委员,中国散文学会副会长。著有小说集《某月某日寻访不遇》、散文集《徐迅散文年编》等20部。)

雨天炎天

周卫彬

人生还不如波德莱尔的一行诗。

——芥川龙之介

1

雨水大概是在下午两点抵达那堆碎瓦的。

那是父亲前两天刚从房顶卸下的瓦片,它们像一群老弱残兵,躺在墙根下面。

这不是第一次从屋顶取下这些碎瓦,黑色的苔藓,枯死的藤蔓,让它们有一种腐败的气息。每当夏日的暴雨如期而至,你会想到人并不能脱离某种野生的属性,那些类似瓦片的枝叶,并不能让你被覆盖、被遮蔽,仅是权宜之计,但又不得不接受现状。每当雨季来临,我躺在床上,似乎能听到床下汩汩的流水声,久而久之,也就习惯了这座孤岛,就像耳膜习惯了那一连串的接雨声,咚咚咚,咚咚咚,没完没了。

每次他爬上房顶,整理瓦楞的时候,母亲都提心吊胆。但他拒绝任何人的帮助,烈日下,他铁青着脸,在房顶上独自缓慢移动。每当此时,我总是胆战心惊,不敢打扰这个脾气暴躁的男人。尤其是喝完酒之后,他怒气冲冲地爬上屋顶,就像要去报复某种虚无的命运。

那天他又喝多了,一脚踩空,从房顶滑下来,摔断了两根肋骨,这大概就是命运的回应。

自记事以来,我就生活在这座低矮、破旧的屋子里,直到小学毕业。这是祖父留给小儿子的遗产。阴暗、潮湿,适合卡夫卡式的穴居。我有时确如卡夫卡一般,主动躲入这样幽暗的巢穴,内心有种无人知晓我在此处的快乐。

这样破旧的祖屋自然多鼠,必然也就多蛇。记得祖父曾说过,蛇是他的护身符,在他幼年的时候,有一天夜里,饿极了,整个身体空空荡荡,像羽毛一样轻,他想要出去找一些果腹的东西,因为家里已经断粮几天了。他昏昏沉沉地飘到门口,一条银光闪闪的大蛇忽然从屋檐倒垂下来,月光下,它像一道噬人的闪电,令他惊恐万分,连滚带爬回到草席上。后来才知道,那天夜里鬼子来了,杀了许多人,有一张人皮钉在村口的老槐树上。祖父给我讲这个故事的时候,雨滴像断线的珠子掉落在他床前的脸盆里,就像是一种悲哀而又有点兴奋的伴奏似的。他的眼里汪着泪,但始终没有落下来。

没有人敢碰老屋里的蛇,因为它们有天佑之功。但它们与老鼠一样,在屋顶下面的草壁间生儿育女,这是一种奇怪的共生现象。我那些伯伯,早就搬出去自立门户了,极少回祖屋,偶尔回来,也像做客似的,来去匆匆。只剩下我父亲,每到雨季,都要爬上爬下,修葺屋顶,就像牙医那样,修补四处漏风的嘴。年年修补年年漏,有时候一个晚上大雨,就会让之前所有的努力付诸东流。老屋就像风烛残年的祖父那样,经不起雨丝风片的折腾。

那天下午,明晃晃的烈日像往常那样,在头顶汹涌。我独自走到河边,河水被晒烫了,正适合浮水。但转眼间,天色暗下来,倾盆的暴雨仿佛在一瞬间,便将河面淋湿了。

我并不惧怕这样的暴雨,甚至有种难以言说的兴奋。雨声势如破竹,轰轰烈烈。在这样晦暗的光线中,是看不见雨的。但你知道雨正在疯狂地砸向地面,砸在树梢、碾砣和屋顶上,砸在打扫干净的院子里。狂风肆虐,丝瓜的藤蔓横在空中,鸡鸭直往屋里钻,院子乱作一团。风助长了雨的脾气,把雨线拧成无数根鞭子,抽打着周围的一切。冷冷的雨从天空的裂缝漏下来,地面冒着水泡。地气浮上来,渐渐收掉了燥热。

父母亲抱着头,赤脚从田里逃回来了,他们浑身湿透,非常狼狈。他们小半辈子都在风里雨里泡着,虽无悲观厌世,有时竟也大笑,但终究不知所往,寻不到出路,更不可能做到看戏似的,欣赏自己的悲喜剧。面对苦痛,能做的也只有苦笑。

屋顶又有几处开始漏雨,但此刻,他们假装不知道似的,漠然地蹲在门口看雨。云壤相接处,闪电抖动着,劈开四野的空茫。世界一下子静了下来。抬眼望去,整个村庄,都浸泡在无边无际的雨水里。

2

距她二十步开外,我就认出她了。她撑着一顶黑伞,黑色的连衣裙,面无任何表情,或者说,她仿佛正沉浸在对某种事物的想象之中。暴雨让她的步履变得很僵硬,几乎是颤颤巍巍地往前挪。我极为惊讶,在这样的暴雨天气,她竟然来了。我至今仍能准确地回忆起那个下午,正是因为这位二姑母那天下午冒着大雨来"做客"了。

记得听父亲说过,她年轻时,是十里八乡闻名的美人,即便人到中年,依然有种独特的美艳之处。但我并不喜欢她,二十多年前,她就嫁到城里去了,通常是不会来的。在我的印象里,她始终是一副尖利的笑容,那是从僵硬古板的面容中,乍然挤出的几丝皱纹。她说话很轻,有点冷,最主要的是,你很难寻思她话中的意思,至少对于当年的我而言,能猜对一半就不错了。我感觉有点怕她。

她知道我正在门前,却也不说话,我也装作没有看见她。直到走到跟前,她忽然说,这孩子,看到我来了,怎么也不说话?我极不乐意,却又低低地叫了一声。她此时已踅进屋里了。

若干年后,读到卡夫卡的小说,卡夫卡的K与城堡之间,总隔着可望而不可即的冷冷的距离,我看家族的这些亲戚,也常有此感。作为一个孩子,当然也喜欢城堡的光怪陆离,但城堡终究是封闭的。我记得有一年春天,父亲带我到城里治病,那是我生平第一次见到所谓的城市,车水马龙,地面冒着热气,橱窗里挂着艳丽的衣服,卖各种吃食的小店,还有摆着摊子卖各色小玩意的,总之,轰隆隆响成一片,好不热闹。但,那天父亲什么也没给我买,当然,他也几乎从未给我买过什么。我们拎着满手的东西,从一条巷子穿过当街的店铺,走不多远,见到一个楼道,进去几经转折,终于来到二姑母家。

房子挺大,但光线晦暗,白天也开着电灯。我们把带过去的礼物小心翼翼放到木质的沙发上,然后我看到了一个膀大腰圆黑着脸的人,想必就是在城里当着厂长的姑父。他扫了一眼礼物,似乎并不太满意,皱着眉头,用力盯着我看了一眼。我正昏昏沉沉发着烧,被他这么一看,顿时一惊,耳朵异常的热。父亲点头哈腰地给他递烟,烟雾腾腾中,房间更暗了。二姑母在厨房做饭,我一个人坐在高高的凳子上,周身局促不安,却只能默不作声地盯着眼前的桌子,一道幽冷的光,正照在一只发亮的调羹上。厂长说着说着,忽然发现病歪歪的我,于是大谈了一番他当年的风云际会,言下之意,让我还有父亲向他学习。他的手不停地指着我的鼻子,好像在数落似的,腥臭的唾沫星子溅了我一脸。后来,我们再也没有去过。

雨越下越大,天色沉重得像是随时要塌下来。她坐在破旧的八仙桌前异常客套地和我父亲寒暄。我怎么也看不出这是一母所生的姐弟,一个涂脂抹粉、眼角眉梢都是轻慢,另一个面如死灰、腿上还沾着田里的湿泥。母亲给她倒了碗热水,里面加了红糖。她凑近瞄了一眼,一口也没有喝。

我实在不愿看她这副腔调,一个人自顾自躲到屋檐下的羊圈里。两只公羊正在角力,不停撞击对方,腥臭的羊粪,令人感到既恶心又有种偷安的愉悦。过了没多久,我忽然听到堂屋爆发出一种积压已久的怒吼,我哆哆嗦嗦走过去,只见一只碗被摔碎在地上,正是刚才那只盛红糖水的碗。父亲余怒未消,但也不再说什么,忽然一跺脚,在暴雨中冲出了家门。

母亲站在门前,暗自垂泪。那是我见过最悲哀而无奈的面容,一种心死了的样子。

二姑母站起来似乎想要去拉我母亲,但又坐下来,满脸堆笑地说,我也没办法,他们非要催我过来,今天来了,偏偏又下大雨。母亲一言不发,不停用肮脏的衣袖拭泪。

过了许久,父亲终于回来,他湿透了,脸上的雨水直往下滚。他把钱扔在桌上,走到母亲面前,劈手一个耳光。母亲一下子愣住了,然后慢慢抬起头,瞪大流泪的眼睛看着他。二姑母见此欲言又止,拿起钱,讪讪地走了。

母亲走进里屋,放声哭了起来。

3

那天下午,也就是母亲背着父亲去城里借了五百块钱一周之后,二姑母就下乡把钱要走了。一切始料未及,就像从那天下午开始,疾风暴雨一直持续了半个多月。

面对母亲的眼泪,我感到非常羞愧,借这些钱,无非是为了替我治病。但凡能想到办法,一个目不识丁的女人,是不会去城里借钱的。这个悲哀的女人,能够缓解伤痛的,唯有泪水,它像门外的暴雨,冲刷着她的双颊,也在冲刷内心的屈辱。但与动不动就要用皮带抽打我、酗酒的父亲不同,她大部分时候总是温柔的,也几乎从不抱怨,就像一切总会消失似的。我想起萧红祖父那句安慰的话,快点长大吧,长大了就好了。

天黑了,外面的雨还在继续敲打,我故意不去看她,想要回避她眼神中的疼痛。这种疼痛其实一直都在,但在那一刻,它似乎刺痛了所有人的心,那是在二姑母离去之后才发现的。一个贫穷的家庭,其实并无前途未卜之惑,而是时时刻刻要面对令人心碎的难堪。一切就像在雨天寻找一小块仍然干燥的土地,那么渺茫。

雨一直下个不停,漩涡般的水流像刀片在收割着大地上的一切。有时,看着屋檐下那连绵不绝的雨水,竟有种住在瀑布下面的感觉。就在第二天的傍晚时分,我们正坐在昏暗的灯下吃晚饭,忽然,只听得轰的一声,西山墙倒了半边。外面的雨水,势如破竹,瞬间涌满唯一的卧室。我看见父母亲赤脚站在水里,眉头紧皱,面面相觑。我在母亲的脸上,又看见了银色的泪水。

记忆中,这爿山墙已不是第一次在雨水的浸泡下倒塌了,但那次和现在的原因是一样的,邻舍当初建砖瓦房的时候,地基筑得太高了,每到雨天,倾泻而下的雨水,全部灌入我家用土坯夯成的墙脚,天长日久,倾颓便成了必然之势。

从祖辈算起来,我们与邻居上数几代其实是一家,可是到我祖父这一辈,不知何故,已势同水火,就连拜年的时候,都要彼此绕过对方。隔壁一个骨瘦如柴的老女人,按辈分算应是我的祖母辈,每次遇到,总是阴鸷地盯着我,那冰冷的目光令人不寒而栗。她是邻村的,祖上曾是大户人家,不过到她父亲这代已经破落,兄弟死的死伤的伤,最后把剩下的细软带过来,建起了这座高大的砖瓦房。据说当初修建的时候,邻舍故意高筑地基,差不多从我家半墙的位置开始修建,为此年轻的祖父曾与对方大打出手,但架不住隔壁与上面有姻亲,只得把满腔的怒气又咽回肚中。

现在这半爿墙又倒了。地面湿漉漉的,发出幽暗的光,雨水不断扩张着那层光晕。母亲拿了棉被去堵,当然于事无补。到了半夜,我和父亲睡了,她搬了张凳子,一言不发地坐在水里。我们就在这样汹涌的雨水中,过了一夜,我真的听见了床下汩汩的流水声。

第二天一早,雨势稍缓,父亲把原先堆在院角的碎砖搬过来,想把倒塌的墙壁补上。他和母亲从早上开始,在水里忙了一整天,汗水、泥水、雨水,让他们忧伤的身影,像渔舟一样孤独地划在黑暗的河上。他们放下了抱怨,齐心协力,对彼此充满信任,渴望能在水声中开出花朵。

到了夜里,风摇撼着屋顶,大雨再次来临。他们已经累极,但总算把水堵住了。然而,仅仅过去不到一刻钟,整面墙都倒塌了,像是新债老债一起算似的。我忽然有种窒息之感,就像被困在一座正在消亡的孤岛上,无法游出去。夜风撕扯着屋里的一切,雨水粗暴地敲打在床沿、衣橱、衣具、稻谷上。看着泡在水里黑暗的废墟,身上有种冷水浇头般的恶寒,我忽然感到雨不仅是冷的,也是苦的。那种苦有种死亡的气息。

他们似乎还没有弄清楚到底是怎么一回事,一时手足无措地站在那里,似乎想要原谅什么,但又没有什么值得原谅。就像一个软弱的人,被欺负了,一退再退,直到退至悬崖的边上。他们绝望地看着汹涌而来的雨水,母亲没有了泪水,只是眉头更深了,父亲骂了几句脏话,但他们也就松了一口气。一切就像终究会破碎的泡沫,现在终于来了。

4

我们临时在大队部的公房住了两天,那个动辄就发脾气的父亲,像被雨冲垮了,一言不发。只有母亲,眼里冒出仇恨的光——她要盖房子。

她固然没有学过愚公移山,但是,我们开始像愚公那样,一点一点筹集盖房所需的一切。三年过去,砖、瓦、木头、钢筋终于准备得差不多了,最后发现,还缺石子。父亲这时灵机一动——到如靖河边去捡。

午后的烈日很快抽空身体的水分。鸣蝉异常聒噪,我好不容易捡了半袋,已经快要热昏过去。天特别亮,眼前却感到一种明晃晃的暗。幸好遇到一个干净的水码头,我把石子丢在一边,刚要捧水喝,恍惚间听到一个声音在喊我的名字。抬眼一看,竟是我的同学王彩霞。她穿着白色的连衣裙,站在不远处,诧异地看着我。那时我正像个流浪汉一样,满脸污渍,赤着脚,手里拎着一只破蛇皮袋。如果人生有所谓不想面对的时刻,那就是我第一次遇到这样的窘境。

我想起某次作文获奖,我把奖励的一支钢笔送给了她。每次想到她用这支笔写作业,我心里总是很满足。而此时,我无法启齿,如同艰涩的文辞,连一行字都无法写满。

我像做错了什么事,脸上极烫,慢吞吞地随她走。院子里有棵柿子树,叶子青绿,如水浸一般。偶尔有些响动,是不远处的雀儿在叫,远远近近,细细碎碎。

她的父亲躺在地上的凉席上,发出雷鸣般的鼾声。我悄悄地跟在她身后,穿堂风很热也很凉爽。我先是洗了脸,那手帕竟有股栀子的清香,又喝了水缸里的凉水,一身的汗立刻就清爽了。

她把水泼在院子里,我悄悄抬眼看她,发现她的脸颊有一点绯红,想要细看,却怎么也看不清楚。

我发现走的时候和进来的时候一样艰难。

5

又隔了一年,房子终于开始盖了。那时,我已经到隔壁镇上初中。记得某个周末回家,发现房子已经快要封顶了,坚硬的钢筋混凝土,清冷、陌生又新鲜。地面没有整理,到处都是凌乱的建筑材料,我踩着厚积的灰尘往里走,迎面一阵回旋的穿堂风。父亲正蹲在河边洗脸,露出黝黑瘦弱的背脊。身旁的草丛,叶尖挂着透明的露水,间或传来隐隐的蛙鸣。他比一个月前似乎更黑更瘦了。他忽然平静地说,彩霞的父亲去世了。我想起那个炎热的午后,那个躺在地上鼾声如雷的男人。说完,他默默掏出口袋里的检查单,原来他自己的病也已经很严重了。

现在房子终于封顶,他也累垮了。他在岸边洗漱完毕,身体有些摇晃,我看到有块灰扑扑的蛛网,落在他的头发上。我走过去帮他掸掉,发现他整个脖子都被晒得乌黑,有的地方皮都掉了,露出灰白的斑痕。他让我去一河之隔的堂哥家,请他来商量接下来的事情,防止万一治病耽误工期。堂哥一早出去了,大嫂正在整理昨天的牌桌,茶叶筒里满是烟头。里屋忽然传来刺耳的嘶吼声,令人猛然一惊,我从虚掩的房门瞥见里面一个衰老的妇人被绑在一张行军床上,那正是我中风瘫痪的婶子。自大伯去世之后,婶子身体每况愈下,一日三餐,唯以咸菜清粥果腹,直到某天,一个人歪倒在河边昏暗的小屋里。我进去看了一眼,迎面一阵恶臭,几只苍蝇在她身旁盘旋。她已经认不出我来了,四肢被结结实实地绑在床沿上,不停喘气,待到憋足了劲,就大吼一声。如此等死。我问大嫂何以至此,她抱怨地长叹一口气,摆摆手表示毫无办法,如果放开她的手脚,她会把便溺弄得满床甚至满屋都是,现在是夏天,谁能受得了。只有绑起来,宁可排泄在身上,待到晚上,堂哥回来再行清理。我这婶子作为长房媳妇,强势了一辈子,我还记得那年分祖产的时候,她和我母亲在暴雨里大打出手,她牛高马大,骑在我母亲身上,连抽了我母亲几个耳光,想不到临了却落得如此下场。一切仿佛就在昨天,人心对时间的感觉是如此精确,胜过世上任何精密的计时器。

我又赶忙去做瓦工的表舅家,乡间小路太窄,我骑了父亲那辆破旧的自行车,天开始热了,不一会儿,汗流浃背。这条通往外祖母家的路我太熟悉了,两旁是高大茂盛的水杉林,烈士陵园就掩映在树林的深处,少时我还曾坐在高大的墓碑前数松果。不过,自外祖母去世之后,这条路我就很少走了。我忽然觉得世界如此寂静,一切就像静止了,这样的寂静让炎热显得如此冷清,让内心的焦灼无处躲藏。我加速往前,路上空旷得几乎可以听见青草与树叶摇曳的摩挲声。下桥时,路口突然冒出一个少年,我急刹车竟滑倒了,裤子被磨穿了两个洞,膝盖皮也蹭掉了,顿时溢出两排血珠,车撞上了桥旁的石墩,幸好人没掉河里。我在路中间趴了一会,料想应该没摔断腿,尝试着站起来,咬牙挪到路边的树荫下,膝盖和脚踝火辣辣地疼。

日上三竿,我终于赶到表舅家。那天他恰好在家,却喝得醉醺醺,我问他何以上午就醉成这样,他说刚来个人,聊到兴头上,一人喝了一瓶白酒。我扶着他跌跌撞撞地躺到床上,告知父亲这次的病似乎很严重,他舌头发硬说,你家里房子,没事,有空,就去看看,然后眼皮耷拉下来,不一会鼾声大作。我知道他是靠不住了,看他在睡梦中拂苍蝇,有那么一刻,我竟忽然放松,心里虽有无尽的忧虑,但是那种意识到很严重,却忘了什么事情只留下一点影子的忧虑。门外是村庄恒常的犬吠,有两只鸡走进堂屋,我怔怔地盯着那两只鸡,想想事到临头,竟抓不住一根稻草。

回到家,父子相顾无言。因为还没装窗户,屋里异常明亮,墙壁和天花板上影子摇晃着。我想起少时,夏天的夜晚睡在屋外,星光明灭,无尽的星空在头顶浮现。此时,没有一颗星能够给我们指引方向,天虽大亮,未来却隐藏在黑暗之中。思来想去,靠这些亲戚是不行了,但房子还要继续盖,总得有个人在现场帮忙照应,最终只有花钱一途,别无他法。临了,请了村里瘸腿的贵根,他因为摔伤了腿,近些年一直赋闲在家,我许以工钱,他立刻就答应了。

6

现在,那座房子也老了,就像父母。我们能够思念的越来越少,也就觉得,世事皆可原谅了。

雨天炎天。雨天和炎天一样多。

关于记忆,我所知道的大抵如此。

(周卫彬,中国作家协会会员,南京大学创意写作硕士研究生,江苏省作协签约作家。曾在《散文》《天涯》《大家》《诗刊》《星星》《诗歌月刊》《当代作家评论》《当代文坛》《长江文艺》《名作欣赏》《扬子江诗刊》等发表作品近百万字。出版随笔集《浮影》、评论专著《忘言集》。)

颜色五帖

许冬林

洋　　红

各种红色之中，我似乎最爱洋红。

咱们传统的大红，红得有庄严的意思在里面，总像是要做惊天动地的大事的样子。面对大红，仿佛神灵在侧，你不敢贸然言语。大红也喜气，但那喜气里有一种不可冒犯的凛然，蕴含着秩序感。说到底，大红令人拘谨。

洋红就不一样了。洋红，红得明媚、热闹，很有一股扑面的民风。洋红像胆子大的花儿，可以乱开，春天开，冬天开，早上开，晚上开，山顶上开，溪水边开。哪里都可以热闹，随时都可以热闹，一路缤纷没关系，没人拿眼睛瞟着你。

从前，在我们乡下，做喜事，最喜欢用洋红了。

小孩子出世，年轻的爸爸要到亲戚家报喜，报喜时要送上喜蛋。红红的喜蛋，蛋壳上染了洋红。小孩子还没出世，乡下的外婆已经在准备小孩子的衣物了，从里到外，从头到脚，穿的戴的，一应准备齐全。还会准备一大沓尿布，是白土布做的，裁成两尺见方的方块，染上洋红。

我记得，从前我奶奶经常会给小鸡的鸡毛染上洋红。那时的乡下，每到春天，几乎家家都会孵上一两窝小鸡，这样，左邻右舍的小鸡们在一起吃草啄虫时容易混淆，为了分辨出自家的小鸡，我奶奶就会买一点洋红放进碗里，然后一只只地染红小鸡头顶处的绒毛。我和弟弟那时经常帮奶奶捉小鸡，毛茸茸的小鸡在掌心挣扎，令人又心疼又欢喜，我们手上也沾满洋红。

那些被点了洋红的小鸡,仿佛有了姓氏的孩子,在河边的阳光下啄食青草,好像一朵朵活泼盛开的花儿。绿树、青草与碧水之间,这一点一点轻快跳跃的洋红,让寂静朴素的乡下,也有了繁华生动。

洋红是这样民间,它最有民间的热闹,不隔不硬,像天使,可以入住千万家。

齐白石画画,最爱用的颜料是洋红,也叫西洋红。他笔下的梅花,不孤傲隐逸,不清寒冷艳,而是充满热闹和喜气,可见白石老人对世俗生活抱有一种饱满热烈的情意。他画梅,自然用的是洋红。他曾说:"昔时之胭脂,作画薄施,其色娇嫩,厚施,色厚且静,惜属草产,年久色易消灭。外邦颜色有西洋红,其色夺胭脂,余最宝之。"与中国的胭脂相比,他还是更喜欢洋红,洋红更饱满,更有生命力。

有一回,诗人艾青在伦池斋的一本册页上看到齐白石画的樱桃,鲜艳可人,就想买,结果价格没谈妥,于是转身去齐白石家求画。白石老人当即给艾青画了一幅樱桃,可是,却没有艾青在伦池斋的那本册页上看到的好。白石老人说:西洋红没有了。

因为缺了洋红,即使是齐白石一手画就的画,也会逊色得叫人黯然。

洋红,热烈、明亮,又有一种民间的亲和感,最易打开人的心扉。所以,吴昌硕用洋红,齐白石用洋红。

初夏去乌镇,逛过茅盾故居,逛过染坊,走过小桥流水,走过悠长的街巷,临走买了一件麻布开衫。瘦瘦长长的苎麻开衫,洋红色,穿上身,搭配白色长裙,特别入画。

后来,有一个画家画我,我就穿了那件洋红色的开衫。那幅画,画家很喜欢,画面热烈,人物像要从画里跳出来。画家画我的洋红开衫,用的洋红颜料,是特意托人从国外买回来的,明亮,生动。

如果没有那件洋红开衫,那幅画,大约也会寂然朴素一些罢。

我们住在民间,没有太多的大事要做,最惬意的时光是穿一件洋红的衣裳,或者披一件洋红的丝巾,沐浴着无边无际的阳光,悠然于垄上,做一个实实在在欢喜的人。

把洋红当成姓氏,明亮地活着,热烈地爱着。把自己散养在民间,在缓慢的光阴里。

秋 香 色

秋香色,一种极具古典味的颜色。实则就是浅黄,有时在浅黄里还渗透隐约的一抹浅绿。深深浅浅喜欢这颜色已有多年,一直觉得这颜色里有一种别样的妖娆,一种低调的奢华。

《红楼梦》里，林黛玉初进贾府，老嬷嬷领着她去见二舅母王夫人。到得正室东边的耳房内，王夫人不在。阒寂的房间里，林黛玉看到了那炕上正面设着大红靠背、石青引枕，还铺着一条秋香色金钱蟒大条褥。隐隐的贵气透过来，让人噤声不敢语。再折到东廊小正房，在这个王夫人日常起居的房间里，黛玉才看到了那些半旧的陈设。回头想，那东房间是奢华的，只是，有一种无声的奢华。这奢华虽不撞眼刺目，虽是做给人看，却自有分量，令人心头凛然。

第8回里宝玉探望病宝钗，宝钗坐在炕上做针线，一副家常打扮，穿戴都是些半新不旧的衣饰。宝钗是低调的人，即使是美貌，也不让那光芒咄咄逼人，而是软软敛下来。而宝玉就不一样了，事事过于隆重，恨不能把每一个日子都当作节日来过。那一天，宝玉头上戴了金冠，额上勒了金抹额，身上还穿了件秋香色立蟒白狐腋箭袖。如此奢华艳丽的装束，却也是一个人的奢华。宝钗光是在衣饰色彩与打扮上就没能和他应和，让人忍不住替宝钗遗憾。如果宝玉不出家，关上门后，婚姻里那些山长水远的日子，两个人要怎样尴尬应对，才能走得完！

多年前的一个春末，心思寡淡，到熟悉的品牌女装店里转，挑了一件秋香色的薄羊毛线衫和与之搭配的细条纹裙子。买回来后，不几日，夏天响亮来到，那衣服便无从上身。在衣橱里挂了一整个长夏，也不恼，偶尔在衣橱边流连，只是看看。不穿，只是看看，享受一个人的奢华。安静无声，与世无扰，一如想念。待到夏阑珊，秋风里穿着那秋香色的线衫自桂花阴下经过，竟如和相好多年分别的旧人重逢，欢喜都在深深浅浅的杯盏里，不与外人道，独享内心繁华。

如今，人到中年，心思渐淡渐薄，淡薄如一杯菊茶，香已逸散，只有菊瓣垂老卧杯底。是啊，一些人狠心忘去，一些人还沉在心底，水中明月似的。某日，忽作小儿女心，想出门去见一个人，一个人去见。衣橱里翻，弄妆迟迟，翻出一条秋香绿的丝巾。想起那时系它，人还很清瘦，还在小病中。独自浮想一番，也不出门了，煮水烹菊花。就着往事，一腔儿女心，用一壶茶水和一个下午的时光，慢慢将之消解。

人到中年，庸庸碌碌，纷纷扰扰，想念是一件奢侈的事情。只能偶尔奢侈，轻轻地奢侈一下。想想，如果没有想念，那么人一定是彻底地老了旧了。何况，有的人到老了还在想念。想念就像痒和疼，应是一个人起码的知觉。想念的那一刻，世界荒芜衰老，而莲花，从心底亭亭出水盛开。心灵洁净，血液回流，青春重回宝座。这是一个人内心的奢华年代，但没有观众喝彩，就像秋香色。

所以,红喜绿怨的裙裳里,一定要有一件秋香色的,让身子住进去,低低奢华,独自摇曳。

染

染色的过程,像爱情。是浓情厚谊的姻缘,染料的颜色和织物的纹理拥抱,彼此进入对方生命,一辈子不弃。是刘三姐的歌:连就连,我俩结交订百年,哪个九十七岁死,奈何桥上等三年。

若生汉唐,或者明清,一定要做那一个善于印染的玲珑女子。织好布,裁好衣,缝了穿上身,临水自顾,有薄薄遗憾,少了颜色。看看日头还没下山,提篮去田野上采集草木,回来取汁染衣。还要邀上同村的姐妹,一路踏歌迤逦而行,风吹裙袂,满袖花香草香。

茜草,栀子,蓝草,紫草。染红,染黄,染蓝,染紫。采满一筐,回家经过村口的小桥,停了停,顺带着捋两把皂斗,回去给父亲染腰带,给哥哥染鞋面。哥哥进山,托他带一筐石头,要朱砂,赭石,石青,石黄……煮汁,大盆小盆。这边是红:桃红,水红,莲红,银红。那边是青:天青,蟹青,蛋壳青,葡萄青。东边是蓝:天蓝,翠蓝。西边是白:草白,月白。长长短短的衣按进去一起煮。染上襦,给自己染桃红,给嫂子染莲红。染长裙,给妈妈染天青,给自己染草白。

这是风情。

到乌镇去,老远看见晾在半空里的蓝印花布,染坊里的布,蓝底白花。空气里似乎有水的湿气和蓝草的清香,恍惚以为回到明朝。木质的老柜台里,有几个中年女子在卖衣饰鞋包,或包着蓝花布头巾,或系着蓝花布的围裙,或身着蓝花布的斜襟小袄。在时光停留未醒的古镇,染,隆重地成为生活的一部分。

一朋友,给北京的新房子装潢,跑回安徽,抱走整匹的蓝花布,用它做窗帘,做电视机后面的背景墙……我坐在她家客厅聊天,是夏天,却只觉四下漫溢染衣坊的清凉气息。都是怀旧的人,不过是想从一方方蜡染的蓝花布里,让心贴近从前的那些草木时光。抬眼看窗外,阳光透过窗帘,也成了斑驳的薄蓝色。阳光也被染了,染得软了腰身。

染色的日子,庄重。想起从前,乡村人家,几乎家家置有洋红颜料。街上铺子里也抬眼可见。做喜事,鸡蛋煮熟,不剥壳,壳上染洋红。大人吃喜酒回来,口袋里一定揣有那样的红鸡蛋。堂姐出嫁,第二年生了宝宝,大妈买了大段老土布,撕成方块,过水,石头上使力捶。晒干,土布软了,白了,下盆染洋红。喜三那天,大伯一担挑到姐姐家,小孩子的花衣服、红包被、老母鸡、红鸡蛋,还有那一大沓染了洋红的老土布,叠得方方正正,给宝宝做尿布。

春天孵一窝小鸡,奶奶怕它们跟邻家的小鸡混掉,不好认,给小鸡的尾巴和头上也染洋红。门前撒把米,唤一声,一片红,啄食,万头攒动。染洋红的日子,乡村那么喜庆。

国画里有种技法,叫染。勾、皴、点、擦、染。没有染,就少了太多韵味。所谓烟柳,没有染,那柳如烟如何表现?寒山瘦老,林木郁郁苍苍,没有染,那色彩的深浅如何处理?没有染,就没有纸上江南那湿淋淋的村郭和水云天。似空未空,若隐若现,是染,赋予了古老中国画以禅味和诗意。一管羊毫,吃足了淡墨,宣纸上一坐一躺,山长水阔,这是染。

染,丰富了生活,点亮了日子。朴拙灰暗的,在染里,生动明丽了。平直冷硬的,在染里,含蓄空蒙了。染像爱情,让生活和艺术走到一起,终老。

月　　白

相思一老,都作了月白色。

是啊,是月白。比春暮晚风里的樱花还要淡的白,比雨中梨花还要凉的白。是被初涨潮的海水舔了一口的白月亮,寂寂走了一夜,落在沙洲上,从此脱不去那水润润的浅蓝,忧伤的浅蓝。

月白本是极清新的颜色,电视剧里民国的女学生常常上着月白斜襟小袄,下着齐膝黑色半身裙;电视剧外,一不小心就掀起民国风。但那月白色被《红楼梦》里的妙玉一穿,就全是一股寥落的仙气了。第109回里,贾母生病,妙玉来看望。那一天,妙玉身上穿一件月白素绸袄儿,外罩一件水田青缎镶边长背心,拴着秋香色的丝绦,腰下系一条淡墨画的白绫裙,风姿飘逸,很有出家人的范儿。回头看前文,无论是曹公,还是高鹗,都没有哪一次像这样工笔细描过妙玉的形貌风姿。我私下揣摩,妙玉此时的心境一定也大不如前了。那一次来看贾母时,宝玉已经成婚,她一颗芳心一定被尖尖冷冷地刺了一针。虽然,矫情自称是槛外人,但到底是脸红心跳地动过心的。现在,热热烫烫的心缓缓冷却下来,波平浪静的,于是一件月白的袄儿穿在身上显得格外贴合。

我常想,妙玉和黛玉就是一个人,同样孤傲不群,同样风神飘逸,是作者将一个人分开了写。黛玉因相思而死,死得幽幽寂寂,时光到此,便成为深无可测的黑洞。如果黛玉活着,大约就是像妙玉这样活着,耳热脸红之后,独自心跳之后,还要揣起隐痛,装着月白风清的样子,着一件月白的袄儿,来看视亲戚。

相思一场,有什么用!相思老在心里了,终于自己清了场。心里的这片山河就这样瘦了,寒月当天,白水东流,浅蓝色的水汽朦胧中,孤舟远行。人生从此也是这月白色的了,冷冷淡淡的月白。

一本《红楼梦》里,月白色的袄儿,只见妙玉明明白白地穿过这一回。黛玉从扬州带来的贴身丫头雪雁,也有一件月白缎子袄儿,赵姨娘曾向雪雁借,要给自己的丫头穿了陪她回娘家去奔丧,雪雁没答应。雪雁的那件月白袄收在箱子里,想必不常穿,到底太素。宝玉大婚,雪雁被令去引新娘,从此做了宝玉房里的丫头,想必那件月白的袄儿更不常穿了。是啊,太冷清。旧物、旧人和旧情,都暗暗敛进那一方月白色里了。

只是月白,还不是茫茫大地真干净的大白。宝玉别父时,贾政正在船中写家书,停笔凝神之间,看见微微雪影里面一个人,光头赤脚,身披斗篷,与他拜别。贾政起身问询,登岸追赶,转过山坡,人影已倏然不见,只剩茫茫空阔的一片雪野。在宝玉那里,那是彻底地走了,彻底地挥袖干净了。

但我们还在红尘中,只能轻轻放下,慢慢不想,独抱一份寂寥情怀,不与他人语。往事拢拢叠叠,与那人不通电话,也不往来。即便咫尺之间,一转身,不想了,彼此即是天涯。从此,那时光便都作了月白色,淡淡的白,浅浅的蓝,微微的凉。

遥想在栊翠庵前的某个夜晚,月色入户,妙玉感慨不眠,一个人起床步至庭前,无茶,无棋,无诗,无琴。栊翠庵外,月华茫茫覆下,山川静默不语,一如禅者。一个侍儿近前来,捧一件月白的袄儿,道:"露水下来了!"

是啊,露水下来了,在石阶上晃着清冷的月光。妙玉替黛玉活在世上,老了相思,只剩天地一片月白,一片平凉。

黑

黑,是将色彩向内收敛又收敛,隐掉了所有可反射色光的招摇物质,最后只呈现骨,颜色的骨——黑。

所以,黑色最苦,也最有深意。

我的书架上,摆着一把莲蓬。莲子已去,黑色的老莲房空空如也。闲常看这一把黑莲蓬,觉得住过莲子的这些黑色空房子,有一种慈悲禅意。它像荒山野庙,威仪还在,只是僧人已去。它像爱过的心,曾经饱满,曾经青葱,现在老了皱了空了,什么都不说,一切尽付不言中,像黑色一样没有表情。

有时我会想,有一天,我也是这莲房,那时候,我会忍住千言万语。只告诉自己:不疼,不想,不怕,不念,不怨……我的初心,在交付的那一刻,已是永恒。此后,我将永陷于黑色的深邃之中,直面缺憾,不再表达。

电影《芙蓉镇》,刘晓庆和姜文主演的,里面有许多场戏都发生在夜里,在黑暗中。初看那电影画面,是深深浅浅的黑色。刘晓庆演的胡玉音在深夜推磨磨米;在夜色里挟着包裹去投奔亲戚避风头;又在夜色里回家,到坟地去寻找死去丈夫的坟……后来,和姜文演的右派秦书田一起在黑暗中扫大街,直到两人结为"黑鬼夫妻"。那么多场戏,都是在夜色里,黑暗萦绕左右,像苦涩深重不言,只布上这一片黑的冷调子,让观众自己品味、叹息、感动、期盼……这是电影《芙蓉镇》最美最刻骨的深意。

冬天是白色的,冬天也是黑色的。白雪的映衬之下,似乎所有的色彩都走到了白的对立面,成为浓重严肃的黑。远看,白雪下的房顶是黑色的,江南民居的那种陶质小瓦层层叠叠,黑得莹润清秀,像墨描过还未干。树干背风的那面没有覆雪,也是苍老如铁一般。池塘被雪吞得小了一大圈,像砚池,也是冷黑。远处雪地上的人影是黑的,脚印是黑的,停在电线上的麻雀是黑色的省略号。

大雪之下,世界非黑即白,非白即黑。没有那么多的犹疑不决,含混不清,模棱两可。黑就黑得纯粹、彻底,就干干净净地黑,就一心一意地黑。

在黑的世界里,水墨画的黑与书法的黑相比,好比《白蛇传》里小青的功力之于白素贞的功力,就差那么几百年的修行,所以情深不及。

水墨画是以黑来表现纷繁广袤的大千世界,这黑是灵动的,有时还会与朱红、石青之类搭讪,黑得不够坚决,不够纯粹。书法的黑,简直如化石一般宝贵。白纸上的笔走龙蛇,似乎只能是黑色,一换颜色,就乾坤错乱。

水墨画的黑是有情的黑,那么书法呢,书法似从人情里突兀出来了,如同哪吒剜肉剔骨还给父母,书法把情还给了人世,自己只是虚空遁化了,凝结为一根根或断或连的黑色线条,好像涅槃,可是,这何尝不是一种更深的深情。

弘一法师当年在杭州出家,妻子携着幼子遍寻杭州大大小小的寺庙,终于在虎跑寺找到他,可是法师却连庙门也没让这对伤心的母子进去。薄情至此,谁能理解!后来,我读到弘一法师临终绝笔的"悲欣交集"四字,掩卷沉思,终于感怀不已。人世犹苦,他欣幸自己终于解脱,可是放眼红尘,还有那么多众生困于苦恼灾厄之中,令他悲心犹起。这依旧是深情啊!即使一袭僧衣在身,即使远离红尘喧嚣,像莲藕埋在黑色的淤泥深处,依旧初心洁白,丝丝相连。

电影《一轮明月》里,西湖上,薄雾轻扬,两只小船湖中相对。

雪子:叔同。

弘一:请叫我弘一。

雪子:弘一法师,请告诉我什么是爱?

弘一:爱,就是慈悲。

慈悲又是什么呢?一个人的情感收了又收,滤掉了世俗爱欲,滤掉了痴念,滤掉了漠然与嗔恨,最后只剩下一分最本真无私的情意。这情意就是慈悲,是不是?如天对地,如雨露对花朵。

慈悲两个字,要用墨色的笔写,白纸黑字,才庄严深邃。

(许冬林,安徽省文学院第五届签约作家,《读者》《意林》《格言》签约作家。出版散文集《一碗千年月》《桃花误》《菊花禅》及长篇小说《大江大海》等多部。现居合肥。)

春 有 信

宋晓杰

沿着河流走

离开繁华那么容易,只需不到十分钟的车程。

我一直认为,在城区有一条河,是奢侈的。恰巧,这儿有。

河的名字叫辽河,也曾叫辽水、巨流河。在地理命名上,在行走路线上,它曾有过纷争、喧嚣的过去,好在现在它安静下来了,如饱经沧桑的老人,辽阔、平坦、敞亮,涵养万物。这座轻轻安放在水上的城市因此得名:湿地之城。区域面积内80%的水网密布,不仅让水土充沛,更使人的心灵充盈。

妈妈有个特别的记事本,记着家庭大事、名人逸事、养花养生之类的事情。本子上清楚地写着:我们家在盘锦城区内一共搬了12次家,而10次都在河的北岸,相对老旧的市区。如今,已搬迁到河的南岸,新城区。我们像恋旧的人,拖家带口,在原地打转儿,恋恋不舍啊,总不肯离开那些菜市和人潮,离不开低头不见抬头见的老邻居、老街道或一无用处的废弃大车店、茶楼,离不开一会儿卖米、一会儿卖水、一会儿又吹拉弹唱改来改去的门店。有时,一棵角落里外人看来毫无特异功能的高大杨槐,都会令我们目光温柔,心潮起伏。

但是,生活在继续。我的生活以河岸为界,想想并无道理。我的童年、少年和青年在河的北岸,我的中年和即将到来的老年转到河的南岸——这是要成功上岸吗?南岸,阳光总是要多一些。

河的北岸,贮存了我太多的回忆:欢笑与打闹,饥饿与解除饥饿,求学与放弃求学,地震,洪水,酒厂失火,祖辈离世,雪天踏着尖叫的雪步行至十余公里之外的学校,穿上工装走进化验室,第一本书的出版,儿子降生,某人辞职……开始南岸的新生活时,儿子已是海拔超过1米80的英俊青年,从渤海湾畔出发,取道黄海,继而飞向南半球。我呢,没走多远,还是原地踏步,只不过圆周半径要大一些。我更依赖火车站、汽车和越来越宽的柏油马路了。我搬迁新居的条件听起来有几分可笑:离火车站不能太远——其实,是不想离这片茫茫的大水太远!我是一条渴水的鱼?爱水,但又恐水。这种爱惧相交的情感,像不像两个纠缠着又无法厘清关系的人?

我需要沿着河岸来来回回地行走,在北岸与南岸、过去与未来之间审视自己。这样大致的分野,像端详一个人的面孔,广角的扫描,不仅看到自己的过去,还能看到自己的未来。至于后来,在湿地公园里从东到西地散步,也是基于大概的情结。城市与河流之间物换景移,仿佛它们之间的关系也发生了微妙的变化。那些高楼,像不像积木,好像吹口气,它们就整体位移了,像船一样,漂走了。

河流宽大为怀,它的不动声色总把离人的心肠揪扯。它拉开往事的闸门,吱呀呀,吱呀呀,深藏的天光訇然洞开,瞬间的目盲与恍惚。它摇着乌有的橹——那条荡着回忆的小舟便隐形了。但微微动荡的水波,泄露了全部的秘密。

沿着河流走。沿着河流走——

其实,没有尽头。

春天,应该……

春天,像史诗的开篇,像决心的确立,像随手放飞的纸鸢——某种隐藏的誓言忽然兑现,真相终于浮出水面。是的!在春天,在水边,会发现更多的真理和奥义。

"应该在春天祈祷、低眉、敛目,聚拢橄榄枝/应该除去积尘,打开天窗,亮堂地说话/应该在晴朗的天光下挥动双臂,顺便瞭望一下/钻石的小山、滑翔的翅膀、寂寞宽谅的星空/应该想想火车,想想它无声带走的微风和面孔/应该用双手揉揉孩子的小脸蛋儿,蹲下身/听他们侧着头,一字一顿地提问和纠缠/应该吃甜度适中的草莓、菠萝,新鲜的海带/应该把发霉的故事一瓣一瓣拆开、翻晒……//春天就是这样子啊,它实在太稀薄太透明了/应该有耐心,我们应该好好地心疼……"(旧作《春天,应该……》)面对春天我无法更好地表达,关于春天、春水和春天的故事。

今年闰二月,便觉得了便宜。如不想长大的孩子,又可以蹉跎些时日了。今年我来得晚些,春花已衰败或正在衰败。迎春馨黄的花间已被绿叶填满,桃和樱的花儿已落,梨花雪白正浓,丁香沉甸甸的穗子也正青春。二月兰,开在四月——它的花篮不小心被踢倒了——高树下、堤坝边,角角落落,洒得一片一片。

春天的花香是青春少女般的香,淡、雅、温馨、甜润,没有阴谋与邪念。不会一口气把你呛住——是没有被弄脏的上海牌雪花膏的气味。能嗅到小时候求之不得的味道,也算是春天的奖赏了。

"为何到了春天,人们会对已经看过一百遍的东西再次觉得新奇。"这是我正在看着的散文集《拖拉机,麦仙翁,奔跑的野兔》中的句子,作者是英国作家约翰·刘易斯-斯坦普尔。他说了实话。花有什么好看,年年开,年年败。但它们就是好看!你爱看不看。我就是开呀!欢天喜地地开,不管不顾地开。它给予不了你具体的米、盐或白菜,但它会让你心生欢喜,觉得日子值得放慢脚步认真过一过。

如果春是童年和小甜心,那么,夏就是熟透的桃子,充满欲望。如刹不住的车,如单行道,不问归途……盛放之后的衰微,是人们不愿承受的。但春天就大不相同了,它会让人信心百倍,让人心软。

清澈之声

临近河岸的广场,是公园的中心地带,此刻正泛着黑亮的光,像黑鱼的脊背。耀眼。

原本用图案地砖拼成的造型,早被轧得七零八碎不成样子。曾经,这儿举办过灯展、消夏节,早些时候还搭台演过戏。灯光闪烁,音韵缥缈。在水之湄,相当拉风。但更多的时候它是安静的,配得上鸟翅似的月白的篷帆,配得上围栏里那片浩瀚的水。

沿河的骑行步道上,总有全副武装的骑行者蜘蛛人般呼啸而过。偶尔也有跑者轻盈飘过,听不到粗重的喘息,定是健跑高手。总长百公里的绿色骑行步道在这里画上句号,想来也是精挑细选的。这块上佳地界适合边呼吸吐纳,边欣赏美景,心情与身体同步欢娱。我只可快走,近年改为慢走。想当年我也曾是长跑选手,是赛事中得过英雄钢笔的人。现在钢笔不用了,跑步的技能也不敢操练了。

唯有孩子生生不息,像花草一样,年年新生,年年蹿高一截,让人既欢喜,又忧伤。他们被亲人牵着,漫无目的地奔跑——错!他们有目的。他们奔跑,打闹,欢叫。在广场上放风筝、玩电动车,遥控着自己的快乐。他们跨上自己的小自行车,如跨上骏马那般洒脱。他们也会为一朵小花,眼睛放光;为一只小虫,讲出一篇童话。说到底,他们最是深谙春天之乐的人。因为他们与花草虫鱼根本就是同类。一个地方如果只有老人，没有儿童，犹如一座花园只有苍松，没有小花小草，那将多么沉闷、无趣。因此，河岸、广场上，有孩子就对了。

想起家门口临近幼儿园放学时，在雀跃、纷乱之后终于安静下来，安静到只能听到自己的心跳。这样的经历，可以用中国古代的"空"字来理解吗？忽有一骑摩托车超过我，载着小朋友和猪猪头像的红色气球飞驰而去，让我愣怔半天。直到摩托车转过弯道，我还能看到气球在飘——这就是长篇生活中跳跃、鲜亮的音符。多好！

"妈妈！妈妈！"一个稚气的童声从广场一角传来。其实，妈妈就在他身边。小朋友不会超过两岁。他的呼唤并非急促不安。接下来，我听到两个人的欢笑——借助木艺椅的靠背，他们在捉迷藏。我们之间有些距离，但水润的气息和清澈之声，却甜甜地落在我的心上。

鱼、婚纱、拾柴及其他

鱼，活着或死去，它们仍在一起。活着的鱼，正围着死去的鱼，转圈。是哀悼吗？

我俯在栏杆上，见它们摇头摆尾地游着——不摇头摆尾，怎么游？往往，人们看到的是欢乐——像鱼儿一样，自由自在——是这样吗？

我看到垂钓一族中的一个，他没有进入"工作状态"，但钓竿泄露了身份。他的钓竿顺在自行车的横梁上，在后车座上有怎样的卡扣我没看清，但肯定是稳稳地固定住了。只是下车的时候，他的腿在空中划的圈子大些就可以了。他的女人跟着他，好像把卡扣又查看了一遍。最终他们去了哪里，不得而知，也不知道哪条鱼将在今晚被改写命运。

蒲草阳伞下，面对河水发呆的人，对着手机不停讲话的人，还有在河边陪孩子甩石子的人，在夕阳下拍婚纱的人……共同参与了风景的构图。说不定，这一刻他们都会忘掉。那对拍婚纱的新人也会忘掉，只有照片替他们记得。有人插了翅膀，飞到地球那一边的某片水岸去拍照，与此不同吗？也许，幸福是一种谋求。在谋求的过程中，幸福就定格或消散了。

走到湿地公园西部尽头，折返回来时见有人在树丛中拾柴。不知为何，留在去年没有醒活的灌木丛被拔掉了，也可能是要更换品种吧。长短相差无几的枝干，多为指头粗细，被她整整齐齐地码在手推车上。

农村出生的孩子知道柴的金贵,我禁不住好奇询问:要做栅栏,还是……?她说冬天烧柴用。我"噢"了一声。城里现在还有烧柴的?再看她,不老不少,衣着得体,应不属生活拮据之列。我肤浅了。前几天刚看过一本书叫《土里不土气》,两个非典型八〇后年轻人,从北京主动外撤七十里,在一个叫里山的地方定居下来,耕田种地,修葺屋舍,升起炊烟,饲喂动物。可人家有着生命科学硕士毕业的底子呢,更是环境自然之友和野生动植物保护国际的成员。每个生命都异常可贵,不论人或物。走出很远,我又回头望望她,还有那堆上好的柴。

那根根光溜溜的干枝用来作柴,肯定好烧。我仿佛听到了它们在炉膛中噼啪炸响的声音,真好听!就像小时候妈妈升起的炉火那样——

妈妈弯腰,在低矮的灶间烙油梭子饼。油梭子,东北俗语。过去的生活并不富裕,猪肉是餐桌上的奢侈品。为了全家一日三餐细水长流,妈妈常把买来的肥猪肉炼油储存备用。炼油时,爝尽肥肉的油水后,剩下的油梭子便成了稀罕之物,我们爱吃用它烙的饼。油梭子饼其实没什么特别食材,面、油梭子、葱花、盐,就够了。

妈妈下了晚班,在灶间排开"战场":揉面、拌馅、包、擀、烙,我负责往灶间填柴——各种树枝、柴草。灶台面上放着小竹篮,妈妈烙好一张饼,就用铲子从锅里铲出来甩到篮里一张。没多时,油梭子、葱花和面香就逗出我们的馋虫。弟弟顺一张饼,跑到院子里玩一会儿。吃完了,再顺一张接着玩儿。我和姐姐围住灶台,嘴巴也没闲着。就这样,等妈妈烙完所有的面直起腰,掖掖耳边的头发,目光落在小竹篮里时,却发现:一张饼也没有了。怎么说呢,那点儿油梭子能烙几张饼啊,实在是禁不住我们仨左叼一个、右尝一个。

妈妈没有责怪我们,说下次多烙一些。我们又舔着嘴唇,没心没肺地期待着下一次了。炉膛里的柴火仍旧很旺,时而还有微小的炸裂声传来。炉火映红了我的脸,有温暖,也有一点点羞愧。但羞愧一会儿就忘了,说不定借着屋子里不散的香气,还做了一个美梦呢。

味蕾的记忆顽固而执迷,尤其是我们物质匮乏的童年时代。于是,与之相关的一枝一蔓,也成为回忆的一部分了,跟随在生命中。

天光云影共徘徊

从什么时候起,我习惯了在傍晚四五点钟出门,只是为了看看太阳落下地平线之前柔光笼罩的一切。

　　这种习惯的养成缘于某年我正写着的长篇受阻,像过多的淤泥钳制了河水的流动,不得畅快。那时,我拎着一只小徕卡,每天跑到辽河大桥上,拍长河落日,也拍片片稻田、莽莽荒野,或荒野中的一棵孤兀之树、一条断肠小路。完全是恋爱中的心境——不是爱具体的人,而是爱上了如此天光下的万事万物。

　　后来,或是长篇找到了出口,我就把这件事儿放下了,但追光的习惯依旧。不管一整天有多闲,总要耗到那个钟点冲出家门,去追四五点钟的侧逆光。如果不来湿地公园,仅在小区里转悠,也不例外。但湿地公园的傍晚,更具气象。

　　在蓝天白云的映衬下,那光更加迷人。它落到树上,树便被镀了金光,树杪上明亮的色泽极富感染力。它照在河上,水面便像画家刚刚完成的巨制——画没看到,只看到他清洗画笔的笔洗——多么大的笔洗啊!刹那间,黄澄、朱殷、柘黄、紫蒲的颜料一股脑溶于水中,河面辉煌炫目。又如沸腾的钢水,有着钢铁的质地,既铁血又柔情。还仿佛巨蟒于看不见的争斗中忽然直起腰身,化作祥云缓缓升腾,身后留下血色黄昏。有一种壮阔、悲壮、史诗般的美,无法言说。有汹涌的潮水翻腾于胸中。

　　我掏出手机,左拍、右拍,蹲下、起立,调整拍摄的方向、角度,却总不能拍出眼前美景之二三——看到的、拍到的总是逊于本真的美,无法清晰地呈现与转述,仿生学的误区,令我气馁。

　　叹了口气,我继续往前走。这一回的目光,落到了东面的斜拉桥上。

　　正值晚高峰,桥面上车流不多不少,刚刚好。大桥简约的线条,呈现出刚与柔的完美融合。因为远,我听不到车鸣。多远呢?整个园区从东到西,我要走一个小时。这只是南岸。如果穿过水上浮桥到北岸。南北两岸走下来,两个小时是远远不够的。

　　东张西望中,我再次望向斜拉桥时,立刻呆住了!——我看到子弹头似的白色动车,在桥面上无声地飞行!

　　"开往春天的列车/如一排失声的雁阵/贴着我曾经的梦飞翔//那不是梦。一片洼地是我的家乡/在渤海湾畔,在辽河岸边/土地还没有换上春装/我们放风筝、呼喊、奔跑/是儿子的惊叫让我敛尽欢颜//开往春天的列车/朝向天堂的方向/在歌声的尽头/我看到茫茫的森林/挂满幸福的黄手帕。"(旧作《开往春天的列车》)

　　没有丝毫阻碍,眼前所见与若干年前的场景重逢。那时,这儿还不叫公园。某一天,我们就在这儿的泥滩上,举着风筝欢叫、撒野。忽然,儿子停下奔跑的脚步,兴奋地指着远处大叫:"妈妈!快看!火车!"

远处的铁路桥上,一列绿皮火车冒着白烟,铿锵有力地从我们的注视中缓缓远去。我们立在原地——有一部分自己,仿佛也被带走了。

直到火车消失于我们的视线,我才回过神儿来,一边抓住风筝的丝线,一边对儿子说:"早晚有一天,你也像风筝和火车一样离开妈妈,跑远去喽。"儿子一个劲儿地摇头。我越微笑着坚定语气,他把头摇得越快,后来,急得眼泪都要流下来了。

事实证明,我是对的。他既是火车,又是风筝——但是,跑得再快、飞得再高,如丝线般的牵挂也会一直在我的手中——不!是我们在彼此的手中。

如今,原来的铁路桥已经废弃,新铺设的铁轨使动车身轻如燕。从远处看,这边的斜拉桥与那边的铁路桥几近等高。于是便出现了幻觉:两座桥跨越河水完全重叠,铁路桥上的动车便位移到斜拉桥上了。视觉欺骗了我,也唤醒了我。往事如黑胶唱片,这样的"欺骗"就是唱针,温暖的记忆和美妙的情感一次次被唤醒,被加密,被增容。

(宋晓杰,出版诗歌、散文、童话等各类文集二十余部。曾获第二届冰心散文奖、2011年度华文青年诗人奖、首届"紫金·江苏文学期刊优秀作品奖《扬子江》诗刊奖"等。2012—2013年度首都师范大学驻校诗人。)

旧年的春天

许松涛

种 菜 去

　　世界之大，大到无边，但不是天地。天地只一个，世界没法比，世界太多，一花一世界嘛，再大，也大不过天地。满世界跑的人，再厉害，也不能跑遍天地。这就叫局限。

　　我自然是有局限的。且不说自身的局限，就拿自己的小居，缩进地图里是看不见的，别说地图了，就是小区，也是如此吧。每天进出的人，如过江之鲫，人与人是不认识的，或者认识的人中见的机会是不多的，这就注定了人的微不足道。所谓的人气原来还是在人制造的小圈子里，离开了圈子，天地是不认的，这时世界的概念回来了。世界很大，所谓的世界就是一个个小圈子组成，世界的丰富性，几乎是圈子的丰富性。人，植物，动物，不同的世界，物理的，化学的，哲学的，历史的，只要愿意分类，世界就存在无数的门。

　　我在门前也有个世界，跟别人无关的，但是跟自己内心确实有很大关系的。这关系是我意识到而别人也许不屑的，我说我看那几棵瘦不拉唧的青菜能看半天，你不认为我脑子有问题吗？我每天几乎离不开这门前比一只木盆大不了多少的一块地，小区里能拥有这么一块临时的地，我是心满意足了，我甚至担心哪一天会被清洁工给铲除掉。不过我算是暂时还没有遭遇此事，我暂时就还心安理得地享用。我不是为了吃那点青菜，我确实是为了观赏，我需要在一块原始意义的空地上看它的成长和衰老，从一棵小苗苗开始，我每日关注它，晴也好，阴也罢，热也好，冷也罢，我都那么在乎地看，惹得隔壁的老头很奇怪，一次我正在门边路牙子上拿小锄头挖丞栽苗，邻居兴冲冲撺过来问，栽花吗？我被问得哑口无言，是啊，小区绿地就是用来栽花的，不是用来种菜的，我犯规了。算好了的，邻居没举报，反而过来问是不是花，我笑笑，有种满足，但是我不想撒谎，就直截了当说了，是种莴笋呢。见小苗苗可爱，就想在荒芜的门前水泥门坡边栽几棵新绿，长起来也许就是一道风景。起码我心里是这么想的，植株老了，也还是开花结籽的，到底是花呢还是菜呢，我还真的不好说。幸亏邻居老头没有在意，立即了无兴味地离开了。不过我还是从他莫名其妙的眼神里感觉到了不可思议，也许他认为碰见一个怪人了。跟这个怪人做邻居得小心点，而小心首先得从嘴巴上做起，祸从口出，历来如此，这也许是老邻居没有再过问的原因。

我非常理解这种眼神。他们是从农村拆迁过来的，我在这里租住，跟他们就不一样了。我没有农村的那些可以随便跟菜打交道的福气，对有限的绿色植物是趋之若鹜的，情有独钟的。我是一种远离村庄又来自村庄的人，对村庄的情结至少也突出在种菜上，我一看见菜地就发出欢呼，如果有块空地心里更是痒得慌。巧的是小区里种的草竟然死掉了不少，露出零星的荒芜，我觉得不栽点什么上去真是辜负了大地的恩赐，所以我还是选择了准备被小区管理员谴责的心态，打算试一试。我立即行动，很快栽上十几棵菜苗，找点树叶等杂物掩盖在上面，让它们越冬，春天也能化作肥料，岂不是一举两得的事？

我这样盘算好了，开春的回报自然来了，一阵暖风吹过，我的小菜在拔高，日渐长出模样来，小的时候认不出是什么菜，而今能一眼从叶片上辨别出是什么了。我欣喜地给它们浇水，还将厨房里能做肥料的杂物埋进土壤以期发酵，变成有机肥。这让我在紧张的案牍之余获得了解放和超脱，心情也好起来。我沐浴着春风里的事物，真是一身出尘地轻松。我常常站在这绿色的小菜苗前，不知不觉披上暮色和如水的星光。即使开灯了，我也开着门，不忍把自己关在家里，我仍然觉得身在门外，与那些鲜嫩的绿融合在一起。我就在这小格局里自守，触摸星空下广漠的宇宙。天理是存在的，道义是明摆着的，这些，我们都遵从得如何呢？还有，我们所谓华贵的生活到底是什么样的生活？对它的定义，我越来越模糊了。好像在很多年以前回答它根本不是问题，而今我回答起来有多么困难，真正的答案也许背道而驰了。我是不是有些武断，或者鼠目寸光，甚至越来越孤陋寡闻、坐井观天了呢？这些我都不能回答，只能交给无垠的天空和茫然宁静的大地上的夜色，我的心融入了天地间无尽的苍茫与辽阔的虚无了。

留不住，是我在这片暮色中的结论，消逝与永恒，岂止是一个简单的概括？一个人是什么，属于谁，我不能回答了。一个世界的终点和始点，似乎就在凉风吻过我嘴唇的一刹，重合了。

世界不分大小，没有远近，只有单纯与芜杂。所谓的轰轰烈烈，是它呈现的虚华轻浮的假面，顿悟了，一个人就活出了道行。

飞 花 令

清风出口成章，流水滥觞成篇，好词句，好兴致，恣肆汪洋……

草叶上，花丛间，翩翩飞的是蝴蝶。它们是不是迷路了？溪水边，枝头上，悄然回首的花仙子，你在干啥子？举头的片刻、沉思的片刻，孑孓蛾子眼前转，轻盈地飞，欢快地跳，忽儿高、忽儿低、忽儿起、忽儿落，我的眼前飞去一匹神骏。小河，一晃是一条诗意的曲线；小山，一纵是一片逶迤的青螺，不沾一星人世的风尘，落在三生三世无染的兰花瓣上。一支以假乱真怒放的蝴蝶兰，香；一曲惊世骇俗的飞花令，艳。

它们全是手到擒来，全是口若悬河，滔滔不绝。蝴蝶一甩水袖，飞流直下三千尺，唐诗宋词三千篇，她的芬芳铸就美丽，她的美丽铸就永恒；飞花令，平仄起落，抑扬顿挫，犹如一袭羽翅、一羽旗袍、一根套马杆、一柄莫邪剑。上下求索五千年，飞花令一路引出诗酒流觞，花仙子的笔墨、公孙娘的背影，最有资格指点横竖撇捺。与昆虫有关的家族闻风而动，暗合才子佳人美谈，演《离骚》，唱昆腔，敲关东大汉铁板，走台步，摇纸扇，明眸皓齿，红口白牙。花开处，生灵倾巢出动，世间万人空巷，活见到，右军帖，石如刀，东坡猪，米蔡墨，一瓣为张择端，一瓣是赵孟頫。七八个星天外，三两点雨山前，纷纷响应，纷纷粉墨登场，魏晋风度，汉唐风骨，六朝旖旎，《离骚》绝唱，八怪呢？七子呢？在扬州也好，建安也好，都是日月星辰的中转站，无须振臂应者云集，绿油油的麦地、金灿灿的油菜花海，都是纳兰的词，上官的赋、贵妃的曲、薛涛的笺，与石崇无涉，与沈万三无故，与张居正无缘。赋诗、填词、唱和，天地摆就的好赛场，山坡、河谷、草场、原野，全是它们喜悦相逢的好地方，欢娱、意趣、平仄、悠游、适意，均在漫天才气纵横的时空里穿梭来往。

古时先贤们的赏心乐事，他们发明的飞花令一旦在时间中诞生，就在时空中绵延，且在亘古的溪水边雅集，且在永远的草堂前幸会。时空里，空气流芳，季节含韵，杂花群莺，清风云雨，甚至枝头上、院子里、案上，都染一席春城无处不飞花的烂漫。或京腔，或越调，或青衣，或花旦，哼一曲祝英台，喊一声大江东去，来一句白蛇传念白，别来无恙好啊！深情款款，渡头；杨柳依依，泥土，缓过了劲儿，齐齐地勃发活力。

大地回春了,大地春回了,春的大地就是这么迷人,就是这么斑斓,这么美不胜收——

昆虫,美得叫人瞠目,叫人不可思议。俯卧在肥硕叶片上的七星瓢虫,艳丽的翅膀被神撒上天意的彩斑;通体透明的淡青色螳螂,伸展一条玉臂,引颈长空,似在等待一场春天的雨露。奔跑的小蚂蚁,一群一群,窸窸窣窣,从返青的草茎上跨过,粗大的根结绊住它们兴奋的脚丫,差点摔了个嘴啃泥,差点把衔在口中的草叶丢掉,前功尽弃;嗡嗡嘤嘤,裹着黄色粉末的小蜜蜂,铺天盖地的身姿没入花海花径,蜜蜂的飞花令是什么,我只能陶醉地想象、猜测、捕捉。整个天地都沉醉在大地的怀抱里。这是出乎意料的,美得令我差点屏住了呼吸,说不出话。

鸟儿美,美得叫人忘乎所以;白云美,美得令人心驰神往。一对白鹭,忘情地在天地间嬉戏,轰轰烈烈的景象令人叹为观止。两只白鹭宛如对方的倒影,虚拟的中轴线在空中,喙与喙对接、眼与眼对视,身体与身体各自在天地间展示垂挂的平衡。定格是个多么骄傲的词语,举世无双的奇特表演,竟然在鸟的世界里横空出世。我记住了这个不同寻常的瞬间。它在诉说衷肠?它们相濡以沫?它们在这个复杂的世界获得了单纯并超越?一窝黄口的小燕子在谁家梁下叽叽喳喳,它们嗅到了泥浪的气息、槐花的清香、栀子花的芬芳,它们再也耐不住性子了,它们被斜风细雨的世界迷住了,翅尖上的每根羽毛都胀满了青春的潮汐。

麻雀,久违了你,是我的错;小花狗,不配你多情的小尾巴为我盛情相邀,我没有你等多么乏味!多么荒凉!紫云英、爬山虎、癞蛤蟆、白天鹅,且让我在今朝,咀嚼一场飞花的盛宴,做浅吟低唱的假想,圆一醉方休的春梦,只图它一回淋漓的畅快!

春 光 美

春光美,美得我一直说不出。那个美叫我哑口无言,也令我瞠目结舌,仿佛我撞上了天神,我没有能力描述它的美,我为此而苦恼,先是急得直跺脚,然后是直嚷嚷,接着甩开膀子在田野间到处奔走。这绝对是兴之所至,绝对是随心所欲,绝对地优哉游哉忘乎所以,好像自己是一只小鸟,或者一朵迎风怒放的迎春花,要不,就是一只在低空跳跃的金龟子,逗引着一滴雨,引诱一束光,含一粒红豆。哦,我到底是谁呢?我不能分辨。

是的,燕子还没来,谁家的梁上它们还没有亲热够;鹧鸪鸟还没来,无边的田块还没替它们铺下柔软的产床;翠鸟还藏在苇荡深处的巢里,不知道河水才擦亮一方明镜。平时最多的是麻雀,一落就是一片,草垛上,屋檐下,它们叽叽喳喳好热闹,我仰头,它们还在闹哄哄地挤挤挨挨,慵懒的小身子还缩在自己茂密的羽毛里。太早了点吧,谁说早就是早呢?

立春。一场细雨,稀稀拉拉筛出春风的绵柔;一场雪花,飘飘荡荡旋出南国的妩媚。第一个人,立定在道路上,影子里弯下腰,春就这样打开诗意的胸怀,一个春天就这样再次注满清粼粼的画意,风摇晃,柳枝摇晃,大地摇晃,人影摇晃,摇晃是某种魔力展示的旋律,春天的光在远处合唱。

我,雨点一样,光芒一样,喷泉一样,顺着春的盎然诗意滑行,醒与睡都仿佛掠过春天的梦呓。即便如此,我感觉到它们与我的血管、内心和灵感发生了对应,它把我打开了,打开了我心里的另一个春,也叫打春?难道这就是契合的美妙?假若一个人活得不耐烦了,就这样在光里站一站,也许就生出贪生的依恋了。春之美,美得我苦恼了,但这种苦恼仍是甜蜜的,是加糖的咖啡,是加卤的蜂蜜水。原来真正的美是说不出的,说得出的美还没有达到美的极致、美的高妙处。有了这极致,即使九死一生,即使万劫不复,即使跌入地狱,人生也不枉活它一回。

做一回春天的俘虏有什么丢人的呢?被春天捉拿,放逐在河谷,羁押在船舷,扣押在山涧,这有什么不好呢?赤足在弯弯曲曲的溪流里,在春光流布的大地上潜行,把自己交给莽荒和虚无,交给空阔与缥缈,交给神启与无知,有什么不好呢?一个人赤条条来过与赤条条去过,在随心所欲的情境里贴近世界万物的魂魄与气息,有什么荒诞与变态的呢?我不同意,更不想计较,当然不是愿意去做现实的囚徒,去披挂肉体的牢笼束缚一颗心灵的马匹。把自己放空,污浊之气放空,情绪垃圾放空,爱恨情仇放空,回到一个一无所有的原始境地,枕着青山,吹着麦哨,嚼着草根,扔几枚卵石,蛰伏在山洞里体验刀耕火种的原初,有什么奢侈的呢?

不要等了。活物都悄悄钻出来了,一对很小的蚂蚁出发啦,角落里撑起一张新网,一只多脚蜘蛛窥视着我,一粒瓢虫落到我的书案上。伸了伸胳膊,我走出门,路边的草茎爆芽儿了,枯萎的草坪暗藏星绿,潮润的地皮散发出好闻的气息。啊?昨夜筛下一笼春雨,一溜儿莴苣肥大的叶子上还滚动着雨水的晶莹,门前的桂树忽地洗去了尘埃,格外抖出精神。好个一尘不染啊,我的肺忽然被清新的空气荡涤充塞,感觉到往日的沉闷滞重都烟消云散。原野,简直在梦里,我在此看到它的辽阔和苍茫,在此惊讶于它的广袤与柔美,层层叠叠的山岚与丘陵,低缓的山岗与坡地,此起彼伏地逶迤,仿佛逶迤在安谧的原初世界尚未醒来。寂静给了这个世界最大的底气，万物蓄势待发地握着这个世界最诡谲的底牌，许多人都在期待她的繁荣。春光岂止是光，而是光的世界里容纳的万物，有形与无形，在与不在，都泛滥在它的光里，都沉静孕育在无声无色的光的博大宽容里。

有人狠劲地吼嗓子，这是喊春；有人沉静地品茶水，这是饮春；有人在溪头在山涧在草丛里寻觅，这叫赏春。春到底在哪儿呢？哪里才是春的全部、春的面目呢？水里流动的春，篮子里提着的春，猫叫着的春，看得见与看不见的光里，在一条时光的线段上滑行的春，我干脆就称其为春光吧。我一把捉住它，它跑了。我放开手，去拥抱它，它在我怀里，又跑了。春是捉不住的，它太会捉迷藏了。

我在万花萌动的蓓蕾期，左一下，右一下，妄想抓住春的踪迹。结果，我还是像个孩子，或者一个疯子，就在这忘情的扑腾间，突然，我发现自己老了。

（许松涛，70后，安徽桐城人。出版散文集《这个春天的花》等8部，在《人民文学》《散文》《清明》《雨花》《中华散文》《散文天地》《福建文学》《四川文学》《广西文学》等多家刊物发表作品。）

春天的七个片段

项丽敏

黎明领唱者

那只乌鸫又开始它的音乐课了,隐身在阳台外的玉兰树下,独个儿在那里咿咿呀呀,叽里咕噜,声调压得很低,担心被旁人听去了似的。

乌鸫这是在悄悄地练功呢,把记忆库里的曲目倒腾出来,将音符重新打磨,磨出光泽。曾经熟练的歌,毫不费力张嘴就来的曲子,隔个大半年没有唱,就陌生了,音准、气息、韵律感、美感,全得重新调试。

没有谁是天生的歌唱家,就算你有一副好嗓子,有绝妙的模仿力,也是要不断练习的——乌鸫深谙这个道理。

乌鸫把歌曲的练习当作一件私密的事,在获得自我认可之前,乌鸫是不想让谁听见它的歌曲的。转音、变调、滑音、换声,一遍一遍排练,在反复的演习中找到自己的腔调。

三月第一个周末,阳台外的玉兰一夜绽放,开了满树白鸽子样的花朵。六点一刻,乌鸫用一个上滑音拉开清晨的帷幕,清了清嗓子,把它已然婉转的歌曲从容地演绎出来。

惊蛰之后就是乌鸫的演唱季,乌鸫的歌声响起之后,天就亮了,然后,更多的鸟儿——斑鸠、麻雀、大山雀、椋鸟、白头鹎、领雀嘴鹎、强脚树莺……一众林禽的歌声此起彼伏,和这个时节的花儿一起,次第绽放,绵延不绝。

斑鸠之歌

晨起,拉开阳台窗帘,一对鸟儿飞起,扑棱棱钻进对面的香樟树,在树枝站定后,扭过脖子,歪着小脑袋,用小眼珠子看着我。

是珠颈斑鸠。珠颈斑鸠在吃小米。小米是我撒的,撒在阳台外的玻璃顶棚上。

撒小米这件事是从去年冬至开始的。起初没有鸟儿过来吃,一天,两天,三天……过去一周,小米还在那里。鸟儿的视觉敏锐,不会看不到小米,大概是不信有这等好事——平白无故,怎么会有食物落在那儿,八成是人使的圈套。

又过去几天,再看,玻璃顶棚上干干净净,小米没有了。心里一阵欣喜,送出去的礼物被收下了,好意未被辜负。

后来,与前来光顾的鸟儿之间就有了默契,每天早晨,开窗后撒下一把小米,到傍晚关窗时,米粒所剩无几。

一袋小米剩下半袋,仍未见过吃米的主。倒也能猜出八九分,不外乎是乌鸫和珠颈斑鸠,它们是这里的常住鸟邻,什么地方有什么,清楚得很。

入春后,给阳台添了一些绿植,天气晴好的日子,就坐在绿植中间,手里端一杯热茶,静静感受阳光的安宁和煦。这时就看见飞过来吃小米的鸟儿了,是一对珠颈斑鸠,悄悄落在玻璃顶棚上。

我稍微移动了一下坐姿,被它们发现了,迅速飞走。过了一会,见无动静,又飞过来,继续享用早餐。

待我喝完一杯茶,它们也用完早餐,飞到对面的香樟树上,开始练嗓,咕咕、咕咕、咕咕、咕咕……一声来,一声去,听在我的耳朵里变成了"天气真好,小米好吃,谢谢招待"。

风铃的寂静之音

居住此地已有七个年头。从搬来的第一天,阳台外的红叶李树就成了我情同手足的伙伴。

一天里最喜欢的事,就是坐在阳台的单人沙发上,看那些树,看四季在它们身上缓慢流动。二月里树发芽了,三月里树开花了,到了四月长叶子、结果子,把周围的鸟儿全引来了。之后就是五月初夏,叶子的颜色变深,呈朱红。夏天雨水多,红叶李树的叶子在雨里红得发亮,太阳一出,又燃成一团火焰。之后就是秋天,树叶纷纷化蝶,飞离枝头,时常也飞到阳台,落在我怀里。

到了冬天,叶子落完了,会看见树丫中间的鸟巢。每棵树上都有鸟巢——乌鸫的巢、椋鸟的巢、远东山雀的巢。

有一根树枝离阳台很近，像树伸过来的手臂，踮着脚就能与之相握。这根树枝是有灵性的，有时整棵树都不动，唯有它上下摇摆，像有看不见的小精灵骑在枝头。有一天，也不知是哪道灵光一闪，就将一只铸铁风铃系到树枝上。

在树上系风铃这件事不是我的原创，而是在电影上看来的。忘记电影的名字，只记得有一个镜头，是下雪天，一对恋人坐在门廊前，嘴里哈着白气儿，仰头，看着近处的树，树上一只钟形风铃，在漫天飞雪的背景里叮叮咚咚地响，天地静美，世界复归鸿蒙初开的时刻。

挂上风铃的红叶李树成了会奏乐的树。冬夜寂静，醒来时听到风铃声，细碎又缥缈。

转眼雨水节气，多风多雨。这几天风铃的声音从早到晚，叮咚不绝，和着细雨和偶尔的几声鸟鸣，碰撞着早春的脉搏。

轰然绽放的三月

在路边发现一种十字花科植物，叶子窄长，茎秆上分出许多细枝，一簇簇地举着花苞，零星开了几朵黄花。以为是野生芥苔，近看又不像，打开手机，用"形色"辨识，是薜菜。

这还是第一次见识薜菜，采了一把，带回家，养在阳台的旧陶罐里。过了两天，花苞儿全松开了，细小，稚嫩，黄灿。

花朵邀来阳光，春天的气息安静流淌。

到了三月，空气中就布满十字花科植物的味道。菜地里的白菜起薹了，开花了；萝卜、芥菜、紫菜，使劲儿抽着花苔；地沟里的独行菜、荠菜，浮出一片细碎白花；河边的二月兰——俗名诸葛菜，也端出了紫色花朵。

最有气势的还是油菜花，几个晴日一过，就"轰"的一声，泛滥了，将村庄包围其间，过去几天，涨上来几分，过去几天，又涨上来几分。村庄像一艘旧船，在油菜花的洪流里陷下去，陷下去。

油菜花开时桃花也开了，开在油菜地边上，金黄与粉红，各自芳菲。

这时节，村庄再也静不下来，到处都是蜜蜂的轰鸣，到处都是鸟儿的情歌。

不知是不是空气里布满花粉的缘故，这样的时节，人的嗓子也忍不住发痒，总想要放开喉咙,吼几声,唱几句。

清晨走在马路上,就遇到一位大声唱歌的年轻人,骑着摩托,从远处疾驰而来,经过我身边,歌声像野花一样肆意。

这分明是一个恋爱中的年轻人,快乐胀满了他的胸腔,就像花苞膨胀的春野,阳光的指尖一触,就齐齐地打开花瓣,轰然绽放。

茶乡燕子归

四月过半,是太平猴魁采摘时节,原本冷清的村庄热闹起来,到处可见采茶人肩背茶篓的身影。

采茶人有本村的,更多是外乡人。到了茶季,就有外乡人候鸟一样结伴过来,茶季过去又结伴离开,换一个地方继续找营生。

让村庄变得热闹的,不只是这些外乡采茶人,还有燕子。

我家屋梁上有黄泥垒就的燕巢,春分过后,父亲就把屋檐下的气窗打开,那是专给燕子进出的门。

燕子回来的日子也不一定,有时早,有时迟。有两年,快到清明燕子还没回来,母亲就坐在门口等,嘴里念叨着:都什么时候了,怎么还不回来?

不明白的人,以为母亲在念叨她的孩子们。

无论多迟,燕子总会赶在清明前回到村里,一对对,从村头飞到村尾,从村尾飞到村头,然后停在晒场上空的电线上,大声叫嚷,像是在说:到家了,回来了,到家了,回来了……

我家大门正对着晒场,听到叫声,母亲抬起头,脸色舒展:是燕燕,燕燕回来了。

母亲把燕子叫燕燕。也不只是母亲,村里人都这么叫,把燕子叫作燕燕。

在电线上小憩片刻,就有一对燕子飞向我家,一前一后,穿过气窗,进了屋子,在堂前绕几圈,又飞出去,嘴里的叫声没有停歇。

接下来的几天,这对燕子开始忙碌,衔来新鲜的泥巴,修补旧巢。

燕子回来了,父亲和母亲心里的牵挂也就放下了。对他们来说,燕子回来的日子才是春天的开始,一对活泼的生命在家里飞进飞出,乏味沉闷的日子也就有了亮光和生气。

燕子回来后,父亲和母亲说话的声调也温和了许多,仿佛是受那对燕子的感染——

燕子太恩爱了,有说不完的话,即使到了夜晚,醒来的片刻,还能听到它们的呢喃细语。

一棵树能养多少只鸟儿

四月的最后一天。细雨敲打在雨棚上,像看不见的手扣动时间的节奏:啪、啪哒、啪、啪哒……阳台外的香樟树上,一只乌鸫在这样的节奏里变换腔调,自说自话,这是个不甘寂寞的主儿,挺会给自己找乐子。

半个小时前,暗绿绣眼鸟来过这里,在阳台外的红叶李树上寻吃的。红叶李树的果子还没有成熟,没到吃的时候,绣眼鸟翻寻了一会儿,在树枝上荡了会儿秋千,飞走了。

绣眼鸟是这里的旧客。年复一年,这个季节总能在阳台看见它们,一天里要飞过来几趟,寻不到吃的也要飞过来,像一个农人没事儿就要到菜地里转转,察看一下庄稼的长势。

也许绣眼鸟并不是来寻果子吃,而是来吸树汁的。树汁也是鸟儿的食物——用嘴喙啄开树皮,树汁就渗出来了,一滴细细的甘露。

树真好啊,总是默默地供给鸟儿们需要的营养。

一棵树能养多少个鸟儿呢?这是道费解的数学题。

想想阳台外的这几棵树,一年里会有多少鸟儿来造访,或许就有答案了。

或者这么算,这几棵树上有多少个鸟巢,鸟巢里一年会飞出多少只雏鸟,也可以作为"一棵树能养多少只鸟儿"的答案。

到底怎样的答案才是正确的?还真不好说。罢了,数学题总是很让人伤脑筋,就交给喜欢动脑子的人去做吧。此刻我只愿做个无所事事的人,独坐一隅,打开感官,聆听自然的节奏,像一棵树那样安静,等待暮色乘着缓慢的马车,从远山降临。

春蛙的田野奏鸣曲

清明前后是气温骤然升高的日子。此时走到郊外,就会有咕呱、咕呱的蛙鸣从四面蹦出,听起来像是田野的问候:你好、你好……

居所附近就有一片盛产蛙鸣的田野。田野里有水塘,水塘边插着几根钓竿,走近了看,发现垂在水里的钓钩上是挂了鱼饵的。

经过水塘,是长满苇草的沼泽地,野鸟结着对儿飞进飞出,我认得的有雉鸡、斑嘴鸭、牛背鹭、黑卷尾、灰头麦鸡。

沼泽地往上走是水田。翻耕过的水田蓄满了水,似一面面的镜子,无规则排列,倒映两边的山色和天空云影。

走到水田边,咕呱、咕呱的蛙鸣殷勤而至,犹如鼓点,敲打在暮春之野的寂静里。

水田之上是油菜地。半个月前,油菜地还是炫目的金灿,仿佛全世界的阳光都汇聚到这里。而此时,油菜地已然换装,一片豆青色——吸足了阳光的油菜正秘密地孕育籽荚。

油菜地边有几畦桑田。桑田里的桑树剪过枝,半人高,桑叶如大大小小的绿手掌,随着蛙鸣的节奏在风里轻摆。

春蛙初鸣时,桑树正在开花。桑树的花为葇荑花序,毛茸茸,挂在桑叶下,打眼看去像是蝴蝶的幼虫。

过不了多久,桑花就会变成桑葚,由青转红,由红转紫。到那时,水田里该插满秧苗,白鹭四野,春蛙的田野奏鸣曲也更热烈了。

(项丽敏,居于安徽黄山,自然写作者,已出版《山中岁时》《浦溪河的一年》《像南瓜一样活着》等十余部作品集,多次获安徽省政府文学奖。)

凤凰何处栖梧桐

张 建

在那年夏季之前,我从没见过中国梧桐,所见皆法国梧桐。

法国梧桐不是梧桐,真名叫三球悬铃木,是蔷薇目悬铃木属的落叶大乔木。我国境内共有一球、二球、三球悬铃木作为行道树栽种。中国梧桐是真"梧桐",原产地中国,为了区别于法国梧桐,故而加上"中国"两字。实际上,梧桐是锦葵目梧桐属的一种落叶乔木。

在那年夏季之前,我只在书中听过梧桐的名字。从诗经"梧桐生矣,于彼朝阳"、庄子说鹓雏"非梧桐不止",到百姓口中的"栽下梧桐树,引来金凤凰"。听得两耳生茧,但我没见过它的真容。

而法国梧桐多啊,多到成为春天一"害"。每到春季,风一起,悬铃木种球掉下来,种毛四下飘散。悬铃木种毛木质,又硬又碎,戳人得很。风一吹,飘得到处都是,引发过敏、角膜炎、结膜炎和呼吸道感染等一众疾病。若是房子临近法国梧桐,春天就没法开窗,更不敢晒被。种毛沾到晒在外面的衣服被褥上,抖不净,拍不净,睡到被窝里第二天就长一身的红疙瘩。以至于城市新规划里,把悬铃木这个夏季里浓荫蔽日的世界著名行道树砍伐得所剩无几。

那年初夏,我到邓石如故居所在的村镇采风,行走在大龙山中,巧遇梧桐。

说巧,是因为有些迷路,又下着小雨,不知道是不是走错了,想找人问路。现在的山村里人少,哪怕是在村里,也没有几个人。刚巧,路对面的山坡上有位老农。问路的同时,我发现一株树,它正把细碎的小花洒到我的头发上。这棵树非常不一般:碗口粗,树皮青翠光滑;树干笔直向上,直到高处才分岔;树叶宽大翠绿,赛过法国梧桐,与附近旁枝横逸、树皮粗糙的树木截然不同。好奇的我问树的名字，老农的回答吓我一跳："梧桐树，凤凰落的梧桐树。"真是说者无心听者有意，我心中万分感慨，书本里的梧桐，就这样悄然站在我面前。在给梧桐树上上下下拍照之后，方才依依不舍地追上同伴。我心中有众多的疑问：如此美丽的梧桐，充溢于书本中的梧桐，是怎样与城市渐行渐远，以至于后人无知，把悬铃木当成了梧桐？

此后，每有机会去周边县域，我都着意寻访梧桐树。去不了，也找曾在乡镇生活过的朋友打听。却原来，在村民口中，梧桐名称五花八门。叫青桐，指的正是梧桐树皮青绿平滑，树叶宽大如扇，凝碧滴翠。《齐民要术》记载，梧桐"按今人以其皮青，号曰青桐也"。古人也称之为"青桐""碧梧"，唐朝诗圣杜甫就写："香稻啄余鹦鹉粒，碧梧栖老凤凰枝。"

叫"皮树"或者"青棕皮""青檀皮"。种梧桐不是让它长成大树，而是取其树皮使用。在太湖县山里当老师的汪姓朋友告诉我：梧桐树皮沤的麻洁白，但粗、脆，不能纺，只能用于造纸和编绳。汪老师说他们家乡直接就叫"皮树"，有些地方的人加个类比词，叫青棕皮或者青檀皮。汪老师说过去生活中要用绳子的地方多，绳子没有卖的，只能寻找材料自己做。梧桐枝干顺直，生长迅疾，每到夏初，种下的瓜豆要搭架牵藤了，这时，梧桐的枝条也长得足够长。乡民砍伐枝条，剥下树皮，绑扎瓜豆架。多了也沤麻，留着搓成绳子，将来捆束庄稼。古代人就是这么做的，所以古书中也有把梧桐叫作桐麻树的记载。

也有叫"粑叶"树的。麦收时节，村妇们拣不老不嫩的叶子摘回家，剪成圆形，叫"粑托"，把发好的新麦面做成一只只粑，放在粑托上，再连着粑托一起上蒸笼。旺旺的火烧起来，不一会，随着蒸汽，新麦的香混合着粑叶的香弥漫在村巷里。提上一篮麦粑就可以走亲戚了。因此，有的地方也称梧桐树为"麦梧"。其实我认识"粑叶"早于认识梧桐树。有一位怀宁县三桥镇的黄大姐，我吃过她用粑叶蒸的新麦粑，口感清甜。她还带给我一叠粑叶，但我那时根本都不知道这碧绿柔软的大叶子就是梧桐叶。直到后来，和她面对着梧桐树，确认过眼神，才确认了粑叶本尊。

还有叫"瓢果树"的。等到秋初，就知道它为什么叫瓢果树了。梧桐结的是蓇葖果，果荚成熟前开裂成叶状，如瓢，种子就挂在瓢边。它的种子富含油脂，可以用来榨油。孩子们爬上树，把瓢果打下来，种子炒熟之后，香气扑鼻，比炒豌豆更胜一筹，是解馋的零食。流传甚广的谐趣半边联"童子打桐子，桐子落童子乐"说的就是打梧桐子。

我有位枞阳县的朋友说他老家屋后有几棵梧桐，小的时候，他就是那个打桐子的童子。每到秋天，日日盯着梧桐树，瓢果刚要张口就被打下来，炒熟那个香啊。他说他小时候最喜欢爬到梧桐树上玩，听见家人喊，两腿一夹，顺着树干刺溜下来也没事。因为梧桐树干直，树皮光滑，不会擦伤皮肤。我们这么一聊，引动了深藏在他心底的馋虫，秋天一到他就赶回老家，还说要给我带上一些尝新鲜。可惜，桐子早被鸟雀啄食光了，树底空余枯瓢。鸟雀日日守在梧桐树上，守着含油量40%的瓢果，怎么会把美味留给偶尔回乡的人呢。写到这里想起来，十多年前在宿松石莲洞的山里，也见过瓢果，那是落在山道上的瓢果。记得问过同行人，回答正是带着浓厚宿松方言的"瓢果"二字。我第一次见瓢果，因工作任务在身，匆匆一瞥，没有深究，却不知那是和梧桐的第一次擦肩而过。

至此，我算是认识了梧桐树。梧桐在山野乡间分布甚广。只是，什么时候中国梧桐被法国梧桐取代了？

在中国，梧桐又有"庭梧"之称。明代陈继儒在《小窗幽记》中写道："凡静室，须前栽碧梧，后栽翠竹。前檐放步，北用暗窗，春冬闭之，以避风雨，夏秋可开，以通凉爽。然碧梧之趣：春冬落叶，以舒负暄融和之乐；夏秋交荫，以蔽炎烁蒸烈之气。"如此美好，再加上有"引凤凰来"的祥瑞象征，以至"殷实之家皆种梧桐"。

梧桐不仅仅是"庭梧"。宋代《营造法式》就写明在建造宫殿时，屋梁上两头起支架作用的斜柱就叫"梧"。在安徽太湖县山里，村民们用梧桐的枝干做晒衣竿。梧桐枝干剥去皮后，洁白顺直又轻便，远胜竹竿。梧桐树树干直、轻、无节疤、不透湿气，长七八年就可以做房檩，十来年就可以做房梁，板材做箱笼、抽屉最好。古人说桐木最宜斫琴，不过，经过科学分析，认为那些著名的古琴是泡桐木所制。泡桐亦原产于中国，木材纹理通直，结构均匀，不挠不裂，易于加工，且声学性好，共鸣性强，是制作乐器的优良选材。

梧桐的根、皮、叶、花、果和种子均可药用。根用于风湿性关节痛、肺结核咯血、跌打损伤、血丝虫病、蛔虫病等。茎皮用于痔疮、脱肛。种子则顺气和胃、补肾、治胃疼、伤食腹泻、小儿口疮、须发早白等。叶能镇静、降压、祛风、解毒，用于冠心病、高血压、阳痿、遗精、神经衰弱、银屑病、痈疮肿毒。花用于烧烫伤、水肿……梧桐木材的刨花浸泡后的水还能洗头发。

这么一种全身是宝的梧桐怎么就从城市、庭院里销声匿迹了呢？

古人极爱梧桐，称之为"青玉"。白居易《云居寺孤桐》诗曰："一株青玉立，千叶绿云委。亭亭五丈余，高意犹未已。"司马光《桐轩》诗云："疏柯青玉耸，密叶翠羽蒙。"梧桐,几千年前就承载起国人无尽的情感,把孤傲尊贵、高洁不凡给了梧桐,把祥瑞的期盼与诚信的寄托也给了梧桐。邓柞慨叹"自惭不是梧桐树,安得朝阳鸣凤来",孟浩然品味"微云淡河汉,疏雨滴梧桐"的清幽,李清照则叹息"梧桐更兼细雨,到黄昏、点点滴滴。这次第,怎一个愁字了得"。

《史记》载,周成王为太子时,和弟弟叔虞一起戏耍,"削桐叶为圭以与叔虞,曰:'以此封若。'"君无戏言,于是"遂封叔虞于唐"。这件桐叶封弟的事件,即形成"剪桐"的典故,形成"桐叶封弟""桐叶之封""桐叶之信"的成语,也成为民间叶雕艺术有史可查的源头,也可以说是剪纸艺术的源头。在纸张没有被发明出来之前,梧桐宽大柔韧的叶片,成为人们剪窗花的好材料。有诗描绘汉代民间叶雕盛行的情景:"汉妃抱娃窗前耍,巧剪桐叶照窗纱",说明汉代的剪叶艺术已经相当普及。待到纸张发明出来,剪叶就变成了剪纸。

有"桐叶封弟"在前,古人称梧桐是灵树,能知岁时。南宋吴自牧在《梦粱录》里记载:宋代皇宫里种上梧桐树,到立秋之日,太史官隆重地穿上礼服执着朝笏,站在宫殿门口高喊一声:"秋来。"梧桐树叶应声飞落一两片,表示秋天到了。这就是"梧桐一叶落,天下尽知秋"。梧桐硕大如扇的叶片,春夏时节越发青翠,叶落时也就分外惊心。一声"秋来",万般萧疏。"春风桃李花开日,秋雨梧桐叶落时",引得诗人"无言独上西楼,月如钩。寂寞梧桐深院锁清秋。剪不断,理还乱,是离愁。别是一般滋味在心头"。

当然,有专家分析:宋代的气候寒冷,立秋时节气温比今天低很多。而梧桐对降温很敏感,立秋当天就开始落叶。但若是推敲原文,恐怕还是有点猫腻。"立秋日,太史局委官吏于禁廷内,以梧桐树植于殿下"——梧桐树并不是一直都生长在宫殿内的,而是立秋当天植的一株。临时种的,那想叫它哪天哪时落叶就很容易了,早点动动手脚就可以了。也许我们觉得有些可笑,有点"手动立秋"的感觉。不过,在古代,那一声"秋来",饱含着隆重的仪式感,是对古人数千年来总结的二十四节气的遵守与尊重。确实,农耕时代,每一个节气都十分重要,重要到在某个节气来临时,今天种植和明天种植,甚至上午种植和下午种植,最终的收成都会有明显差别,关系到国计民生,关系到百姓在春夏之交青黄不接之际能不能填饱肚子。

现在的梧桐树哪天落叶我不知道,因为在城市中我从没见过梧桐树,更无从目睹它的生长。

我所在的城市在砍伐了法国梧桐后,栽种了香樟、合欢、银杏等乔木作为行道树。

但这些树总差那么点意思。香樟冬季不凋，虽绿意可爱，可温暖的阳光也被它占尽，树下阴冷。合欢树开花美丽，夜晚叶片合拢奇特，但叶子细碎，又太容易生虫。银杏高大，但枝叶不那么婆娑，夏季遮阴也不尽如人意。于是，有人又呼唤法国梧桐回归。人们在法国梧桐上也下了不少功夫，想方设法让它少结球，不结球。可是，没什么大的效果。现在的改良手段仍然局限于修剪、嫁接。这样的话，何不考虑考虑梧桐本尊呢？

一株梧桐，承载国人几千年情思。"凤凰鸣矣，于彼高冈。梧桐生矣，于彼朝阳。菶菶萋萋，雍雍喈喈。"远在夏周，远在《诗经》里，国人就把梧桐视为祥瑞。有了梧桐，神鸟凤凰才有可能飞来，而凤凰落脚之地，必是风水宝地，此地必吉祥兴旺、人才辈出。

梧桐树喜温暖气候，不耐寒，喜光，发叶较晚，落叶早。主产于浙江、福建、江苏、安徽、江西、广东、湖北等省份，从广东海南岛到华北山东、北京、河北均有分布。在日本、朝鲜、韩国多为人工栽培，欧洲等地都有引种。梧桐寿命较长，能活百年以上，对多种有毒气体都有较强抗性。梧桐初夏开花，雌雄同株，花小、淡黄绿色，圆锥花序顶生，盛开时，高举在树冠之上，显得鲜艳而明亮。这样的性状，是行道树的合适树选。

虽然都说"栽下梧桐树，引来金凰凰"，但是为什么梧桐还是远离了城市，远离了庭院？也许对于梧桐来说，它是远离了喧嚣，远遁于山野，在丘陵高岗觅一向阳之地，与我们相忘于江湖。

也是那年，时间则是秋季，我在一座县城里见到了成行的梧桐，对，道路两旁皆植梧桐。其时，梧桐依然青翠，飘逸的掌状叶，裂缺如花。枝间，鸟鸣啾啾。噫，归来兮，梧桐！

（张建，1963年3月出生，曾用名张健，安庆供电公司退休职工。安徽省摄影家协会、中国电机工程学会、安庆市作家协会、中国民间文艺家协会会员。参与《安庆电力志[1897-2003]》《铜陵市志》《池州市志》编撰。）

最先锋

候鸟是云朵的伴侣

彭一田

1

我独自在云朵之间飞过,你可能看见了我。我飞翔的速度并不快,大多数时候是徒手的,一般情况下我只用自己的脚力,并不借助于其他机械工具。天空辽阔,你有看到其他的鸟在飞吗?那些结伴而行的候鸟,有时会占据天空的一角,它们一窝蜂地来和去,绵延在我的周围,或者离我较远的地方。你知道它们都曾飞过哪些地方,以及它们现在的位置分别是在什么地方吗?我是大致清楚的。我在飞行中,能看见远处无数的鸟群在飞翔,间或,我会注视它们的动向,因为它们和我是同类。这些鸟儿并不都是成群结队,也有不少像我这样单个儿飞的,它们大都自由而率真,视性情为生命本身。这些单飞的鸟因特别富有诗意而得到了我更多的关注。是的,你清楚诗人和候鸟都在同一个家族中,彼此可能是堂兄妹之间的关系,尚未出五服。

相传鸟类起源于南方的热带森林,随着种群扩大,迫使部分鸟类向北方迁徙,以满足食物和繁衍的需求。它们每年过冬时飞向南方越冬,春天时又从东南亚、新西兰、澳大利亚起程,飞向遥远的北边,这就是候鸟的由来。候鸟史诗般的大迁徙,它们的生命岁月本身就是迁徙。候鸟有节律地在空中变换队形,舞动穿梭,此起彼伏,在太阳和月亮下一次又一次起落，最终到达阿拉斯加、西伯利亚等繁殖地，然后返回，再起程。它们在漫长的旅途中以平均时速60公里飞行上万公里，途中在为数甚少的驿站歇息和补充能量。鸟群在接近雷州半岛九龙山这样的永久不变的驿站时，时而呈巨龙状，时而散开如群星，时而如升腾的烟雾，时而如翻转的海浪，人们称之为"鸟浪"。这"鸟浪"就像我们国家的春运。是的，你也一样，每到春节时会回一次老家。

把生命交还给大自然，融入生生不息的流转中，我想说，身体是它自己的一半，另一半就是它的飞翔，两半合在一起，方组成完整的生命。现在我徒步在丰饶的九龙山区域，九龙山在国际上的知名度首先是因为水鸟。九龙山是东亚—澳大利亚西迁线上的必经驿站。迁飞区包括22个国家，从阿拉斯加和俄罗斯远东地区向南经东亚、东南亚延伸，直到澳大利亚和新西兰。每年上亿只水鸟，分属250多个种群，包括36种全球濒危物种和13种近危物种通过东亚—澳大利亚西迁飞区。迁徙期间，这些水鸟需要依赖一系列优质湿地休息和觅食，积聚能量，以便完成下一阶段的旅程。

迁飞区范围内的国际合作对于迁徙水鸟及其赖以生存的栖息地的保护是至关重要的。因而在九龙山，普通的草木也变得富有诗意，何况这里还是国家级红树林湿地保护区，和雷琼世界地质公园的组成部分。

2

那天下午，我走在九龙山的星岭上，边走边看山岭上的那些具有华南地域特色的庄稼，甘蔗、香蕉、菠萝和花生是这一带主要的农作物。它们都是翠绿的颜色，甘蔗林更苍郁。离星岭不太远的地方有一家老牌的国有农场，叫收获农场，流向大海的湛堰河是要先经过那里的。听说后来有不少人离开那里进城了。天上的白云离这里的农作物很近，离我也似乎不太远，它在聆听和接受天空的真谛的同时，将风雨源源不断地传达给大地上的植物。风时刻有，雨经常有。而天空则一如既往地敞开胸怀，等待着候鸟的飞临。太阳西斜很久了，但离落山尚早，而月亮便已迫不及待挂上了半空。矮矮的月亮比山岭上的那株桉树要低多了，时不时地有鸟儿从附近的天空缓慢飞过，我能清晰地看到它们的模样。月亮挂得那么低，鸟却飞得很高，看上去它们已经远远高过了月亮。

单个的候鸟展开翅膀在月亮下面悠悠地飞啊飞，它打着巨大的弧度在一圈又一圈地飞，看上去好快活哦。候鸟在涣散的云朵之间悠闲穿越，它们随心地栖落到那些比云朵低很多的树冠上。山岭上的那些树冠与树冠都挨得很近，远看像是一座座山丘倚在落日时分的地平线上。又像是几位老农分别坐在自家的篱笆院子里,缓缓吸着水烟,他们的身后正炊烟袅袅。

飞鸟们有的是黑灰色的身子,在蓝天下显得格外突出;有的是白色的翅膀,显得比云朵还要白。这些鸟色彩分明,有着十分醒目的辨识度。夕阳下,不时有单飞的候鸟在超低空缓慢飞行,一派悠然自得的模样。此时飞过来的一架飞机,也像一只鸟,银色的机身在夕阳的反光里,很像一只白色鸟。

此时,我也是单飞的鸟,在山岭上的泥路和树冠之间信马由缰。月亮也离我很近。和那些飞来飞去的鸟不同的是,返程时我是朝宝林禅寺走,蒙寺里的师父慈悲,这些天我是在那里安顿的。候鸟们有的飞向山岭上的杂树丛,有的则是飞向洼地里的大片湿地红树林中,它们要在那里歇息过夜。是在山岭上的树林里歇息还是在洼地的红树林里歇息,这通常是林鸟和水鸟的一种区别。林鸟一般是留鸟,水鸟则以候鸟居多。这里的山岭是星岭,每当晨昏之际,鸟鸣众多,犹如农人荷锄归村。

时值夏至,太阳的光照几乎直射雷州半岛,这是极其具有标志性的一天。因为夏至是太阳的转折点,这天过后它将走"回头路",阳光直射点开始从北回归线向南移动,北半球白昼将会逐日减短。北回归线是23°26′,而九龙山所在的雷州半岛,位于北纬21°15′~21°20′,这里距北回归线还是有点距离的。

3

九龙山是国际候鸟迁飞区内的必经之路和重要驿站。包括东北地区、华北东部繁殖的候鸟们,沿海岸向南迁飞至华中或华南,甚至到东南亚各国的,或由海岸到日本、马来西亚、菲律宾及澳大利亚等国越冬的,九龙山湿地都是它们必须经停的地点。这里的湿地红树林内潮沟纵横发达,河口两岸滩涂广阔,有丰富的底栖生物作为饵料,是候鸟们理想的栖息和觅食地、重要的能量补给地,是国际上公认的和重点保护的湿地红树林区域。

九龙山位于雷州半岛南端,而雷州半岛是在祖国大陆的最南端。你知道的,我在这里住下来的初衷是因为想看鸟,想听到多彩的鸟鸣声。但现在不是候鸟的迁徙季节,月岭这边的湿地红树林现在主要是各种鹭鸟栖居,那天从湛江红树林保护局里下来巡视的小何说,这些鹭鸟有相当部分已成为新的留鸟。月岭是一座山包,比另两座和月岭呈南北向一字儿排开的山包要高大许多。另两座山包分别叫日岭和星岭。日岭在中间,北边是月岭,南边是星岭,星岭上分布着茂盛的原始次生林,这些是留鸟之所以栖居于此的良好自然条件。

4

我是在一个路口遇上你的,二妮。像平时那样,我本来不发一言也就过去了,互联网时代的各种微信群,要比天上飞过的那些候鸟多多了。人们说,那些好热闹的帅哥美女们在互联网的喧哗中失去的只是锁链,而他们获得的将是整个世界。微信群有一种虚幻的繁荣。但现实中,人们对经过具体的路口时所碰到的许多人与事,持视而不见或一闪而过的态度是正常的。这个世界人太多了,各种路口时常拥挤不堪,哪怕在小镇上,比如温岭的鞋业小镇横峰。上海那样的特大城市就更不用说了。因为生活的紧张与匆忙,人们通常不愿或无法待在屋里,在路上奔忙已然成为这个时代的习惯,于是各种嘈杂的路口便成为一个具有时代特征的重要隐喻。现实的路口也意味着行走的人变作飞鸟的梦幻产生,尤其当拥堵每每成为路口的代名词的时候。

候鸟具有穿越辽阔时空的本领。石塘小镇、大连广场、宁波机场、雁荡山农居,这些地方我们都曾驻足,我们在那里补充能量和玩耍嬉戏。去年,那个春意盎然的季节。这些地方都在海岸线上,雁荡山也离海不远,就在乐清湾的南部。乐清湾北部的一条叫江厦的老街,是我的出生地,我带你去那里看过的。那里原来就是码头,舟船可以直抵温州,现在那里离出海口要远多了,原因是多年来政府向大海要土地,在那一带修筑了拦海堤坝,并且还在距出海口更近的另一个乡域内修筑了潮汐电站。现在的江厦老街和内陆的乡村景观基本没什么不同了,在那里来回飞翔的大都已是林鸟,也就是留鸟,候鸟恐怕是很少了。但在不内行的人们看来,它们都是鸟类,无须作更细一些的区分。

我的父亲是一只候鸟,从遥远的江西到浙江,在江厦街觅食、栖息,并生下了我。我在那里长到6岁,之后随父亲的工作调离到了另一个乡镇,开始上学。9岁时,我从留鸟转变成一只候鸟,而我的父亲则从一只候鸟被变回了留鸟。二妮,这些我曾和你说起过的,当时我看见你的眼睛里泪光闪闪,在我对身世的叙述里。我开始相信爱是一种缘,它应该是前生注定的。我写道:"那一天路口,我与你突然相视/很快你就低下了头/我也低下了头。"这是《身体史》中的几行诗。接着,我们去了离老街不远的明因寺,并在第二天去攀登楼旗尖。

那是多么快乐的时光啊,万物生机勃勃。时值春夏之际,作为候鸟的我们在石塘小镇吃渔家海鲜饭,在大连的青年旅舍自己下厨做饭,从超市买来新鲜春笋,我做了一道杭州菜油焖笋。春笋是南方的特产,我是南方人,这一年却是在北方的大连首先吃上新鲜的春笋,你说这是多么神奇的事。哦,我记得最深的,还是在楠溪江的竹筏上,我们一起朗诵"子在川上曰:'逝者如斯夫'"。天气时而细雨,时而晴朗,像一个顽皮的孩子,我们也是。撑筏的艄公看着我们天真烂漫的模样,也乐了。二妮,你还记得那些幻美而亮丽的场景不?

那些天里,我们是从留鸟转变过来的候鸟,我们学着迁徙的飞鸟,不是沿着海岸线飞,就是朝着大海的方向飞,但事实上,我们离真正的大海还很远。可是,那作为候鸟迁徙的大海的背景和飞翔的路径,曾被我们眺望和遥想过多次。生长在热带亚热带区域的红树林,在大海边垂首而立,它们忠诚地等待着候鸟的降临。

5

通常飞鸟会随心所欲地在淡然的云彩之间穿梭,不大可能在乌云到来时进入其间的,除非情不得已。乌云覆盖的天空是另一个世界,乌云是另一种云,它具有某种"突然"的性质,不是飞鸟在日常生活中的伴侣。但是乌云昭示了天空丰富的内涵,天空那难以对众生言说的一面,往往会通过乌云呈现某种暗示。不过,大多数飞鸟在乌云到来时并不会惊慌失措,它们有纯熟的应对手段,就像人类会盖房屋应对天气的变化。那么,每当乌云汹涌而来的时刻,飞鸟们会栖息在何处呢?红树林。对了,这是个位于风云前线但又是最适合飞鸟隐身的地方,在乌云和大海之间,生长在湿地水岸的各种红树林就是绝佳的堑壕,飞鸟居于其中,进退自如,去留两相宜。但是,以前在温州地区以北的潮间带是没有大面积红树林的,因为地理纬度的原因,红树林是热带和亚热带的滨海潮间带植物。

亿万年来,飞鸟迁徙的线路是固定不变的,从南而北,又从北返南,在逐水而居的同时生下它们的后代。因而它们的家园也只能是安置在它们迁徙路线的驿站上,比如九龙山这样湿地肥美、水草茂盛、树林多姿的地方。飞翔是鸟的天性。湛堰河是九龙山湿地的唯一入海河流,总称叫潮落港,两岸红树林是水鸟的天堂。湛堰河在月岭前的仙女池叫月岭港,在入海口的那头叫英楼港。湛堰河的源头是在收获农场那头的东风水库,毗邻徐闻县,有业内人士说,湛堰河的上游具有旅游漂流的开发价值。

在夜间,鸟也熟睡了,林间静悄悄,万物各安其命。我也是热爱睡眠更甚于飞翔的,包括白天必不可少的饭食,有时我可以省略。我的本性是一株植物。夜晚是植物的天堂,我想鸟在白天是动物,在夜间则是植物。我睡下了,在白天曾有过的,对天际线的质疑也不再打内心提出来,夜晚的熟睡和白天的饭香一样,都是生活里美好的依恋和回味。一些鸟在夜晚的鸣叫同样令人心醉,有助于人类入梦。我是说,候鸟在经过漫长飞翔后,凭借黑夜安歇的重要性亦丝毫不亚于白天的饭食,而更多的诗意将会在黑夜掩护下的梦境中涌现。在那时,花开有声,鸟过无痕,比如在夜间开放、白天闭合的玉蕊花。

　　羞于直白地说出真相,或者说以另一种方式说出事物的存在,这应该是诗人产生与存在的主要原因。但诗人的初心并不是要掩饰真相,而是相反,向天空敞开心怀,就像那些飞过蓝天的候鸟。它们面临的所有问题只是以何种路径飞越大海,通过天空去完成人生中一次又一次的迁徙。是的,人生的重大问题也是迁徙,甚至可以说,就是为了迁徙,候鸟才来到了世上。我想说,人生的历程丝毫不亚于鸟群万里迁徙的惊心动魄。天空有行云流水之美,鸟在其间飞翔。而仔细听上去,鸟类的鸣叫声是不一样的,我觉得林鸟的声音是混浊的,而水鸟的鸣叫则清亮、旷达。

　　刚刚飞过去的那一只是什么鸟呢?在不同的地域,根据候鸟出现的时间,还可以将候鸟细分为夏候鸟、冬候鸟、旅鸟和漂鸟。对候鸟更为规范的称呼是水鸟,飞鸟是对鸟类笼统的俗称,当然这是鸟类学家的工作,我不是。我是说,作为鸟,它一生在天空中飞翔是注定的,这不是问题,如同性爱是爱情的应有之义。问题在于爱出于激情的本质意义在何处,以及爱情对人的解放的可能性有多少。爱情是生活解放的一种动力还是人生本身的目的,就像云朵是水汽做的,水化为汽,云朵是可见而不可触摸的,哪怕它看上去是一种柔软的真实情状。云朵是水的过程还是水的目的呢?而飞鸟是真实的存在,它飞过大海和山岭上的丛林,也飞过我们居住的那个城市,真实地栖落在我的身旁。

　　和候鸟一样,云朵也在不断地飞翔,而且是以比候鸟更为复杂的形态。正是在这一点上,飞鸟和云朵达成了高度的吻合,成为伴侣。云朵是时隐时现的,它变化多端,形状各异,这倒是在另一种向度上衬托了天空的无边法力。实质上,云朵和飞鸟都是天空的孩子。我这样表述,像是在飞鸟之外谈论天空,甚至在岁月之外谈论命运,我似不应该像以往那样,只强调飞鸟而忽视云朵。如同飞鸟,云朵也是天空的组成部分。是的,云朵从来不是孤立的事物,每一片云朵都有它从地面到空中的细致曲折神奇美妙的历程,尽管它一生都承受着水的宿命。

6

站在星岭的山顶上看,九龙山景区像是一朵面朝大海盛开的花朵。花瓣的梗脊在东南方向一字形排开,分别是月、日、星三支大花梗,距离更远些的地方叫将军岭,它在西边构成了另一支花梗。从月岭到星岭的花瓣左边依次是月岭河、仙女池、石壁瀑布和瀑布峡谷,还有居于星岭和将军岭之间的山坳上的宝林禅寺;右边是众多的"虾塘""洼地"和婀娜多姿的湛堰河。湛堰河的入海口是英楼港;星岭到湛堰河对过的英楼岭之间的那片辽阔"洼地",就是这朵盛开之花的花蕊部分。其间的美丽泽国生长着种类繁多的红树植物,无数水鸟据此栖息在那里。景区15公里长的湛堰河的黄金部分也在这里,可以说湛堰河最美的区块就在这一带的"洼地"里,在这朵花的花蕊上。在自然保护区设立之前的那些年里,农民开挖的虾塘将湿地上的原生态红树群落碎片化了。打从保护区建立后,经过有组织和有规划地不断对湿地进行养护和管理,红树林的碎片化状况已大有改善。鸟岛和"观鸟屋"就在月岭的那头,每当晨昏之际,鸟儿在湛堰河滩涂和山丘般的红树林冠项上纷纷起落,如万人广场上的列队和编舞,场面十分壮观。你如果是在春天或秋天来九龙山,所看到的将更加动人心魄,那是候鸟万里来回的迁徙旺季,天空的草原上万马奔腾。

在幽然的原生态红树林丛里,数以千万只计的国家级保护飞鸟在这里觅食、栖息、散步、飞舞,它们美丽迷人的身影与海水交相辉映,构成一幅富有诗情画意的"鹭舞图"。细致一些说,栖息在月岭的飞鸟包括了大批候鸟和少量留鸟,滨海湿地和湛堰河沼泽上的红树林湿地是候鸟的地盘;星岭上的林丛则是留鸟的地盘,少有水鸟在那儿栖落。九龙山国家湿地公园有不少国际上共同保护的候鸟,其中列入《中华人民共和国政府和日本国政府保护候鸟及其栖息环境的协定》的有87种,列入《中华人民共和国政府和澳大利亚政府保护候鸟及其栖息环境的协定》的有38种。这是构成九龙山较高的国际知名度的一个要素。而九龙山还拥有千姿百态的山间岩石,它们是火山遗迹,是自然遗产。这里是联合国教科文组织认定的雷琼世界地质公园的组成部分,这是构成九龙山国际知名度的另一个要素。

在我看来,整个九龙山景区像一只女式高跟凉鞋,前脚掌和足尖部位沾满了泥巴,湛江红树林九龙山国家湿地保护区的主要内涵都在这只凉鞋的"前足掌"的部位。这只凉鞋的足跟部位是湛堰河的入海口,就是安园岭以远,在井仔村那头,对岸是英楼村的海口位置。鞋上的泥巴有火山灰的特有黏性,轻易抛不掉的,这是我的亲身感受。今年农历正月初十,我随几位文友初访九龙山,走在雨后的湿地圩堤上,灰褐色的泥土非常黏鞋。它们原来是浸润在海水中的,亿万年从没经历过光照,现在被捞上来构筑为堤路,才见到了阳光和风雨,才有机缘经历日晒雨淋。我想等若干年后,这些泥土的颜色也有可能会转变成九龙山山岭上的那种土黄色的泥土颜色,那种泥土非常适合种甘蔗、香蕉、菠萝和花生。不过,这事具体还得问地质学家,我们有时只是抽象地去理解"沧海桑田"这个词语。

  从河岸和滨海湿地往上看,整个九龙山庞大而亲和,望不到边;从山岭上往四周看,九龙山就是个大平原,一望无际的农作物随风摇曳。甘蔗林、菠萝地气势非凡。九龙山这一带不但容纳了数个行政村镇的辖地,还是一个历史悠久的省属国有农场的作业区。这个农场不小,据说过去这一带都是亚热带森林,后来是部队成建制地驻扎在这里开采,开辟为农场。我觉得完整地看,九龙山是非同小可的。整个九龙山系位于潮落港,东濒大海,南经收获农场接徐闻县,西北连英利和调风圩与雷州半岛连成一片,琼海铁路穿境而过。而整个雷州半岛区域的内陆横贯面在120公里以上,从南边雷州湾的潮落港,到北边纪家镇辖区的濒北部湾小渔村。如果从南边的东里小镇算起,路程则更长了,我在百度上查到这个小镇位于雷州半岛的东部,这是属于东海岸的一个小半岛。我现在还记得那次护林员小潘带我去看东里小镇,那里的街道上人来人往,菜市场副食品丰富,街头的多个摊点上挂着烧猪分割售卖,烧猪的颜色十分诱人。

  作为一名徒步者,我是无法走遍整个九龙山系的,所以我能了解到的九龙山只能是有限的,如同我在这里所听到的鸟鸣也是有限的一样,包括关于九龙山那些历史悠久的神话传说。九龙山的内涵异常丰富,不是走马观花就可以完成对它的了解,包括水鸟、红树林、湿地、火山遗迹和宗教文化。我当然无法仅凭鸟鸣声来辨别和理解它们的内涵,通过鸟鸣声来辨别自然世界,恐怕是属于鸟类学家的工作。但通过各种不同的鸟鸣声来想象候鸟的身世和历程,以及它们在飞过蓝天时,和云朵相伴的那些温馨时刻,包括它们与人类的隐秘关系,这应当是诗人必要的工作,它们从属于心灵的想象性开拓。我相信飞鸟是人类生存现状和未来展望的一种美好的观照,如果世界上没有了飞鸟的形象,人类将会变得孤寂,精神萎靡不振。简言之,吃完饭去听鸟叫,应该是属于人类需要去做的工作之一,而不只是鸟类学家的专业范畴。我是说,一个自命为诗人的人文田野观察者独自去听鸟的鸣叫声,是一件重要的工作,它可能关乎全人类。而他之所以自命为诗人,来自于他内心对待世界的一种平等心,他认为人类也是自然的孩子,与天地对话的人类,更应该是富于诗意的。

7

水鸟是指在生态上依赖于湿地,即某一生活史阶段依赖于湿地,且在形态和行为上对湿地形成适应特征的鸟类。它们以湿地为栖息空间,依水而居,或在水中游泳和潜水,或在浅水、滩地与岸边涉行,或在其上空飞行,以各种独特的方式在湿地觅食。无论它们在湿地停留的时间是长还是短,是日栖还是夜宿,是嬉戏还是觅食与筑巢,湿地水鸟在喙、腿、脚、羽毛、体形和行为方式等方面均会显示出其相应的长期适应的特征。热带和亚热带的潮间带湿地是红树林赖以存在的疆场,而水鸟则是红树群落的精灵。

湿地占地球表面接近7%,被环境科学称为"地球之肾"。有湿地,才会有红树林植物的存在,也因为有了红树林,才会有无以计数的水鸟来到这里觅食、嬉戏、栖息,它们征程万里,去了又来,来了又去,年复一年生生不息。湿地是多样化的,专业上通常把与红树林有关的潮间带湿地,称为红树林湿地,以示与其他类型湿地的区别。水鸟之于红树林湿地的关系,像不像情人之间的关系呢,二妮?我想说的是,很多时候水鸟作为我们内心的翅膀,在代替你我飞翔。是的,从大地到天空,飞鸟连接起其间的许多事物,它们把阳光牵引过来,不仅照临琐碎的生活,而且引导人们按照自己内心的抉择冲天飞起,去拓展自己人生的地平线。我后来了解到,在适合的生境条件下,候鸟和留鸟是可以互为转换的,这像人类,也是逐水草而居的。在当下这个不是迁徙的季节里,栖居于星岭湿地上的部分鸟类也已经是留鸟了。这是何韬告诉我的,他是毕业于华南农大森林植保系的,在水鸟的栖居地上有留鸟来往,对我而言,是个重大发现。

红树林既是湿地的产物,又是湿地的守护者,素有"海上森林"之称。它是一种生长在热带亚热带海湾、河口滩涂上的奇特的植物群落,大部分红树随着潮起潮落若隐若现,宛若出水仙子。红树、半红树植物,以及藤蔓型的红树林伴生植物,这三者是红树林的基本形态。在九龙山湿地保护区内还生长有珍稀的半红树植物玉蕊、银叶树,其中玉蕊是海南、台湾以外的中国大陆地区首个原生地记录。几年前的这项记录在填补了中国大陆植物学空白的同时,丰富了广东的红树林品种。湿地不但是红树林的摇篮,说是命脉也不为过,红树林就是湿地的身体,是其大美身体的各个部分。

湿地水鸟在南方以热带和亚热带种类为主,它们表现为在北方繁殖,在南方越冬。

在这里,二妮,我试图表达的是,飞鸟实质上是人类灵魂的形式和精灵的某种化身,它们和肢体上的其他要素,比如翅膀、羽毛、眼睛、喙和利爪一起成为在天地之间飞翔的生命形态。灵魂是鸟类终其一生在天空飞行的力量来源。因为飞翔,候鸟来到世界上,就像人们因为爱情,从北方到南方,从内陆沙漠到滨海城市。按照自然法则下的生境选择,在那里,我们也有可能从候鸟变回留鸟。

8

这是一个以城市化名义大迁徙的时代,从农业到商业,以工业为介质。这个时代的大迁徙源于传统农业文明和现代商业文明的冲突与融合,有它的历史必然性。无数农民兄弟一夜间变身为工人,"农民工"是这个时代特有的称呼,暗合着历史转型的急促与困顿。一时间"候鸟"增添了无数,他们急匆匆地飞去又飞来,在老家和城市之间,在故地和陌生地之间。人们在求得自身存活的同时,陆续生下了他们的第二代。作为漂泊者的他们,其后代会在哪里上学?在何处可以参加高考?失去了作为生产要素的土地的他们,凭借什么可以在另一个地方获取自己生存的条件?这个大迁徙时代,许多人的生存特点和候鸟的生存史似有颇多相似之处,而众多问题又是不言而喻地显然、突然,以及当然。换个角度说,候鸟的家乡到底有几个?哪里才是它们真正的家乡呢?家乡和故乡的差别又是什么?这些恐怕正是这个时代留给历史的重要记忆特征。

时代的价值取向决定了无数人的生存方式,这在乡村那些零散的老弱原住民身上也能看出来,他们虽然固守在破败的村庄,但也十分明白要想有钱就得出去闯。有钱方有活路,因而凡是具有劳力的好手好脚者,如果还是待在家乡做农活,是会被那些村庄里的留守者看轻的。这些老弱者往往左右了村庄话语权,他们以各自的具体神态参与了乡村"沦丧"的表达。农作物大都不太值钱,在老家做农活比不上去城里打工。而外出多年的人们为了争脸,花尽多年打工积攒下来的辛苦钱,在老家新砌的住房,也只是在过年那几天里回去住一下,平时都是大门紧闭的。某种意义上说,那些把历尽艰辛打工得来的钱财用于在老家新建"空房子",也只是为了顺从村庄话语权,以便获取"好评"。进城打工的一代农民工,即便赚了一些钱回老家盖起了新房,还是处于迷惘状态——在老家盖了新房,他们中的一些人因为来去两难而更加迷惘。

不同的生存伦理促使人们去改变自己的生存方式,当作为老弱的"村庄守夜人"都在以他们各自具体的表情和言辞催促村里的少年、青年和中年人统统外出打工挣钱的时候,意味着一个时代的转变已在基础层面实现了它的完成仪式。相当数量的农民在事实上已经失去了故乡,这是历史语境的一种悖谬。劳埃德·斯宾塞在约翰·伯格《讲故事的人》一书的序中写道:"相对于工业资本主义的宣传,农民阶级保存着一种历史感,一种时间的经验。……资本主义的兴趣是切断与过去的所有联系,将所有努力和想象转向未曾发生的未来。"他的意思是说,历史的进程已从纵向的方式转变成横向的方式了,横向的方式首先涉及的是生活方式的改变,而农民是保存历史感最强的群落之一。这历史感就是故乡记忆,生活方式的改变促使人们选择遗忘。而那些背井离乡的农民工最无法绕开的,正是故乡记忆,也就是说迁徙中的人们在骨子里是很难轻易忘掉他们自己的故乡的。于是在他们那儿,日常时间和内心冲突已然成为生活里的时代背景。你看见没,二妮?无数候鸟都是顶着烈日飞上天空的。

整体地看,作为人类历史的命运迁徙,是从祖先就开始的,据说现在于南方世居的我们,祖先大都来自山西洪洞县的大槐树下。历代以来,在各种不同原因构成的迁徙路上,人潮汹涌。春天一来,候鸟们就要飞越大海,去到北方了,它们要飞过大槐树,去到更加遥远的阿拉斯加、西伯利亚。但是,有部分候鸟在迁徙的途中,如遇上适宜的生境条件,它们有可能会进行身份转换,从候鸟转换为留鸟。也有一些是反过来的,从留鸟转换为候鸟。但候鸟的迁徙带有命运的必然性,它们是在迁徙中成就自己的,以不断的飞翔来照亮自己的生命。尽管如此,那些具有顽强的记忆情结的人在自言自语地嘀咕:这每年消失的几百万个村子都消失到哪里去了?哦,它们消失到房屋堆积的城市里去了!

9

星岭上那些高耸入云的桉树林下面是茂密的灌木,密不透风,林冠绿得发黑,林鸟就在那里栖息,日出而飞,日落而归。我不止一次看到比翼齐飞的林鸟,它们或者一左一右,或者一前一后,缓缓地飞了过去,有的过一会儿还会飞回来,像是黄昏时分我们手牵着手去高铁站广场散步,二妮。我也是在黄昏看到它们的,在这里。我这个外行人所看到,林鸟身体的颜色大都是黑色或灰褐色的,而水鸟则大抵是乳白色或米白色的,这是最粗浅的区分了。还有,林鸟和水鸟的鸣叫也是不同的,听上去林鸟的啼鸣有些自恋和矫情,声音细碎温婉,声色单调,是家居的那种气质;水鸟的鸣唱则嘹亮、简洁而透明,刚劲有力,体现出行者的风格和气势。

在通往云朵的山路上，我不时能听到鸟鸣，大多是林鸟在树丛里发出的。这是黄昏时分，像是村庄里的各家各户在忙着准备晚饭时的那种烟火之语。间或有婴幼儿的哭闹声。林鸟是家园之鸟，不准备做长距离飞行的，而水鸟生来就是迁徙的命。我想这也是由它们的遗传基因决定的，包括作为导航系统的神经功能都会有不一样的地方。林鸟不出远门，水鸟则是一生都在迁徙路上。水鸟经停在这个地方，等它补充足够的能量后，会继续远行，这是没有疑问的。但是，水鸟来回都会经停这里，而且因为年年不变，这里也成了它们事实上的家乡，这一点是很重要的。像一个小孩，每年的寒暑假都去乡下外婆家住上一段时间，长大后对外婆家就有了不低于自己家乡的感觉。用一个时髦的说法，九龙山是"鸟都"。而林鸟和水鸟类似于民族兄弟的关系，它们共同生栖在九龙山这个山川海水相连的地方，只是各自栖居的地貌和所依存的树种不同而已，但它们都处在同一片天空下，这一点是尤为重要的。

在九龙山，当我走在长满红树林的海堤上，或者走在桉树挺拔的山岭上，飞鸟们是我亲密的伙伴。我看天看地，走得辛苦。这是中国大陆最南端的雷州半岛的夏日，走一段路出一身汗是正常的。但我想每一只飞鸟都要比我来得轻松和悠闲，它们可能不会像我这样汗水淋漓，即便在烈日下飞翔也是闲庭胜步的那种。我是一只至今尚在学习飞翔的准候鸟，或者说我正在由留鸟转变为候鸟。在我看来，飞鸟比人类更为高超的地方在于飞鸟更有能力接近虚无的事物，它们的虚无之美时隐时现。你看这会儿，在清脆而悠扬的鸣叫声里，它们又隐向了天空深处，渐渐消逝在天际线的尽头。候鸟们勇敢地向前方未知的天空飞去，而白云只在远处不紧不慢地跟随。白云不出声，也很少出汗——下雨才是云朵在出汗。

和云朵一样，诗歌也是飞鸟的伴侣。泰戈尔是一名热爱大自然的诗人，他认为人类情感和自然之间是有内在联系的，或自然融入人类的感情，或人类的感情融入自然，人类是在融入自然后才能净化自己的生命的。因此，自然不仅为人类提供了比照的形象，而且积极地协助人类抹去生活中一切分离的痕迹；情人可能会分离，但这种分离将淹没于在阳光里欢笑的绿草和繁花之下。二妮，我想对你说，云朵和诗歌分别是飞鸟的两扇翅膀，它们不仅和鸟儿如影随形，实际上本身就应该是一体的。正因为是这个样子的，飞鸟才成为超时空的精灵。云朵和飞鸟都在天空的怀抱中，这话你同意吗，二妮？

那天黄昏，太阳刚下山，天就提前黑了下来，云朵终于没憋住，在起风的同时下起了雨。雨是零星的，它们一落下来，天空反而变得敞亮了。过了一会儿，雨就停了，天空又回到了高处,飞鸟的身影又出现在了天空中。当时我在九龙山的月岭上散步,看着天空的表情就想起泰戈尔这位东方老人。是的,诗人并不是为了自然而抒写自然,抒写广阔博大的自然世界实际上是为了赋予人性极大的自由。鸟儿在天空中飞行,这暗示人类理想的却又难以企及的巨大自由;暮色中飞鸟归巢的翅膀,又会使诗人联想起人类情爱的不可阻挡的力量。二妮,我们一起重温泰戈尔《飞鸟集》中的诗行吧:"星星也是自由、爱情和欢乐的象征;它们就像天庭盛开的花朵,它们又似乎在默诵着神自己的美妙乐章。"这里的"星星"一词,我想也可以置换为"飞鸟"。

10

你知道的,飞鸟的叫声里有着丰富的多样性,有咕咕声,有吱喳声,有像婴儿般的闹腾,也有像母子般的细语绵绵或温情呼喊,它们大都婉转动人,悠长而慵懒,轻柔而不着痕迹,少有局促而凄厉的时刻。亦有一些高亢和铿锵有力的,如老生般的声韵。而晨雾就在这些鸟鸣之间开始翩翩起舞,雾纱的动作轻缓而细腻,像是母亲在抚慰着她的幼儿。有些诗人这样认为,天空是被飞鸟执着的鸣叫喊亮的。对一个以文字为故乡的人来说,我一直都在一条山脉来与回的路上行走,和那些在漫漫天空迁徙路上的候鸟一样。从9岁开始,我试着给妈妈写信,从最初的三言,到后来的五语,及至慢慢形成的一段话、一封较为完整的信。这大抵就是我从文的开始,文字是我接受和完成情感教育的一种方式,而天空就展现在文字所组合的每段路途上,它呼应内心的需求与倾诉。

和后来的因城市化进程而离开故乡的人相比,我是另一种失去故乡的人。当年,返回天上已多年的祖母托梦给我:你怎么还不走?!那是1978年冬天,我20岁,独自一人在老家生活,父亲已于前一年离世,我们整个庞大的祖屋场都是外姓人在居住着。我出生在沿海地带,某个年代,我父亲因"历史问题"受到开除公职、遣送回原籍劳动改造的处分。为了表明立场,我外公和他的妹妹坚决主张我的母亲与我的父亲离婚,同时我被他们毅然决定随父亲去江西山区生活。那里是我的祖籍地,属于1928年至1932年间苏区湘鄂赣省的"游击区"。时年我9岁。

或者说,我父亲是一只候鸟,那年,他衔着一粒种子回到他的家乡。我在那里是作为一株草生长的,就是路边那种你常见到的野草。父亲给我起的名字叫远苗,是指从很远的地方来的一株种苗,我想他给我起的这个名字也蕴含了他思念故土的情感。后来,我从野草变身为候鸟,独自去寻找我的出生地了。我在我的祖籍地所听到的鸟鸣声,应该都是一些林鸟所发出的。有一种看上去很平常的鸟,它的叫声却每每令人心生惆怅:"你——去归,你——去归。"1979年除夕的前夜,我终于在已将耳朵磨出了老茧的鸟鸣声中离开生活多年的祖籍地,回到了我出生的东海之畔,这意味着我已经重新成了一只候鸟。我是作为一只候鸟回到我的出生地的,但在那里也只留有我内心深处的家园。它们是我记忆中的在9岁之前生活过的场景:温岭街那条铺着青麻石的细长旧街道(起码超过5里),张家里爬满青藤的石头院墙,阳光被屋檐裁剪的小弄堂和四合院(当地称之为道地)。我读到三年级的小学校大门,那里有一株高大的桂花树,树冠连着星星,桂花落满了地,依稀有香气飘逸开来。事实上,在人们眼里,我只不过是一个回到出生地的外地人。按传统汉语的语境理解,一个人的籍贯通常是指他的祖籍地,但我成了一个具有双重意味的"外地人"。

11

湛堰河入海口上空的云彩特别美,可惜用手机难以拍下它们的全貌,但我想,那些被我遇见和与我擦肩而过的云朵,都是我的亲人。普拉斯就曾经这样表达:"与其说我是你的母亲/不如说我是一片云,蒸馏一面镜子,去反射自己/在风之手轻拂中的缓慢消失。"我想,云朵和候鸟都是在漫远的飞翔中,一次次感受到天空的无穷魅力的,如同人类在昼夜轮回的世界中去感受生活的乐趣,以及怀着对未来的期待。也还是在陆地上行走,有一次我曾惊喜地见识到一片随风飘落的羽毛,雪一样洁白的,正好落到我的身旁。那会我正在一条林间小径散步,不远处是空旷无人的广场,天空静悄悄的,我好像听见了羽毛落地的声响。

我在想,与一朵云彩的初识,很可能也是永别。与候鸟的相识也可能如此,就因为距离遥远和空间无垠,云朵和候鸟都会走得很远。而云朵除了远去,还会在途中消失得没有了影踪,我是说云朵会转化为别的,比如雨水、雾气,或者干脆直接就被太阳汲取了。对于候鸟,你也不知它何时返回,返回时还会不会栖落在同一根树杈上,而那时我正好还经过这里。我还在这里,或者说我会不会在那棵树旁守候着它的归来。是的,候鸟只是在你不经意时飞来,偶然间飘过你的头顶,然后就必然地消失在浩瀚的天空中。换句话说,候鸟只是路过此地,在这里逗留是因为觅食的需要,经过能量补充和休整,它又要去飞那没有尽头的蓝天了。候鸟们飞过一片又一片天空,像农民走过大平原上的一道又一道田埂,总也走不到尽头。飞鸟的田埂隐在天空里,你和我都是看不见的,而云朵的出没,在我看来是没有规律可循的。或者说,我尚不拥有识别和体认云朵出没的那种理性能力。但飞鸟不是盲目的,它以出自生命本身的强大直觉,指导自己的身体与云朵一起在天空中曼妙起舞。

太阳落山后,月亮越发明亮了,鸟儿们纷纷归巢。出宝林禅寺山门,从右边走,在星岭的这面山坡下,可以看见红树林湿地上栖息着的众多候鸟。夜幕下,我听闻到的鸟要比看见的鸟多得多——我是从潮水般的众多声调各异的鸟鸣中意识到这一点的。鸟鸣呈多声部状态,此起彼伏,像是一个浩大的低音合唱团,但由若干个中音来分别领唱。暮鸟之鸣大都是疲惫的,独自走在回家路上的神情,像那些好不容易下了班的工人。黎明和凌晨的区分,像是从陆地过渡到大海的潮间带,其间就是枝繁叶茂的红树林。而晨鸟与暮鸟相比,别有诗意。从黎明到早上,是鸟鸣声最丰富的时间段,它们醒来,立马以清脆的鸣叫重新打开天空,每天都这样。我对凌晨印象深刻,是因为此起彼伏的鸟鸣声,它们清亮、婉转、温厚的鸣声给了我无数美妙的感受与遐想。简言之,鸟鸣声胜过了平常的早茶。

候鸟在阳光里,在风中,在永不止息的迁徙中融化自己的骨头,它未竟的心愿交给了云朵收藏。这一粒种子从遥远的地方衔来,跨过了千山万水。虽然云朵在很多时候是任性的,但在这个时候,她会以女性特有的坚忍和细腻,用心来完成候鸟的托付:化成阵阵滂沱大雨和一场又一场绵绵细雨,一遍遍去浇灌埋在地上的种芽,待其长成苍郁的树林,供后来的水鸟栖息和嬉耍。这是爱情的影响力在鞭策云朵,她说自己的余生只够爱生命里出现过的最重要的那个人。当他不在了,她却越发地爱了,因此,她以下雨的方式精心养育供后代候鸟栖息的家园。这粒种子是他和她共同的后代。只有草木能给候鸟以家园的感觉和实质,是的,世上没有不曾栖息于树木的鸟类。她是清楚这一点的:未来的候鸟也将和前辈一样重复着迁徙的命运,而九龙山一如既往,是它们万里跋涉途中必不可少的驿站。

天空是解放万物的神灵,通过候鸟的飞翔赋予大自然以生生不息的力量,或者说因为天空的存在得以释放候鸟的激情与灵性。辽阔的天空下,阳光因无私而慷慨;云朵弥散开来,轻盈地飞向更高处,从高处俯瞰整个世界,下方的山川和大海均静若处子。我以蝼蚁的步伐在地上行走,看到又一架飞机从头顶的蓝天白云间飞过。飞机上的旅人们都在想些什么呢?他们是否知道此刻飞机正在经过九龙山这个国际候鸟迁徙的著名驿站的上空呢?哦,你们也是候鸟,不同的是,你们的旅行大都是一站式到达目的地,不用像这里的候鸟那样,中途要经停若干驿站,待补充能量之后,再去飞行千万里。噢,在这里暂栖的一些候鸟还会适时产蛋,守候它们孵化成小鸟后,母候鸟才会重新启程,继续上路。大多数小候鸟也是和母亲一起上路的,但有一个问题令我产生好奇:留下的小鸟是否会就地成为留鸟呢?像混血儿成为外籍人,比如我的两个外甥是美籍华人,我的大个子妹夫是德裔美籍第三代。

　　候鸟在其迁徙的征程上,时刻处于生存的挑战中,每只候鸟的一生都是一首壮丽的史诗。候鸟是以挑战命运和飞越天空为己任的,它和世上铁打的钉子根本不同,钉子以破坏别的事物为代价,来达到它的既定目的。是的,任何一只候鸟都不是钉子,它们的胸怀与气质是通过对无垠天空的泼墨般的着色得到表现的。每一只候鸟都是在其不停的迁徙中度过一生的,逐水草而居是候鸟的生活方式。因而以挑战命运和飞越天空为己任,这就是鸟的性格。就是死亡,它们也是以一种格外高贵的方式:传说候鸟即便死去,尸体也不会回到地面,它们是在向着太阳的飞行中融化自己的肉体和骨骼的,大地上见不到候鸟的骨头!候鸟在天空中把自己融化了,借助太阳的光辉;地面上的人类只能见到些许鸟羽,它们无不带着上天的空灵和飞鸟的神韵。平庸的死亡是轻易不敢记起候鸟的,阳光、云朵,还有风,乃至天空本身,它们都是候鸟涅槃的见证者与守灵人。

　　(彭一田,1958年10月生,诗人,人文田野观察者。诗歌、散文和诗论发表于国内外刊物,入选国内外数十个诗歌选本。出版诗集《边走边唱》《然后》《太平街以东》《身体史》,1994年第三届柔刚诗歌奖主奖得主。)

速写的马（外四篇）

方向荣

1

马，从街心花园跑出，喘着气，它从石像的头顶驰过，蹄音甩下一串串透明的音乐，开出一朵朵白花。

寂静。雪。从马的唇边飘出，像燃烧着的冰中的火一样美丽。

瞬间熄灭，火焰的神情。

雪。寂静。街上。

一匹产生了电磁感应的马，孤独地跑着，它的影子蛰伏于地上，反射出另一种光。

白色的街。白色的雪。

一匹浑身没有一丝杂色的马，眼窝深陷着，像两个被风吹动的深湖泊。

时间被风吹拂的白鬃毛遮住了。飘飞的天空，云在乱飞，雪在曼舞。

在马的喘息声中，音乐的灵魂伴着风雪飞舞。

2

雪白雪白的长鬃毛扬起，一缕缕长鬃升上天空，钩住那些遗失于早春风景画中的手。

马的蓝眼珠开始凸显出来。雪，寂静，马蹄奔腾于雪中的寂静。从冬青树暗绿的叶子上，发出一阵令人不易觉察的声音。

聆听雪片与树叶的摩擦声，马的双耳耸起，抖动瘦长的身躯。

白色的街,风呼啸而过,吹起了马的影子。

公园,雕像伫立于地上,岩石的生命力体现在一动不动中,被雪覆盖住。

马的四蹄自由翱翔,与雪一起,发散出英武之气。

寂静。没有行人。马的喘息声里展现在空空荡荡的大街。

一匹白马奔驰着,音乐的灵魂飞舞在雪中。

一幅速写的画,一匹这样雪白得令人惊战的马,与雪片一起腾飞,与音乐的灵魂一起旋舞。

谁在画面上打开一扇窗子?一个孩童探出头颅睁大眼睛密切注视这条无人的大街。

雪在寂静地落着。

马在寂静地飞着。

一个孩子心里有一匹雪白得令人惊异的马,高昂头颅,孤独的马踏着寂静的雪,在石像的头顶上奔驰。

伴着雪的精灵,石像在风中战栗着……

骑　　手

无限的道路伸展在风中……

乌云追逐着乌云,道路连接着道路,密雨追踪着密雨!大口喘着气的骑手此刻闪现了。他们精壮,神情焦虑,脸上写满刚毅的神色。牝马与牝马承受着古铜肤色的男子汉的重量,在低低的天空下,向着一个明确的目标急驰。

眼中飘荡风雨之光,冷峻而又具有温暖的明亮。头颅高昂,像冬日的山岩那般凝重。一张张富有激情的嘴,喷发出缕缕热气。

不知这是什么地方。这是不是梦?当我遥望并向他们靠拢,在越来越大的风雨之中,心灵触摸到那些活跃的肉体时,我才感到他们是真实可信的。

马蹄紧接着的马蹄啊,哒哒哒哒,将坚实的大地之鼓擂响,紧迫的蹄音,宣告骑手们不能忘情于驰骋的生活。

骑手每天在时间之镜中准时呈现,英姿卓绝,充满渴望,那么热切,壮怀激烈!黑夜被驱逐出他们的视野之外,太阳在风雨之外,用永恒的爱诱惑他们。当宽阔的身影跃上又一座山岗,如雄鹰展翅,猛地俯冲而下时,这狂妄而又狂妄者,风暴终于在他们高高的蔑视下退缩了!

在马背上,就纵身远离了马背。心与心像磁铁般相互吸引,他们骄傲,粗犷,具有坚忍的意志,思想闪耀着青春的光芒,奔驰,奔驰,再奔驰!这就是他们生命中的一切。

又一年中一个特别的季节。

耄耋之年,那些骏马早已一匹匹地倒下,白霜浸透了骑手的两鬓,他们驼背,长长咳嗽,岁月消磨去当年青春的锋芒。风雪向变得孱弱的肌体侵袭,他们老态龙钟,步履蹒跚,感到前所未有的寒冷。

当年骑手中的一个,在某个冬日正午时分,坐在椅上,背靠墙角晒着太阳,眯着双眼静悄悄感受生命。

忽然一阵蹄音响自他心中,睁大眼睛,他满脸诧异。

一匹枣红马如梦般飞落到他身边,一个新的骑手在马背上对他微笑。

潇洒,英俊,充满感性的力量。看到了另一个自己,他异常兴奋,脸上的皱纹舒展开,浑浊的老眼闪现出久未见到的光芒,滚烫的泪水情不自禁流下。

他向年轻人细细打量,一种神圣重又降临他的心上。那年轻的骑手,在他火辣辣的目光的逼视下,挥鞭打马,哒哒哒哒急驰而去,那急促有力的蹄音,使他哼起一支祝福之歌:骑手,骑手,总是纵情于奔驰的生命之中!

爱　　情

夜在你的眸子里燃烧,寒夜之中,上帝之手揭开一个爱的序幕:你回首蓦然一笑,整个夜都变得生动起来。

此刻,我的穷困,我的一腔忧愁,都被抛到了九霄云外。你温暖真实地笑着,我被灿烂的热情所围困,从低谷顿时上升到生命的峰巅。

拥有这样的夜,值得庆幸!如同碳元素,我被感染,点燃,最后燃烧成白色的灰烬。

伟大的爱升腾在无限的虚空之中,指示出光明的道路!

雄牛之死

你可曾见到过这样的情景?

这是在乡间,村舍的黑瓦片上流着六月的阳光。几个少女盘坐在半爿大石磨上,她们咯咯的笑声里有说不尽的新鲜趣事,几个童子围着石磨捉着迷藏。

风的天籁之音吹亮你的眸子,一朵云移动,掩抑不了一只牛低沉愤怒的叫声。

几天前,这儿下了一场暴雨,突然滑坡了,一头牛随着泥沙一起滑下山沟,一条腿折断了。

如今那牛的悲怆之声正隐隐地从牛栏里传出来。牛栏门前蹲着的中年汉子揪心地痛,他难以掩饰的目光中,飘出越来越深的阴影。

他猫下身子狠劲地磨着刀,撩起水的响声,霍霍霍霍的磨刀声,无形地交织在一起。

约摸半个时辰过后,那把生锈的长刀已磨得雪亮,雪亮。中年汉子把大拇指侧着刀锋轻轻地一拭,那尖尖的刀锋泛起冷冷的青光。

然后,捡起地上的一块破布将刀揩了揩,把刀别在身后用衣襟遮好。将那牛一拐一拐地从牛栏里牵出来,在麦场上停下,系在一株树上。

"吆哥要杀牛了哟!"不知是谁,铜锣般的嗓音。杀牛是村里几年不见一回的罕事,甚至连少女和儿童们也赶来了,几位老人被搀扶着,圆睁着浑浊的老眼远远地看。

几只鸟从天空静静地划过,没有谁去注意它们。

中年汉子缓慢地围绕着牛的庞大躯体转起来,一圈又一圈,三番五次,他不时伸出手拍拍牛的身子,轻轻摸一摸牛毛。

牛毛在太阳下反射着棕黄色的光。牛抬起头来看着鸦雀无声的围观的人群,然后专注地凝视着中年汉子。现在它反而显得宁静了。它静静地享受着中年汉子的爱抚,一种崇敬之情油然而生。几只牛虻叮咬在它的身上,也不觉得痛了。反而有些惬意,它浑身的肌肉在快意地抖动。

倾听着牛的平和的呼吸,中年汉子更加伤心了。

终于,他蹲下来,一只手按在牛的颈子上,另一只手从腰间抽出了刀。他的手颤抖着,颤抖着,最终稳定下来了。

如眨眼一般,这把刀准确无误地刺向那牛脖子上可以致命的部位。一双充满了力的爆满了青筋的手,将刀越捅越深。

血顺着刀口一滴一滴地滴下,牛最后嚎叫了一声,眼里充满了血丝。它带着刀蹦跳了起来,刀终于被抖落,牛的鼻子从紧拴着的缰绳上挣脱,两只后蹄因一股挣扎的力支撑着而撑起,前蹄腾空而立,犹如一匹奔马,就要向中年汉子狠命踢去。

麦场上出现了一阵骚乱。中年汉子在惊悸之中,甚至没有产生躲闪的念头。就在牛蹄将要踏上他时,突然,牛蹄在半空中划出了一个弧线,收缩回去。牛之眼映出失血的中年汉子苍白的脸,一股哀怨促使它展现出温情,一滴热泪从牛眼中流淌下来。

庞大的牛的骨架颓然倒下,倒在一片莫大的血泊之中,那轰的一声震痛人的耳膜。

你可曾听到过这样一个悲怆的故事?三年之后,那位中年汉子坐在石头上向我叙说着这一切的时候,他脸上布满了怜子的叹息。

净　　土

向上望去,山峦被重雾紧锁着,闪现出一片朦胧的白光。那云,如游龙般紧紧缠绕着大山,仿佛挟带着大山飞腾。看不清深藏着秘隐的沟壑里,风声鼓荡,一阵风声紧接着另一阵风声,像是在低声呼唤着什么。

这是一个雪花飘飞的日子,脚踩积雪,我要到山上去,寻找久久地被掩埋在山上的我的失去的岁月。

一步一步地登高,一个脚窝挨着一个脚窝向上前进,坎坎坷坷的山道,在积雪下反射出炫目的光芒,刺痛了我的眼睛,但我却不顾这一切。当我抵达山腰时,回头望见所走过的险峻的路程,心里不由得暗想,路就是这样走过来的。

前面有一座坟,那是我的弟弟生命安息的所在!

终于,我来到了弟弟的坟前,这是大山的一个小陡坡,四面被铲平,中间用土垒起一座很小的土堆,我的弟弟就永远睡在这土堆里。没有墓碑,在茫茫群山的怀抱里,它显得那样小,小得令人怀疑这是不是一座坟。现在,松软的冬雪一片片向它飞来,将它遮盖得严严实实,像是加了件洁白的衣服,弟弟,你不冷吧?

"哥,你可要带我到外面坐火车、坐大船呐!"

10岁的弟弟的童音仿佛从雪和土底飘出,在我的耳边回旋着,比春草更嫩生,比河水更清亮。一幕幕往事涌向我心头。就是在这座山上,我带着弟弟打柴掏鸟窝,四处采摘还没有熟透、吃到嘴里酸溜溜的野果子充饥。

就是为了采摘野果子,弟弟,你不慎踩着一块松动的石头从陡坡上滚了下去,惊慌的我没能拉住你,你摔得面部血肉模糊,喘着气仰卧在我的手肘中,对我说的最后一句话是你会自己爬起来的。然而,你竟没有做到。弟弟,你就这样离去了,任凭一抔黄土掩埋了自身。我捶胸痛哭,面对着黑色的世界看你离我而去。

寒风拂动我的衣襟,苦涩的泪水从眼里涌出来,流到我紧抿的嘴角。我抖抖瑟瑟地从风衣口袋里掏出一只玩具火车、一艘玩具轮船,摆在弟弟的坟前,退后几步,凝视着这小小的坟。

在苍苍莽莽的群山中，这座小小的坟前没有一朵香花，没有一点绿草，只有雪，轻轻地飘下，无声地覆盖着我的弟弟曾经做过的坐火车坐大船的梦。

这时，近旁的松枝上垂挂的冰凌，在越来越紧的寒风摇曳中掉下，发出轻微的破冰的声音，这声音仿佛在说：

这是一方净土！

（方向荣，安徽岳西人，安徽省作协会员。作品曾在《诗刊》《星星诗刊》《散文诗》《诗选刊》《安徽文学》等刊物发表，被收入多种选本。）

人间世

岁月忽已晚

江少宾

小河君：

很久没见你更新朋友圈，不知近况如何？我很挂念。国庆期间，合肥下了几场雨，天气陡然转凉，转眼便是寒露，满城馥郁的桂花忽然就淡了。最近几天，天一直阴着，天鹅湖畔的双子楼矗在淡淡的雾里，宛如一幅旧画轴。天气跟着也旧了。深秋逢上这样的天气，我总是抑郁，除了晨跑，总是不知道做什么才好。晨跑带给我的快乐，已经超过了写作和发表。

对我来说，写作和发表已经是一件很次要的事情了。中年之后，我很少再参与无谓的应酬，甚至不愿意再和陌生人互加微信好友。某次饭局，一个素未谋面的年轻人要加我微信，我朝他端起酒杯，抿了一小口，接着又摇了摇头。他愣在我旁边，笑容僵在脸上……他一定在想：一个微信而已，这家伙怎么这样不近人情呢？或许，在场的其他人私底下也会这样说。我没有替自己辩解的意思，事实上也没有辩解的必要，道不同不相为谋。好在，你一向是理解我的，过尽千帆，我只想要一种简单而安宁的慢生活。

你知道的，生活中我朋友不多，微信朋友圈里各路朋友倒不少，其中两年以上没联系的，占比大约三分之二。有一些朋友我从未见过，日后相见的可能性也极小。人生忽然，一二知己足矣。熙来攘往的生命旅途，终究还是以匆匆过客居多。清明还乡祭祖，山道中有人喊我的名字,兴冲冲的,脸上漾着映山红一样明艳的笑容。我有些茫然,那是一张疏于护理的中年女性的脸,酒红色的刘海掩不住岁月的风霜,眼角挤着很多条鱼尾纹。

"我方××啊!破罡初中,老同学,你贵人多忘事哦……"

哦哦哦!破罡初中,太遥远啦,我拍拍花白的脑袋,仿佛想唤醒一个在脑海里沉睡的人。岁月之所以无情,是因为它能将一个老同学变成一个陌生人。她有些尴尬,也有些局促,笑容僵在脸上,边走边说:"过午不食,别误了祖上的午饭咯……"看着她匆匆远去的背影,我神思恍惚,仿佛从来没有上过破罡初中。作为一座乡村中学,破罡初中红火过很长一段时间,后来生源大幅减少,慢慢就废弃了,只有几个退休老教师守着两栋年久失修的老房子。当年我读书的教学楼还在,灰塌塌的,像一只兽,蹲在山坡上打瞌睡。

初中同学有个微信群,几年过去,和大多数同学一样,我没有在群里说过一句话。大家都忙于世俗生活,柴米油盐酱醋茶,老人和孩子,学校和医院……大家一日日沉默,一日日陌生,一日日遗忘。

渐渐陌生的,又何止老同学呢?人生这道方程式,前半程做的是加法,后半程就要做减法了。小河君,我们都到了做减法的年纪,一些人一些事,该慢慢放下了。你单位的小环境可有变化?领导还经常给你穿小鞋吗?我很想知道。无欲则刚。我的准则是不站队,不逢迎,不说违心话。我们都不是那种八面玲珑的人,又过于较真,吃亏是难免的。吃亏是福。不过是些虚名和浮利,让他三尺又何妨呢!你的孩子,状态还是不好,一味沉溺于游戏吗?青春期叛逆很正常,孩子大了,有了自主意识,我们得学会放下身段,学会平视,学会尊重和接纳。"儿孙自有儿孙福,莫与儿孙作马牛……"我母亲生前常这样絮叨。当时我不理解,只道是她动了气,中年之后猛然就领悟了。条条大路通罗马,究竟走哪一条路,终归要孩子自己选。

我母亲不识字,但她活得通透。我上学后,她从不问我考了多少分,也从不怪我不肯背书,她给予我的,只有包容一切的爱。这爱完全出于她的本能,既无关我惨不忍睹的考试成绩,也无关班主任恨铁不成钢的期末评语……今天想来,如果没有母亲的爱,我极有可能上不了大学。没上大学的小伙伴后来都离开了牌楼,像屋顶上的炊烟,飘着飘着就散尽了。锅台是冷的,锅洞里灰烬尚在。谁也不知道那暗红色的火苗还能不能重新燃起来。

寒露近,农事忙,乡下正在秋收。田间黄灿灿的晚稻,地里红彤彤的辣椒,村口的乌桕树火一样燃烧,汁液饱满的柿子灯笼一样挂在枝头……小河君,金秋的乡村美如画卷,但身在其中的我们浑然不觉。我很早就做农活了,栽秧,车水,摘棉花,收小麦,割稻……那时候放学早,我时常丢下书包就进了田畈,给二哥打下手。分产到户时,我家没有劳力,十七岁的二哥主动辍学务农,风里来雨里去,成了家里的顶梁柱。二哥白白净净的,看上去就是一个文弱书生,以至于很多亲友无法理解他的辍学。田园没有牧歌。面朝黄土背朝天的农耕生活,既劳人筋骨,也苦人心志,一眼望不到尽头。二哥后悔过吗?我不知道。我外出求学后,二哥一直在牌楼务农,不久便娶妻生子,守着几亩薄田,和乡亲们一样日出而作日落而息,含辛茹苦。周而复始的农耕岁月,让二哥成了一个木讷的人,即便是在我们兄弟姐妹几个人的微信小群里,他也拙于应对,使用频率最高的几个回复是:哦。好的。呵呵呵。

我很心疼二哥。然而,人生不能重来,命运没有如果。

我很怕割稻,但割稻又是农家子弟的必修课。还记得那些凉阴阴的早晨,日头还没起山,我们就挽着裤腿,拎着镰刀,噗哒噗哒地下田了。稻田一望无边,像一面金色的毯子,在秋风中波浪一样翻涌。早起的人已经开镰,刷刷刷,身后留下一行行浅浅的茬口,眨眼间,茬口便钻出一粒粒晶莹的水珠。我跟在二哥后面,一刀一刀地割,割完一垄,再起一垄,总得折返好几个来回,五斗田仿佛扩成了十斗……割下来的稻要晾在田里,待阳光抽干水分,再捆成稻把,挑到打谷场上,码成垛,等着脱粒。挑稻把是个重体力活。从五斗田到稻床大约八百六十步,但我走了十几步便直不起腰来,沉甸甸的稻把就快把我压断了。再难走的路也得走啊!我咬紧牙关,几步一歇地,慢慢向稻床挪。我个子矮,发育停滞于初中,今天想来,应该是被稻把压伤的缘故。即便如此,我依旧对那噩梦般的经历心怀感恩——感恩每一个面朝黄土背朝天的乡民,感恩每一粒喂养我们的粮食,感恩每一个风调雨顺的好年成……

对水稻,我同样有一种复杂的感情——成熟的水稻总是谦逊地低着头,弯着腰,俯向大地——茫茫岁月里,是水稻默默养育着我们。从绿油油的稼禾到热腾腾的米饭,水稻在水深火热中走完了忘我的一生。米是我们的口粮,脱粒之后的米糠成了猪食,干枯之后的稻草也没有浪费,有的成了锅洞里的一把火,有的直接沤在田里成了肥料。

我还记得那个淋漓的午后,冷雨突如其来,一颗颗劈头盖脸地往脖子里钻。鞋子里进了水,袜子湿透了,我缩着脖子,冷得发抖。我快到村口时遇见了松华家的,她踩着胶鞋,挑着稻把,一路走一路号啕,嘶哑的哭声像一把明晃晃的刀子,锋利地刺破重重雨幕。我闪在路边,抱着身子,让她先过去。她洗过澡一样浑身湿漉漉,一步一顿地,每一脚都小心翼翼。她为什么要哭呢?我不知道,那哭声冷雨一样,一个劲地往我心里钻。松华是个远近闻名的瓦匠,也是个远近闻名的酒鬼。他总在夜色垂降之后现身,拎着薄薄的瓦刀,打着连绵的酒嗝,跟跟跄跄地晃上村口的石拱桥。一个又一个深夜,瓦匠借酒装疯,他野猫一样的叫声在屋顶上沉浮,在夜色里飘荡,听上去五味杂陈。经年之后我才慢慢明白,老人为什么总在背后嘀咕:"瓦匠丧德哟。"

乡村是熟人社会,自有其伦理。人活一张脸,树活一张皮,"丧德"是很重的指责了。

她卧病之后,瓦匠依旧早出晚归,四处打零工,四处找酒喝。有一天放学,经过她家门口,我突然看到她就着门框,有气无力地朝我招手。我吓了一跳。她已经瘦脱了形,颧骨高耸,眼窝深陷,头发乱蓬蓬的,像个女鬼。

么事哉?我有些害怕,却没有逃走。她门前的石榴树开花了,像一支燃烧的火把,烈焰升腾。那是我们全村所有人的石榴树,而她是一名看护的园丁。

她颤颤巍巍地转过身去,递给我一只大茶缸,缸底上有一小团泅开的红糖。我硬着头皮,迟迟疑疑地踏进幽暗的堂屋,地上乱糟糟的,到处都是鸡屎,室内弥漫着酸腐的气息,还有一股刺鼻的尿骚味。大桌上暖水瓶是空的,厨房里水缸也是空的,冷锅冷灶。她至少一整天没有喝水了,估计也没有吃饭。谁给她做饭呢?两个女儿都养成了仇人,嫁得远远的,很少回来。

递过茶缸她就转过身去,抖抖索索的,没有再说一句话。哀莫大于心死。那个热腾腾的人世,给予她的,却是蚀骨的寒凉。不久之后她就解脱了,一件从来没有穿过的红棉袄,一条从来没有穿过的红棉裤,一双圆口黑布鞋,头发服服帖帖的,清清爽爽地躺在床上。她从来没有这样打扮过自己,是第一次也是最后一次。她不能选择自己的出生,也不能选择自己的婚姻,面对接二连三的惨败,她选择向命运低头,认输。但,与其说她是认输,还不如说她是以一种决绝的方式,最终赢了一次。她以决绝的胜利,赢得了牌楼人的尊敬。

进房的人从她的口袋里掏出四十七块五毛一分钱,除了几枚硬币,全是皱巴巴的毛票。

四十七块五毛一分钱,是一个乡下妇女一生的积蓄。

大家都呆住了。雪白的经幡映亮了幽暗的堂屋。低沉的呜咽,蝙蝠一样四处飞升。瓦匠接过钱,怕冷似的,浑身发抖。

我远远地看着,忽然悲从中来,止不住落下一行行眼泪。那时候,我还是一个没开窍的初中生,如今三十多年过去,这一幕还历历在目,仿佛是昨天才发生的事情。那女鬼一样形销骨立的躯干,那死灰一样枯槁的面容,我笔力不逮,无法准确还原。苦难是不能赞美的。文字有时候太苍白了,我时常写着写着又全部删掉,毫不犹豫,并不觉得心痛。我不能容忍技术意义上的完成,更不能容忍居高临下的矫情。你常说我爱惜自己的羽毛,其实我只是依赖一手经验,不愿意浪费时间从事那种掉书袋式的"二手写作"。文字倘若不能照进现实,倘若没有自己的呼吸、体温和心跳,意义是要打折的。这样的文字约等于精致的快餐,口感好,营养差。这当然是我的偏见,不作数的。

你常感叹人生苦短。我不这么认为,五十岁是短,一百岁还是短。人生的来去,不过是在幸运和遗憾间往复,无非是在幸福与烦恼间转换。还记得我们聊过的那句偈语吗?有人问禅师,人生究竟有什么意义呢?禅师说,人生毫无意义才是意义。当你觉得人生毫无意义时,才能抵达一无所求的境界。

这不是虚无,更不是空,而是我经常劝慰你的放下。一念放下,万般自在。人生在世,哪一个不是睡醒时满怀希望,入睡前又感叹余生呢?

年轻时我喜欢明媚的春天,中年之后,晚秋却成了最爱。工作日,暖阳如瀑的午后,我总要在单位的院子里散散步。如果是周末,我便一个人坐在暖烘烘的阳台上,泡一杯茶,翻几页闲书。这样的午后,我会将手机调到静音模式,繁杂的人事远了,悠悠岁月远了,偌大的世界只有我自己。这是深秋的况味,大约也是人生的况味吧。

小河君,毋庸讳言,已知天命的我们,即将步入凛冽的寒冬。有人说,要优雅地老去,那是思想境界;也有人说,要体面地老去,那得有物质支撑。要我说,我们还是随遇而安、顺其自然地老去吧!人生多寒露,岁月忽已晚。让我们在慢慢变老的路上善待自己,努力加餐饭。

(江少宾,现居安徽合肥,供职于媒体,业余写作。主要作品有散文集《回不去的故乡》《大地上的灯盏》等。)

人间器物

刘 鹏

外乡人

胡锹和洋锹,是两个流落民间的异乡人,一个来自西域,一个来自西洋。历史上,胡锹一直比洋锹更贴近百姓日常生活。但如今,胡锹已绝迹江湖,而洋锹还有其广阔的活动空间。

不信,你去百度"胡锹"呢,竟然搜索不到。再输入"洋锹",真如乱花迷眼。

胡锹是什么样子的?在我印象中,它由一块锻铁打造而成,锹身长约两尺,上下齐宽,且上面厚下面薄,略微有弧度,锹背有圆形凹槽,可插入与洋锹柄长短相仿、整体呈"T"字形的圆木柄。

用胡锹挖土,左手反扣"T"形木柄中部,右手紧握木柄顶部的"一"字形,左脚踩住锹肩,用力要猛,下锹要稳,一挖就是深深一道缝。挖出一个长方形的槽子,用力摇动胡锹柄,在确保整块泥土不松不垮的基础上,将土铲出放平,待阳光晒干后,堆垒成牲口屋、灶屋,也有人家承包养鱼塘,就用泥土疙瘩在河塘边搭简易棚,门口栓条狗,一天三顿给它送吃送喝。

胡锹是一把趁手的挖墒工具。挖墒很苦。老人们常说"宁挑不挖",意思就是"挖"这个活儿不快活,很累。生产力低下时,唯一能指望得上的就是一把好胡锹,一身死力气。

胡锹笨重,光锹头分量至少有五六斤重。好在每次下地挖墒时,事先都会打磨开刃,因此胡锹的锹刃异常锋利。小时候,我常跟在父母身后,看胡锹与土壤接吻、交合,胡锹沉默寡言,只有泥土与花草时不时发出轻叹。

中国的农民一直心怀梦想,渴望依靠自己或集体的智慧摆脱靠天收的宿命。我很小的时候就目睹他们将勤劳、信念、智慧播撒到辽阔的麦地。一望无际的麦田被分成一垄一垄,垄与垄之间挖出一条一锹宽、半锹深的垄沟,灌溉水流可进可出,以此疏通麦田里的水气,这垄沟就是墒。田有多长,墒就有多长;墒有多长,麦产量就有多高。一道墒,长在田里,也开在人心上。

我喜欢逞强,以弱小的身躯扶住胡锹,踮起脚尖,使出吃奶的力气向泥土的胸膛刺去。泥土只是微微一声疼,便把我手中的胡锹推到一边去,胡锹闷声跌倒在泥土的被褥子上,而我也趔趄着倒在母亲的怀中。我这种不自量力的小插曲,也成为父母农忙中的"降压片",为他们减轻生活的压力,带来些许欢乐。

胡锹又叫大锹。在乡下,能被冠以"大"字的农具,实属罕见,由此可见胡锹在农民心目中地位是很高的。

胡锹常常用,因此一年四季都容光焕发。洋锹就不同了,你说不出它有什么特殊作用,它能做的活儿胡锹、钉耙、锄头都能分担,因此它常年被冷落在旮旯里,偶尔用到时,却见它浑身满是黄褐斑(锈迹),叫人瘆得慌。泥土是洋锹最高效的美容护肤品,洋锹只要冷敷几次泥土,便立即光彩照人。

胡锹离不开土,它比一棵树一棵草还眷恋土地。2008年老家拆迁,等我回去后,家中一片狼藉,村庄被巨型机械碾成废墟,我突然想起胡锹,四下里寻找,偏就找不到!父亲坐在砖块上,弹着烟灰,呓语般念叨:"罢了,罢了,没有了田,没有了土,留着胡锹还能有什么用?不若被人捡去偷去……"胡锹这个流落中土的外乡人,再次漂泊,这一次它将漂至何处呢?我们无法猜想和预测。许多个宁谧之夜,我会合上书籍,把玩一张印有"大地上的异乡者"的长条状书签。书签来自于先锋书店。创办这家书店时,钱晓华就将奥地利诗人特拉克尔的这句诗请来作书店独特的标识。几十年过去了,这句话与先锋书店同在,它们一起完成恒河沙数般的漂泊、停靠、远行。

洋锹命运多舛,起起伏伏。它曾随我们入住新居。新居有个小仓库,仓库终年不见光,它就像个囚犯,被我们囚困于某个憋屈的角落里,直到有一天,母亲在城里发现了一块荒地,它才再次被派上用场。此刻它正斜倚在阳台上,天气晴好时,它负暄小睡;阴雨连绵时,它静听蛙鸣。它的生活归于平静。

只是,也不晓得洋锹内心有没有过失落?有没有想起过它那个来自西域的朋友?

有没有隔空呼唤那位沦落天涯的异乡人？从它们沉浮命运里，我们既能看到中国农村发展变迁的喜悦，也能感受存在与消亡之间不断撕裂的痛楚。

老 兄 妹

家里有两辆车，一辆板车，一辆独轮车。它们一个斜靠在滴雨檐下，一个窝在储藏间。

板车是个老头。它的车胎皮龟裂如沟壑，像饱经风霜的男人的脚后跟。但凡路走得多的男人，他们的脚后跟多是不堪入目的。车身两侧的木板，原来还是深黄色，后来已一片苍白，仿佛太阳是个吸血鬼，老板车被它吸食了太多的精血。

独轮车像个小妇人，每次用它装运东西，我就怀疑它是不是怀胎十月的孕妇。独轮车走起路来左右摇晃，年轻时，如三寸金莲摇风摆柳，年老了可就成了老太太，脚走得崴。很担心哪一天，地面再窄一点儿，它就翻到沟渠里，散了骨架。

无论板车还是独轮车，在我家都失去了现实意义，唯有曾经沧海可追忆。每次我回老家看到它们，我的心就莫名地平静，它们像两味不同的镇静剂，老板车是一粒白色扁平药片，独轮车是一粒黄色椭圆胶囊。通过它们兄妹二人，我看到尘封在心中的乡村往事。

板车命苦，所有重物、硬物全都往上面架，孔武有力的男人握住它的两条把手，再套上一条绳子，拉拽着板车一步一步前行。这一幅特写镜头，在中华大地各个角落都曾随处可见。我喜欢父亲拉着板车，我在板车尾部使劲推，父子的一次合作，让老板车嘎吱不已。是的，每次负重前行时，老板车总是叹息，这让我不止一次想起臧克家的《老马》，想起《老马》，我就心疼我的父亲、我家的板车，甚至脚下的大地。

板车是男人的马，独轮车是女人的驴。

独轮车轻便。每次去田里装花生、菜秧之类的东西，母亲都能推着它一溜小跑。独轮车经过发展，衍生出许多形状的新品，但我仍喜欢乡间那种原始的、木料质地的独轮车。乡间的木制独轮车做工精细、设计精巧，令我无法完美描述，只能耍小聪明，先将它画成简笔画，再使其抽象化，形如汉字"坐"——活跃在20世纪80年代前的木质独轮车上如果坐上两个人，不正像"坐"这个汉字吗？最下面一条横线，就是独轮车脚下的大地。人们坐在车上，也坐在大地上。这么一想，我对独轮车的怀念又多了几分。

有一年去北京故宫博物院看张择端的《清明上河图》。于形形色色人物中，竟发现了一处意外的细节：一人弓腰向前，双手推动独轮车，车上满载货物，货物被一块写有草书的大布紧紧裹住。车前又有一人，乍看以为他是独立的赶路人，但细察他的弯腰姿势、手臂摆放位置，颇为吃惊——此人同样把身体压得非常低，双手正用力拖拽车子，并且起到平衡作用。再向右前方看，发现这个独轮车远比现在的独轮车还要先进，它至少具有两根被称之为车辕的直木，可供牲畜牵引。也就是说，这辆神奇的独轮车不仅仰仗人力推、拽，还可以借助牲口拉，结合了马车、板车、独轮车三重身份，可谓半助力车了。

今天的独轮车摇身一变为铁皮质，人们对它的爱惜就削弱不少。你看吧，建筑工人都是直接把砖石、水泥、黄沙摔进独轮车，独轮车疼得撕心裂肺，也没人在乎。

再看板车呢？板车也顺利跻身都市，但它们往往成为收废品老头的工具，东一摞废纸、西一堆烂铁，装了满满一车。老人弯腰拖拽板车时，板车尾部木板就在地面哧哧摩擦，留下了不甚清晰的轨迹。

如果，板车与独轮车这对兄妹在城市的街角偶遇，它们会生出怎样的感慨呢？是为自己的命运叫屈，还是为生活本身诉苦？抑或，它们还眷念着乡间的风土人情，记得某一个男人、某一个女人的故事……

忽然想到位于南京南郊的高淳，这座被誉为"国际慢城"的小县城至今还保留着一条宁静的漆桥老街，街面宽不过两米，行走其上，不小心会扭到脚，低头看，一道道深浅不一、宽窄不同的车辙印歪扭着、交错着，也分离着，这就是千百年来各种车辆途经此处留下的烙印，其中就有独轮车、老板车的轨迹。时过境迁，它们犹如一条条思想的印痕，摆在人们面前，等待有缘人来解读。

石　夫　妻

我对石碾和石磨是情有独钟的，唯一令我不甚开心的是，石碾与石磨不规整的表皮像极了月球表面，也许它们就是陨落人间的月球。

石碾与石磨是一对穿越两千多年的夫妻，它们彼此相爱，不离不弃，这份情感也只有石头能做到。而任何皮肤在相互摩擦之后都会起火，都会焦头烂额。

我家曾经有石碾和石磨，它们被父母拆分，一个被竖在大门前，用以辟邪镇宅，一个赤条条地躺在后院的场地上。每年的院场在农忙来临之际都要翻新，石碾成为平整新场地的最佳利器，如今修路时常见的那种平路机，估计正是以石碾为原型。

说它们是夫妻，一点也不虚。在石碾与石磨还没有分开时，它们就一直肌肤相亲，彼此偎依在院子一隅,寒来暑往,风餐露宿。石磨在下,石碾在上,要将麦子、玉米碾成粉末时,就转动石碾,石碾与石磨仿佛说起了悄悄话,那话人是听不懂的,但人可以猜测。也许,它们这对石头夫妇在说:"等孩子们吃饱了,再睡。"也许,它们说的又是:"今年收成还可以,希望年年风调雨顺、国泰民安。"又或者:"我们吃点苦没事,人只要向前看,生活就会有奔头。"猜来猜去,也都离不开春种秋收、烟火百味。

它们本该如神仙眷侣一般居住在天上的吧?可能是因为怜悯人间稼穑之艰难,生怕炊烟断续无章,所以它们故意触犯了天条,被贬下界后,做了脱谷碾场、看护门庭、造福万民的石夫妻。

那石磨、石碾的爱情,驴子知道。别看驴子闷声闷气地转圈子,它不说话,只打喷子,甚至甘愿被蒙上眼睛,但它其实是鬼灵精,什么也瞒不过它的心。它在石碾与石磨的沙沙谈话中参悟了悲悯,因此它坚定地绕过磨平了棱角的石头,绕过了周而复始的风霜雪雨,绕过了一茬茬生离死别,垂暮之年也未曾放下那副套绳,挣脱那被圈定好了的命运。驴子,是老实人。老实人靠着老实的夫妻,渐次把贫瘠的生活磨得细碎、光滑、柔软、香甜、可口、丰满。

我家的石碾被人家借去碾场,从此再没有还回来。石磨一直守在门口等啊等,总也等不回老伴。它渐渐蒙上了一层淡淡的绿苔,有些小昆虫爬上去,撩开它的皱纹,皱纹深邃,令人触目惊心。

不知怎的,我就想起莫愁湖里的莫愁女,想起当涂山上的望夫石,想起生活里面许多感天动地的爱情故事。我家门前那只石磨,它在一日日的守望中,是否也成了某种化身?它思夫而不能呼唤,盼夫而不能寻访,它那份孤独与凄凉感深深压在了我的胸口。我也常问父母:"我家那只石碾,怎么不要回来呢?"父亲说:"算了,现在浇了水泥场地,米面也都直接让机米厂加工,石碾要回来搁哪里?"说这话的父亲已经两鬓斑白。

我伤感。一对原本和和美美过日子的小夫妻,却被人为地拆分开来。我想起好多离婚的案例,真的是感情基础薄弱、自愿离婚吗?恐怕大多数还是被第三者(不限于传统意义上的"小三")横插一手吧……

在天愿作比翼鸟,在地愿为连理枝。我思念那对陷落在烟火里的石碾石磨,敬畏它们红尘俗世里坚毅的爱情、默默的守望与等待。

现在,石碾石磨早已经不知去向了。而当年使用过石碾石磨的父亲,也已经在多年前的一个深夜,在西江码头一艘泊靠的轮船上因搬运化肥过度劳累,永远地离开了我们。母亲一个人生活在村集体盖的安置房里,常跟我在电话里念叨:"少来夫妻老来伴……"老夫妻,相扶相持,一个是拐杖,另一个也是拐杖。

有一天,我在祖母门口坐着和她聊天,看到两个老人缓缓走来。走近了才看清楚,他们是我的四太太(我们当地,曾祖辈无论男女都被尊称为太太)。高大的男太太中风多年,行动不便,一向走在男人后面的矮瘦的女太太现在不得已走到丈夫身前,以迟缓的速度等着丈夫的右手搭住她的左肩膀,一步一步又一步迟缓地向前挪动。那幅无声的画面,从此成为我心底永久珍藏的温馨。

(刘鹏,80后,江苏省作协会员。作品散见于《十月》《美文》《散文》《散文百家》《中国作家》《青年作家》《中国铁路文艺》《山东文学》等文学刊物。)

车　站
连　亭

1

　　多年前,我和母亲穿过弯弯曲曲的山路进入国道,再顺着匍匐在玉米地旁边的国道抵达我人生的第一个车站。那是一个荒凉破败的过路站,在还没透亮的天色中寂静而孤独。它被包围在广大的田地之间,仿佛就要被海洋吞没的码头。灯光很暗,只稀稀拉拉亮着几盏。狭窄的候车室和站台连通,晨光从站台渐渐变亮。

　　我和母亲拖着厚重的行李,深一脚浅一脚地朝站台走去。不知她为何偏要拿上那袋粗笨的吃食,我要去的地方根本用不上这些,我的旅途会因为它们而变得沉重。好不容易到达站台,只见几个旅客在寒冷中缩头缩脑地候车,检票员呼着白气呆呆望着车来的方向。母亲一边焦急张望,一边嘱咐这唠叨那,而我则在一种若有若无的感伤中对前方满怀期待。

　　后来,我到过更多的车站,离家乡越来越远,离母亲也越来越远。那些车站聚集着成千上万的人,各有各的去处,各有各的悲喜。有人出发,有人抵达,却没有人有归属感。

　　那些年,我不停上路,不断告别,意识不到自己在匆忙的脚步中遗失了什么。算得清车站离住处和目的地有多远,却算不清车站离我有多远,就像我搞不清从爱到恨的距离有多远。我所爱的,总是和我隔着一个又一个的车站。

　　车站让我遇见很多月亮,它们清冷地挂在檐上或者树梢,把我要走的路照得分外苍凉。那些月亮,无论圆的还是弯的,都是一副没睡醒的样子,清醒的只有赶路的人。圆的月亮,如同母亲烙的面饼,动摇我离开的决心;弯的月亮,宛若飘荡的小船,引发我深埋体内的漂泊感。

在车站走坏了很多双鞋,它们被我丢在垃圾桶里。从丢弃第一双鞋开始,我就是个在路上一边走一边丢的人。兜兜转转,想要找到一双最好的鞋,但任何一双鞋都经不起太远的路,我只好一直不停寻找。

2

在车站,见到最多的是陌生人。这些回家的陌生人,没有故乡的陌生人,奔走生活的陌生人,追逐梦想的陌生人,时时与我擦肩而过。我跟着他们放声欢歌,尽情流泪。像他们一样,满怀斗志时,连神情和声调都表明,只要从车站出发,就能拥有天下;像他们一样,与人热烈相拥时,都想把彼此的温热留在怀抱里;像他们一样,时常表面冷漠而内心火热,不会说煽情的话,内心却满是牵挂。

时常遇见一些陌生的姑娘,像极了多年前那个告别母亲的我。她们脸庞黝黑,满眼稚气,身上的包袱抵得上自身一半的重量。她们怯怯地站在黄昏的站台,汽笛声响起时,焦急而又慌张。她们上了列车,却久久地望向窗外,寻找送别的人。

当列车驶出车站,掠过无数的风景,她们流下了积蓄很久的泪水。那些泪水,因为灯光的映照,融入了所有的爱恨别离。我明白,她们要在这个年纪独自背着包袱踏上列车,是因为她们出生在一个贫困的家庭和落后的村庄。我见过太多这样的故事,在这些辛酸而倔强的故事里,有着生存的无奈与坚强。

时常在车站遇见陌生的乡愁病患者。他们挤满城市的车站,密密麻麻的脸,既疲惫又满足。他们从车站进入城市,洒下笑声,也流下泪水,在笑与泪之间,创造一个个小太阳。他们从车站奔赴家乡,带着城市的见闻和一年的血汗钱,点亮千里之外的故土。

我挤在他们中间,为没被大雪堵在路上而庆幸。我找到一处空地静候列车,一边等待一边观看他们脸上的风霜。我发现不是所有人都在候车,那些裹着大衣睡在过道的人,不过是借车站躲避外面的雨雪。这些穷苦或倒霉的人,一定费尽心机才找到这唯一不用花钱的地方避寒。他们迷迷糊糊地睡着,也许是梦到了家乡,嘴角咧开笑纹,口水就顺势流下。当他们从睡梦中醒来,扭头看见被车站挡在外面的风雪,似乎就得到了安慰。这时我发现,一种叫"思念"的东西在人群中悄然蔓延。

一次深夜候车,也是这样裹着大衣靠在椅子上睡。那时没有钱,住不起旅馆,只好昏昏沉沉地在候车室等十几个小时。坐在陌生人中间，焦灼，困倦，慌乱，不断想起母亲的叮嘱，在路上要警惕陌生人，不要和陌生人说话，不要吃陌生人的东西。母亲的话使我意识到，陌生不仅使我失去故乡，还使我失去依靠，出门在外一切只能靠自己。

那时，真痛恨车站啊，它给我带来分离和失去。它摆在我面前的路，那么陌生，那么迷茫，我只能一个人上路。因为车站，我成了一只被季节搞蒙的鸟，在陌生的城市到处乱飞，找不到一棵安静的树，也没有安稳的巢穴。那时我和那些乡愁病人多么接近啊，整天挂着一张涂满思念的脸。

后来，不断在陌生人的脸上看到苍白的月光，看到深暗的麦穗，看到落叶的颜色，看到滚滚的红尘。渐渐地，我在车站不再浑身武装、拒人千里，而是以歌声和泪水问候陌生人，他们同样以歌声和泪水问候我。

此后，陌生人的故事，不断从车站嘈杂的声音、纷乱的行李、千奇百怪的神情中纷纷扬扬地向我走来。我怀着崇敬与感激之情聆听着，生命因此更美丽、更丰盈。

不知何时起，不再觉得辗转于车站的人是陌生人，尽管我们彼此之间只是面目模糊的过客。

3

前几年在上海求学，和一个遥远的人谈着遥远的恋爱。我们无数次通过车站抵达彼此，又无数次在车站送走对方。那些在车站相拥的日子，那些在车站挥泪告别的日子已经远去，只愿内心的情感永不褪色。

为此，久久保留一枚从站牌下捡起的落叶。它是被风吹来的，还是沾在旅客衣服上被带进来的？车站外，季节在大地上持续更替，但一切已与我手中的落叶无关。它安静地躺在我的掌心，像一条带花纹的鱼，它那失去生命热度的纹理凝固在叶片上，无声的美丽盛大而旷远。

那些日子，这个人从车站走向我，衣带飞扬，头发飞扬，神采飞扬。这个飞扬的人走向我，从此我的生命也是飞扬的。我跟着列车不断前进，以为他每次都会在车站等我，突然有一天我在人群中再也看不到他。

许多事突然都有了解释。比如在车站他每次朝我喊话，我怎么都听不清。即使拼命地朝他的方向跑去，也无法捕捉他说的话。我怔怔站着，奋力挥手，渐渐地只剩下一片茫茫雾霭。

忽然明白,在车站所有的相遇都是萍水相逢,所有的离别都是再一次出发。没有人会停留,连我也不会。

在站台站一会儿,就分不清快乐和悲伤了。人在车站懂得了前进和放下,懂得了回头和珍惜。我依然会在车站落泪,却不再强求任何东西。车站成了人生真正的中转站,是我不断出发和抵达的场所。

无论悲伤的日子,还是快乐的日子,我不断向车站走去,不断通过它抵达任何想去的地方。

4

曾多次路过一个简陋的车站,它深藏在荒野之中。世上所有的路都远远地绕开这个荒野,却有一条细微的土路穿过它。这条土路断断续续的,虚弱而执拗地穿行在群山褶皱之中。除了居住在深山的人,没有人会愿意走这条路。这是一条没有生气的路,前不着村后不着店,半天也看不到一个人。

不知何时起,荒野之中建起一个车站,其实只有一块写着七扭八歪的字的木牌,以及两间歪歪斜斜的茅草屋。

一对不知从哪里来的夫妻,不知经历了什么样的婉转和曲折,异想天开地进入荒野,然后艰难地找到一条溪流,并在溪流边盖起两间茅草屋,立起一块站牌,开起一家临时歇脚的简陋饭馆。起初,柴米油盐都托付过路车运送,后来男主人从溪流中捞出鲜美可口的野生鱼虾,女主人在溪边开辟出一个菜园,又在屋外放养一群白花花的鸭子和毛色鲜亮的土鸡,渐渐地自给自足。

这样一个小店,仿佛荒野中的灯塔,长期行驶在无人之地的司机们远远地瞅见它,眼中立马放射出逼人的亮光。在茅草屋,他们抚慰辘辘的饥肠,洗去蒙面的灰尘,有时甚至小憩半晌方才踏上前方的路途。

那时,常去深山调研,每个月都要走几次荒野小路。当一路颠簸到达茅草屋,心中总是激动无比。这对荒野中的夫妻,在贫瘠中讨生活,孤独而又寂寞。经常一连几天都见不到人车路过,只有旷野中的风不断敲击他们的木门。偶尔,丈夫搭过路车进城置办物品,这时荒野中就只剩他妻子一人,无边的孤寂随着风浩浩荡荡而来,吹打着这个柔弱的女子。

后来,在经历太多的风霜之后,留守太久的妻子跟着一个司机走了。那个男人在旷野中抽了一根烟后,没有选择等待,也爬上一辆车走了。于是,荒野在拆散一对恩爱夫妻之后,重归死寂。

常常在回忆中让那对夫妻重新回到荒野中的茅草屋,不是为了让他们过苦日子,而是为了重新燃起荒野的希望。我想象着,他们手拉着手回到旷野,把饭馆翻新后重新开张。男人整日面朝溪流,劈柴生火,女人时时打理菜园,照看鸡鸭。在潺潺的溪流声里,在鸡鸭的鸣叫中,他们原本忧愁的脸冲荒野露出了笑容。这样想着,沿着漫漫时光,沿着崎岖蜿蜒的土路,我流下斑驳的泪水。

5

这些年,走过无数车站,仿佛走在岁月深处。当不再依赖地图前进,我的额上就亮起一盏灯。不断有人朝我走来,又被我路过。我对路上的一切充满期待而又不强求,走进一个又一个的黄昏、一个又一个的黎明,经历着离别、欢聚。

这些或新或旧的灯,即使蒙上岁月的灰尘依然明亮。旅途中,总会遇到困难,远方的生活也不一定比原地好,但我依然会因为这些灯光而迈出脚步。

有时独自守在车站,想象那个要来和我会面的人,穿越多少风雪,才能抵达这个车站。等了很久,腿脚都冰冻了,那个人还没有出现。有时还未抵达车站,载着那个人的列车就已到达,我们因此而错过。

有时等我的人久久守在车站,而我还未到来。他们等着笑着哭着,慢慢老去,化为片片落叶。有时他们从山中来,倚着车站的柱子等待,只是为了有一天,我能从列车上走下来,回到他们中间,从此把脚收在山中的一棵树下,与他们长相厮守。在等待和被等待的日子里,我在车站百感交集,抬头寻找月亮。月亮躲在云里,我看到了灯。

人是天地间的过客,车站点着明亮的灯。

(连亭,作品常见于《芙蓉》《民族文学》《中华文学选刊》等,曾获《民族文学》年度奖、《广西文学》年度佳作奖、壮族年度散文家称号、丰子恺散文奖,著有散文集《南方的河》等。供职于中国科学技术大学。)

流星，流星（外三篇）

胡正勇

  圆滚滚的夕阳，有时通红着脸，有时煞白煞白。不管它是红是白，都会扑通一声，从竹坞里西面那绵延的群山上掉落下去。

  太阳不见了，暮色渐浓。空气中弥漫着忧伤的气息，那时只有六七岁的我，总害怕天空掉下来。我就偷偷往自家田地里跑，想去找正在劳作的爸妈。不过，大多还没跑远就会被奶奶抓回来。

  炊烟在村庄上空飘的时候，奶奶在灶台上忙个不停。慢慢地，炊烟消失在暮色中。不知是暮色淹没了炊烟，还是炊烟弥漫开来淹没了眼前的这个村庄。此时的屋子里里外外飘荡着浓浓的饭香。

  晚饭做好了，奶奶会让我去喊爸妈回来吃饭。我站在屋后的山坡，朝田野的方向喊："爸、妈——回来吃饭啦——"我不需要喊他们的名字，也不能直呼他们的名字，但他们一听就知道是我的声音。

  爸爸、妈妈一般在天黑透的前几分钟才回到家（除非是有月亮的夜晚）。吃完晚饭，妈妈洗碗，奶奶搬个竹椅坐在院子里给我讲故事。她像一本厚重的大书，总有讲也讲不完的故事。

  夜色一层又一层地漫过来。如果是夏天，夜色并不黑，而是呈墨绿色。远山发出轻微的鼾声，苍穹上的星星像飞来飞去的萤火虫。巨大、遥远而神秘的星空，让人有些晕眩。突然，一道明亮的闪光划破夜空，一眨眼就不见了踪影。我以为是神在天上擦亮一根火柴立马扔掉了，或者是另一种闪电在闪。奶奶告诉我那是流星。

  刚记事时，穿过村庄的河流和那条没有尽头的土公路，让我幼小的心有了远方这个概念。我觉得远方是一个很大的秘密,它像个无形的罩子覆盖着我。当我看到流星后,这种引力就更大了。

第一次看见流星在穹顶划过,我浑身战栗,灵魂受到了强烈震撼。奶奶还告诉我:"地上有一个人离去,天上就会消失一颗星。"那时的我,想不通人的死亡和星星有什么关系,至今我也没想通。

时而有黑黑的人影从院子外的小路上走过。他们有的是干活回来晚了,有的是经过竹坞里去另一个村子。他们是黑色的,可我觉得他们就是一颗又一颗流星,在我眼前划过。在这人世间,他们究竟能划多久,我不知道,他们自己肯定也不会知道。

那天夜里,我人生第一次失眠了。"死亡"这个让我心惊肉跳的词,像一条蛇在脑海里窜来窜去。胡思乱想了好久好久,后来我还是睡着了。睡梦中,我发现竹坞里是一颗流星,在天空飞驰,随着速度加快,村子里的人开始往下掉,房屋、树木、庄稼、果实都往下掉。我和爷爷奶奶、爸爸妈妈的手紧紧拉在一起,可是这颗流星的光芒越来越微弱,紧握的手也因无力而松开,我们朝着不同的方向坠落。我一直在坠落,不停地坠落……想喊又喊不出来的我,突然从梦中惊醒,已汗流浃背。

从那以后,流星一天天在天空划过,秘密一直在远方牵引着我。我曾在流星划过时许下愿望,让神保佑我们的村庄,一直停留在大地上,不要走动、不要奔跑,更不要像流星那样一闪而过。

一棵毛竹能走多远

在竹坞里,四周山上有三面长满了郁郁苍苍、重重叠叠的毛竹,海一样碧绿。风一吹,绿色的海浪一浪高过一浪,向村庄涌过来。

村子里,屋前屋后大多也种了竹子,除了毛竹还有刚竹和紫竹,它们簇拥在一起,像一个大家庭。也有人家的空地上有几棵相隔很远的毛竹,这大都是刚种下的。你不必担心它们孤单,到明年它们就会生下一群毛竹,再过几年就竹子竹孙承欢膝下了。

六七岁时,我经常和邻家的富贵在屋后的毛竹林里玩耍。没人来打扰我们,只有阳光一会从竹叶的缝隙里洒进来,一会又不见了踪影。我常有种感觉,昨天在竹林东边看见的那棵毛竹,今天就跑到了竹林别的地方。不知是因为它们长得太像,还是毛竹真的会走路。我想它们可能是出去玩耍回来晚了,看不清楚位置就随便找个地方站着。有了这种想法,我心里忐忑不安,我害怕它们哪天走散了,不回来了。可是几天过去,我觉得竹子也没有少。

为了证实它们不会走动,我用笔在几棵毛竹的身上做了不同的记号。第二天我来看,它们还在原地。第三天、第四天、第五天我再去看,它们在原地一动未动,我忐忑的心终于放了下来。

在竹坞里的西边有两条山谷,全是毛竹,漫山遍野的毛竹,一望无际的毛竹。我家的竹林在靠西北的那条名叫"十八拐"的山谷里。山谷左边山坡依次是徐树成家的、王厚军家的、我外公家的……右边依次是韩松林家的、朱黑子家的、彭诚贵家的……再往后我就记不清了,我只知道我家的毛竹林在山谷的最后面。

有一天,我脑子里突然冒出这样一个问题:一棵毛竹能走多远?

其实,毛竹和人一样,有的人一辈子待在村子里,有的人一出门就是一年半载,甚至他自己也不清楚到底走了多远。小时候,我证实过毛竹长在土里是不会动的,但被砍了之后,它们就会走了,确切地说是被人带着走。夏天和秋天是砍毛竹的好时节,这个时候不会伤着竹笋和新长出的嫩竹。

毛竹的用途很多,可以说举不胜举。毛竹被砍伐后,有生意头脑的人会将其收购卖到外地,赚取差额利润;会竹艺的村民把它们加工成竹筷、蒸笼、淘米箩、竹筐、竹席等竹制品再卖出去。

一棵毛竹有时能走很远很远,甚至漂洋过海。那些出了远门的毛竹,当初长在山上时是想不到会有这一天的。但四处流浪或寄人篱下的感觉应该也不太好受。每当夜深人静,那些身处异乡的毛竹肯定会望着天上或圆或缺的月亮,流下清热的泪水,这就像村子里年年外出打工的村民。所以他们在城里若能遇见家乡的毛竹,双方都会感到亲切又温暖。

那些砍伐后留在村子里的毛竹要幸福很多。它们被村民做成竹篮、竹椅、竹梯、晒衣杆、竹扇、竹屏风、竹筏、箩、筛、扁担、蚕匾……这样可以天天陪伴着乡亲们,在自己的故乡走来走去,直到走不动了,就躺在村子的某个角落死去。它们的尸体腐烂后,又营养着刚出土的竹笋长成挺拔的竹。

竹 坞 里

太阳总是要稍微晚一些才能照到竹坞里,因为村子四周都被山包围着,太阳要照到东边山的那一边,然后才会照到我们的村庄。山其实并不高,确切地说应该叫作丘陵。

竹坞里就是村庄的名字。

小时候我曾问爸爸,为什么叫这名字呀?爸爸说以前村子四周的山上长满了毛竹,而村庄就像个盆地窝在山脚下。爸爸说这话的时候,我能听到不远的竹林在风中欢唱的声音。而现在村庄四周的山上有三面长着毛竹,另一面被各种不同名字的树木霸占着。

风一般把竹坞里吹了好多遍,阳光才会照过来(除非我睡懒觉起晚了,阳光才会和风一起来)。如果刮东风的话,风会最先吹到村子最东边徐天华家,阳光却不是先照到他家,而是照在山坡上的刘红旗家,因为刘红旗家是村上位置最高的。

四面环山的竹坞里,一条叫"无量溪"的河流将村庄劈成两半,一条弯弯曲曲的土公路沿着河流将鸟巢一样的村庄和遥远的城市连了起来。这是我后来才知道的,以前我不知道土公路通往哪里,也不知道小河流向哪里,更不知道"城市"这个名词。那时候我只知道,小河下面是一个大水库,大水库的水流到哪里我就不知道了。但我知道肯定会不停地流,不然水库就会被越积越多的河水给挤爆了。

这是春天的竹坞里,巴掌大的竹坞里,鸟巢样的竹坞里,其实比村庄小千倍、几千倍、上万倍的我,也许永远也看不清楚它的模样。

原本在冬天灰蒙蒙的村庄,在春天变得生机勃勃。一棵棵新生的毛竹竞赛着谁长得最高,一朵朵桃花比试着谁最娇艳,一只只燕子比赛着谁垒的巢最温馨……野草也在不停地往上蹿,村头的老井也露出了迷人的微笑,它们沉浸在幸福中,每颗心都怀着异样的冲动。一推门,我们就能看见金黄的油菜花像妈妈的手掌抚慰着村庄的胸膛,蜜蜂飞来飞去,把幸福和温暖到处传递。有时候雨也会落下来,雨量或大或小,时间或长或短。雨一停,阳光又会像老朋友一样回到村子里。

天微微露出点亮光,就有人出门劳动了,有人扛着锄头或钉耙下地去了,有人拿着弯刀或斧头上山去了。我家只留下了我和一条狗,狗在大门口看着家门晒着太阳,我在后院用树枝搭房子或者和蝈蝈捉迷藏。白天,大人就淹没在树林、竹林或田地里,时不时能听到几声轻微的咳嗽,我都能分辨出是张大伯的咳嗽还是沙二婶的咳嗽,还是我爸的咳嗽。天黑了他们都会回来。第二天他们又将继续着昨天的劳动,第二天阳光和风又将来到竹坞里。

竹坞里其实很小,我在地图上找了四十几年也没有找到它的名字;竹坞里又很大,我走了四十几年,还没有把它的土地走遍。所以我还要继续走下去,最终我要老死在这里。

炊　　烟

少年时,在山坡上砍柴砍累了,我会直起身子望一眼小小的村庄——巴掌大的竹坞里。若是临近中午或傍晚,能看到家家户户的屋顶上升起袅袅炊烟。

因为砍柴的山离村庄有些远,房子看上去只比火柴盒大一些,炊烟看上去细得如丝一般。虽然远,我还是能分清哪根是我家的炊烟,哪根是韩六家的炊烟,哪根是徐树成家的炊烟……

如果是站在山顶上,不仅能看到竹坞里的炊烟,还能看到王查坞的炊烟、关塘的炊烟,甚至能看到更远村子的炊烟。看到炊烟,干活就更有劲,因为再干一会可以回家吃饭了。

上小学起,我开始注意自家的炊烟。每天放学,我会拉长脖子看看家里的炊烟有没有升起,看看炊烟是什么颜色。如果炊烟是白色,说明米刚下锅一会;如果炊烟变蓝了,说明饭快要熟了。看完炊烟,我和同学们一路小跑回家,边跑边猜想奶奶今天做了什么好吃的。

回到家,如果饭还没烧好,我会帮奶奶烧火。坐在灶口前的板凳上,把木材或竹片往灶膛里添。遇到下雨天,烧那些受潮的柴火是件极不容易的事情,很难烧着,烧着了也常常会灭。所以我会在雨雪来临前,多抱些柴放在屋子的角落。倘若在冬天,还可以在灶膛里烘山芋或烤糍粑、年糕,馋嘴的我在晚饭前给自己开个"小灶"。

没风时,炊烟笔直地往上长,像屋后竹林里那一根根苍翠的毛竹直往上蹿;大风刮来,炊烟又齐刷刷地往一个方向倒,像院墙上的墙头草。如果刮东风的话,最先倒的是许天华家的炊烟,然后是黄秋月家的炊烟,接着是王宗明家的炊烟,而村子最西头韩七家的炊烟最后一个倒下。如果刮南风的话,就是我舅舅家的炊烟最先倒,富贵家的炊烟最后倒。这就像秋天田野里的茅草,风一吹,茅草们依次往另一个方向倒去。

我读初中二年级时写下这样的诗句:"炊烟是奶奶花白的长发/指引着我还乡的方向。"初中我是在镇上读的,离家有十几里的山路,我选择了住校,一星期只回家一两次。开始很不习惯,一闭上眼睛,竹坞里的炊烟就在眼前飘,自家的灶台就在眼前浮现。

炊烟起起落落,日子一天天划过。转眼我已长大,要出远门读书了。一个炊烟初升的清晨,我坐上汽车越走越远,已经看不清楚站在村头的亲人了,我却还能看见村庄上空的炊烟,我还能够认得清哪是我家的炊烟,哪是韩六家的炊烟,哪是徐树成家的炊烟……

在外漂泊的日子,炊烟像奶奶花白的长发,时常在梦境中飘起。我忽然觉得,炊烟就是村庄这棵大树倒扎在天空的根须,道路是树枝,我们这些村民就是一片片树叶。

(胡正勇,1978年生,安徽广德人,现居江苏常州。中国作协会员,江苏省作协签约作家。有诗歌、散文等百余万字发表在《中国作家》《诗刊》《十月》《花城》《民族文学》《长江文艺》《青年文学》《雨花》《星星诗刊》等刊物,获敬亭山文艺奖、青果诗歌奖等多项奖,部分作品被翻译成英、朝鲜、蒙古、维吾尔、哈萨克等多种文字发表,出版诗集《文学春天渐渐走远》。)

琥珀的血泣

章熙建

青葱苔藓簇拥数点丹红,恰如翡翠镶嵌红宝石,隐匿松涛如潮的林海独享一份宁静。我魔怔似的跪地俯身,那一刻,眼前赫然是一块蚕豆形的琥珀,冷凝的松脂泛发出褐黄色泽,包裹其中的两点殷红,宛如心脏在传递着血色脉动。

春雨乍歇的晌午,与友人相约攀登南京江北的老山侧峰,不经意间邂逅了一个暌违人烟的精灵,点点不屈的殷红牵引我走进了一段血色记忆。

时光回溯到烽火连天的1937年岁末。钟灵毓秀的六朝古都南京,正惶惶然地变作一座泣血的孤城,更准确地说,正沦为人间炼狱。自12月4日起,装备精良的日军以4个整编师团,外加2个支队、1个特遣队,计10余万重兵悍然围攻这座都城,守军浴血奋战至12日晨,南京卫戍司令唐生智下令弃城撤退。

我所记述的就是这场激战中的悲壮一节。

南京乌龙山炮台始建于1874年,《同治续纂江宁志》载:"南岸乌龙山滨江暗炮台七座,安炮七尊;明炮台三座,安炮四尊。山矶头暗炮台四座,安炮四尊;明炮台二座,安炮六尊……"南京保卫战前夕,南京卫戍司令部下令编制龙虎台总台部,增配88毫米口径高炮4门,另加强1个野炮连,配31毫米口径炮8门。

就在数万溃军如潮涌向下关码头的一刻,乌龙山炮台战火犹炽。自12月10日起,日寇以陆、海、空军联合向炮台发起数轮猛烈进攻,均遭到守军的顽强抵抗,日寇一架战机和一艘驱逐舰分别被击落、击沉。13日凌晨接到毁炮撤退命令时,肩负猎击日舰、掩护渡江任务的龙台官兵,正与日寇胶着而无法抽身,且火炮装备几近战损殆尽。这个硝烟蔽日的白昼,沿江绵延十多里的乌龙山如陷火海,日军对扼守黄金水道的龙台如鲠在喉,欲摧毁之而后快。战机和重炮把大量炸弹倾泻在炮台阵地,中国守军200多名官兵牺牲近半。

当日黄昏,日军惧于夜战仓皇退去,衣衫褴褛、战伤累累的守军官兵,凝望着千疮百孔的炮台和仅剩的两门火炮,布满血丝的双眼中喷射出愤怒的寒光。留守指挥官罗毅伦上校用沙哑而悲怆的嗓音,命令士兵们拆卸炮栓掩埋,而后列队向阵亡战友们行了最后一个军礼,这才率领残部穿过弹雨硝烟悄然撤退。

然而,于瞬息万变的战场,即便星点延滞都将错失良机。撤退官兵抵达江岸的一刻,饶是久经沙场的罗毅伦,亦不禁倒吸了一口凉气:宽阔的江面上,日舰正肆无忌惮地游弋着,雪亮的探照灯光柱犹如锋利战刀穿梭交织,此刻以舢板渡江无异于引颈受戮。在召集军官们潜伏于江滩苇丛中商讨对策后,罗毅伦下令撤退人员隐蔽待机,自己则率参谋李延方、彭玉山及炮三班士兵重返炮台。

决心赴死为战友们开辟逃生通道的士兵们,扒出深埋的炮栓和炮弹,以日舰微弱的塔台灯光为目标,仅剩的两门火炮精准瞄准集火发射。瞬间,日舰腾起冲天火柱,江面上霎时光耀如昼,惊慌失措的敌舰开足马力向下游逃窜。罗毅伦厉声喝令炮手把剩余炮弹悉数压进炮膛,裹着仇恨火焰泻向敌舰。眼看硕大火球连续绽放后,江面陷入一片漆黑,这才命令再次掩埋炮栓赶赴江岸与战友会合。

……

乌龙山自古即为南京西北门户,海拔72米,呈扇形临江而卧。此刻,伫立于江北的老山侧峰谷地隔江远眺,南岸的乌龙山如苍龙般苍莽飘逸,我所置身的畚箕形崖底,或许正是罗毅伦率领残部渡江北撤后的蛰伏点。

史料记载:浴血转移的89名英雄官兵,有8名重伤员在老山丛林中牺牲,战事倥偬,战友们只能用随身携带的工兵锹草草地将他们掩埋,也未敢做下任何的标记。那位湖南籍的炮兵上尉李延方就是倚靠这株苍松下,目睹苍龙般的母亲河停摆了不屈的生命。只是英雄牺牲的瞬间,江风呜咽,月色清冷,自然与时光的瞬间默契地怜惜拥抱,让那份壮烈凝成了生命的永恒——

那是青葱苔藓中一枚晶莹剔透的血珠琥珀!

一个不屈的生命与一枚时光的精灵,于战火纷飞的遥远瞬间,究竟结构出了怎样的缀连?那一刻,我寻觅的目光在苍松上恣意游走,蓦地,树干两米多高位置上一块斜拉的粗粝疤痕,倏然标示了一个令人心悸的答案。

踮脚抵近审视，那应是激愤难抑的炮兵上尉李延方，在遥望乌龙山炮台烈焰冲天的一刻，以大刀奋力砍斫树干而留下的创伤。只是当年刀砍的豁口或许正与上尉齐肩高，而岁月迁移近 80 年，树木疤痕也随着树干生长抬高了近三尺，创口则结下了厚厚的痂结。那是苍松自身喷吐的汁液在包裹着伤口，如同上尉用生命、热血为苦难的祖国洗涤耻辱一般的壮烈凛然。

清风掠过，白云悠悠。流逝的时光仿佛就在这一刻凝固，不屈的疤痕在我眼前交替闪现，幻化出一叠如同史诗般的血色图画——

我的视线倏然凝落于那道苍松刀痕。血迹斑驳的大刀被吸咬在树干上，疲惫力竭的上尉终于颓然跌坐在树下，喘着粗气的喉咙发出痛苦的咕嘟声，适才抡刀砍树的剧烈动作再次撕裂了结痂的伤口，稠浓的殷红血液如断线珍珠一般地滴落。而头顶斜砍大刀握柄上的红绸带犹在随风飘忽，如同寒风中布施庄严肃穆的祭祀，树干沁出的松脂悄然凝注于刀尖之上，汇聚成团后垂直滴落于蘸挂着血珠的草尖，一个浓缩着民族疼痛记忆的时光精灵就此诞生。

我的遐思油然切换到那枚血珠琥珀。不屈的时光精灵，渐渐幻化成一尊孔武的脸庞，松脂包裹的草尖恰如两道剑眉，圆润血珠宛若一双犀利眸子正默默地注视着谷地间发生的一切。清晨，精疲力竭的士兵们勉强撑起身子，战火近在咫尺不容逗留，而就在集合列队的一刻，发现上尉竟于黎明前溘然长逝。战友们无声地掘坑掩埋烈士遗体，只是挥锹覆土掩埋的瞬间，怆然对视一眼，最终拔下那柄卡在树干上的血染大刀，端正地搁在英雄瘦削的肩膀上。

我的心魄怆然战栗于那双血色瞳仁。"立正、报数……"当那串熟谙的军语口令猝然响起时，年轻上尉霎时被一种温柔而尖锐的情感所拥抱，只是瞬间绽放的绚丽，就像一束腾空的焰火留映在他的瞳仁上，英雄生命即已黯然熄灭。然而，烈士的生命注定铮铮不屈，犹然圆睁的双眸精光毕射，血色瞳仁倾吐着一束缠绵纠结的光芒，只留给苍茫大地一道悲怆至极的剧痛，那是归结于生命对于诗样年华的本能眷念，抑或是英雄士兵对于难酬雪耻之志的无尽抱憾？

收回如絮飞扬的思绪，我的胸腔中仍旧壅塞无尽的激愤，恨不得仰天长啸。蓦地，就在怆然仰首的瞬间，一抹飞虹蓦然闪入眼帘，那是繁茂树冠上满缀的紫花，一根粗壮的百年紫藤缠绕着苍松盘旋而上，在毗连的几株松树冠顶缝隙间缠绕蔓生，晶莹玲珑的花串如同编钟，亦如风铃一般递次悬挂，随风摇曳，喷吐着幽香，宛如为栖居树下的血珠琥珀撑起一片遮阳避雨的绿荫。这一幕令我心底陡然升起疑惑，记得刚刚攀上崖谷时，我并没有看到花开的一幕，这些花朵应是在正午阳光直射的时刻猝然绽放的，那究竟是昨夜的充沛雨水激活压抑的古藤细胞而绽放枝头，抑或是为今天不期而遇的虔诚寻访系上一束诠释的标记？

无须再去寻找答案，这一刻我心头因震撼而释怀。那是仿佛于抚摸伤口的心痛之际，蓦然看见飘扬亡灵天堂的云蒸霞蔚，我慨然为一个抗战英杰而欣慰，君如风中落英却远离落寞，因为有那些美丽魂魄始终生生不息地簇拥着！

琥珀，《辞海》注解："地质时代中植物树脂经过石化的有机质矿物，色蜡黄至红褐，透明。"尽管如此，我仍然心存一份忐忑。琥珀承载天灵地气，自古就被誉为自然天使、时光精灵，然而此刻，我尚不能鉴别手中这件时逾不足百年的圣物，于当下能否被称作琥珀。但我坚信，经过沧海桑田的聚敛与磨炼，它最终将完成化蛹成蝶的涅槃，抵达那个诗意的生命境界。

沉思的一刻，明媚阳光穿透树隙直射下来，手执的松脂凝块折射出温润的光泽，那内蕴的血珠仿佛霎时灵动起来，一缕绚丽光芒电流般直抵我的心田，心头电光石火般闪过一个意念：此刻血珠琥珀所贮存的，已不再是某种单纯的物质积淀，而是一个蕴涵特殊文字的岁月密码，一个以鲜活生命錾刻的时光年轮！

这番穿越时空的灵魂心语，催促我不再有丝毫的犹豫，当即虔诚地双手平端着将圣物放归于原位，在行敬庄重的军礼后悄然离去。我不忍因意外邂逅而惊扰那份天然的宁静，甚至影响一个时光精灵走向永恒的生命进程。

归途中，天空悄悄飘起雨丝，蒙蒙烟雨把大地氤氲成一幅诗意盎然的水墨画，河堤杨柳如廊，那万千垂丝就在这一刻绽吐葱翠，群峰耸峙的老山也骤然绽露出一副神奇的颜容——山顶兀立的危岩犹如戴盔披甲的将军，正傲视山麓纵横交错的沟壑；落叶未尽的枫树林飒飒作响，宛似隐藏着千军万马；阳光透过疏朗的树隙碎金般洒下，逆光照耀的卵石山道宛如一条波光潋滟的小溪；踏石攀行的游人被斑斓氤氲衬托成一幅旖旎剪影，恍如岁月之河舶来一叶梦幻之舟……

这个瞬间，苍茫绵延的老山在我眼前奇异地抽象变幻，苍穹深处悠然荡来一个天籁般的岁月回声——老山已不再属于纯粹的天然山峦，经过忠魂热血的浸润滋养，它无疑已耸立成一座无须以文字标注的史诗巨碑！

罗毅伦，祖籍安徽肥东，1901 年出生于长江南岸的秀美小城当涂，1917 年考入北平清河陆军第一预备军校。1937年12月9日,即南京保卫战的前一天,罗毅伦临危受命,调任乌龙山炮台炮指部主任,在总台长黄永诚先行北撤后,成为乌龙山炮台实际的最高指挥官。

渡江北撤后,罗毅伦担任陆军第四十八师二八三团团长,曾与日寇正面交锋于合肥保卫战、潜山保卫战等战斗,尤以大别山东麓的长竹园阻击战最为惨烈。在那场战斗中,罗毅伦率部死守阵地八昼夜,以策应主力部队对日军构成钳形包围之势,但穷凶极恶的日寇不惜投放毒气弹,企图扭转败局。当时阵地上硝烟弥漫很难辨别,罗毅伦凭着丰富的作战经验察觉出端倪,迅速命令部队以湿毛巾掩捂口鼻,但扼守前沿堑壕的官兵仍悉数中毒阵亡。抗战胜利后,罗毅伦曾任重庆司令部少将主任等职,1949年参加起义,后任解放军南京军事学院战役教官,1958年退役,转任安徽省政府参事。

乌龙山炮战,铸成了将军一生的痛。南京保卫战浴血十昼夜,中国守军9名将军、17名团长壮烈殉国。抗战胜利,战将们以钟山之殇终得名垂青史,而乌龙山炮战阵亡士兵却仍然魂厝荒丘,昔日国之大器的炮台亦湮没于萋萋芒草之中。罗毅伦逝世后依照遗嘱归葬当涂,与曾经舍身洒血的阵地隔江相望,亦与为国捐躯的生死兄弟枕山同眠。只是有个细节耐人寻味,这个曾横跨国共两军阵营的抗战老兵,生前生后得到过两项殊荣,一项是蒋介石于台儿庄战役后亲手颁发的"中正剑",另一项则是"中国人民抗日战争胜利60周年纪念章"。

离别的一刻,再次回眸浸润于血色晚霞中的老山,峰巅与天际的切割线渐渐朦胧,逆光照耀的层峦叠嶂愈加沟壑分明。老山的基调永远如此翠绿灵动,即便是萧瑟秋冬时节亦不失特有的妩媚。那一刻,悠然浮现于我脑海的,竟是一曲穿越时光2000年的悲壮哀婉的边塞咏叹:"昔我往矣,杨柳依依;今我来思,雨雪霏霏;行道迟迟,载渴载饥;我心伤悲,莫知我哀!"

那是《诗经·小雅·采薇》中的雅美辞章。

笔触深植于戍卒内心,征战凯旋却因雨雪而延滞归程,回想出征时亲人依依惜别的温馨令人柔肠百转。时空迁徙,世事轮回,只是在硝烟散去的今天,回望那些为国征战而永无归返的忠魂烈骨,我该用怎样的词语来诉说内心的追思?

(章熙建,1962年4月出生,安徽绩溪人,大校军衔。出版散文集《边关冷月》[解放军出版社]、《战争碎片》[解放军出版社]、《摇曳的风铃》[安徽人民出版社],报告文学集《杜鹃红》[中国友谊出版社]、《远离硝烟的征战》[国防工业出版社]及长篇报告文学《擎旗出征》[国防工业出版社]等。曾获郭沫若散文随笔奖、"中国新闻奖"等奖项,作品入选"中国散文排行榜"。)

父亲的犁

田再联

父亲走后,他亲手盖的八开间瓦房,在风雨中飘摇了半个世纪后倒下了。那张犁被压在瓦砾之下。

走近老房基,泥土斑驳,父亲与犁的身影频频闪现。世事如窖藏,日子撒得满地,没有一丝声响。一根枯木,一截绳索,一片金属,都填满了文字。低眉一段往事,仰面半壁人生。

人勤春早。犁,一马当先地去翻开土地,打开原野。那一片片被翻起的泥土就是犁的歌吟,那耕作出的土地就是犁演奏的乐章。

喜欢看父亲犁田的样子。料峭的春寒开启了一年农耕的序幕,父亲将挂在柴屋墙上的犁取下,敲敲打打,擦了又擦。

那张犁是包产到户时,从生产队分到的农具,父亲扛回犁时,满脸堆笑。犁是第一农耕器物。那张犁的身上布满沧桑,汗渍和锈垢浓缩了躬耕的气息,它到了父亲这里,开始了一个新的起点。父亲把犁铧、犁辕、犁柄、犁榫悉心整理一遍。犁铧是生铁铸就的,村里人叫犁头,是它用自己的硬度划开土地的肌理,让人想到壮汉叱咤风行的手臂。附在犁头上的是铁铸的犁壁,父亲称作"犁耳",是一块近似平行四边形稍微扭转身子的光滑生铁面,新鲜的泥土紧贴其上之后,失聪的犁耳便迅速将它们翻卷成一张张书页,散发出刀切豆腐后的光亮。一片田耕完毕,一幅曲折婉转的长卷就卧放在那里。犁辕张曲有度,村庄人喜欢选择长得扭腰的榆树来抒写,柔美而利索的曲线将犁的轮廓画出空灵,容易让人想起农家妇女孕育凸起的腹腔,或者是农人弯曲的脊背,穿透一股生命的力量。犁柄,握在耕田人的手中,耕作时,用粗麻绳或铁索与弓形硬木的牛轭两头相接,另一头和犁辕前横着的犁冲相连。犁柄被农人的掌茧磨得光亮。

犁田是一门讲究技巧的农活。犁头入土太深,翻出的是生土、硬土,犁铧易被折断,牛也拉不动;入土太浅,掀开的泥土太薄,禾苗难以扎稳根系,不便全面吸收土地营养。犁铧的深浅,全由把握犁梢的手来调整平衡。手的方向与角度直接影响犁铧入土的深浅,与牛行走的速度也有关。一手掌犁,一手掌牛,双手协调,是犁田的基本技能。在大集体时代,这技能掌握在少数年纪大的人手里。犁田要有耐心与耐力,性格急躁可不行,急不得,也快不得,属于温水煮青蛙似的慢热。犁田对力气的要求不高,年老的人力气稍减,但耐力够,犁田似乎成了这部分人的专利。气盛力壮的青年人,大多干的是肩挑手扛的重力活。

责任田到户后,犁田成了每家男人必须掌握的技术活。有的男人在经验丰富者的指导下,犁上亩把田就会得其要领,有的则需要种上几季稻才能掌握分寸。犁田的技能成为衡量一个种田男人素质高低的指标。如果哪位女人掌握了犁田技术,不仅声名远扬,而且会成为乡下新闻人物。

据说妇女扶上犁梢,牛就懒惰性起来,不走或者卧地不起。牛这牲畜,没有棍鞭的驱使,它就不听使唤。喝牛声音高,牛就怕;第一鞭下去,牛感觉到的力度足,牛以后就怕你。骂牛、抽打牛得稳、准、狠。一声吆喝伴着竹棍下去,牛就会突然发力,田里泥片就会如潮翻折,水花哗哗飞溅。男人骂牛,粗话脏话都带上,女人们在一旁听了总会去骂男人,牛听了总是眨巴着眼睛,赶紧奋蹄,避免再受一鞭。

一张犁用起来是否得心应手,与犁身的木质、铧的铸艺,以及木匠的制作技巧都有关。我家的那张犁,用父亲的话说,他用起来如同用筷子夹菜一样便捷。这张犁有两个主人——牛和父亲,他们总是一道出发,一起归来。

春耕的某些时日,我跟在父亲身后,在犁铧翻开的春泥里,拣拾刚醒来的泥鳅。我牵着牛走在小路上,父亲扛着犁紧随其后,前方的那块地就是阵地。牛习惯性地站在犁前,等待驾轭。老牛颈项的皮皱,像黄土坡上被雨水冲刷出的一道道沟沟,一顺儿垂下。轭的落点处没有毛发的立足,只是一块隆起的鼓包,那是牛的发力点,那上面茧皮的厚薄,是判断一头牛耕作多少的依据。牛被驾轭时,我注意到它颈项的皮肤总是前后抖动一下,牛应该是在做发力前的准备,像子弹上了膛。

父亲喜欢把我当作听众,介绍一些犁田的知识。他既有对自己农耕经验的欣赏,又有对劳动的热情。我蒙蒙地听着,眼前的牛与犁便在心头生威,想到以后要成为一名犁田能手,心里多出茫然的惧怕。

父亲说,犁田有内翻法与外翻法。内翻时,开墒第一犁的定位十分重要,先从耕田的中线进入,翻到适中的位置后,起犁回转,耕第二犁,然后按顺序从里往外耕,直至在田边耕完最后一犁。外翻时,先从耕区边缘进入,依序从外向里耕,直到在中线处留下最后一道犁沟。如果不是圩田,无论是内翻法还是外翻法,都得在田埂前再反犁一圈,将泥土紧贴埂边,利于田埂防漏。

父亲在犁后,牛在犁前,牛、犁、父亲始终在一条轨迹上。牛喘出的粗气在自己的鼻翼上留下水珠,阳光下一闪一闪的。初春的田里,没有积水,趁着泥土的潮湿赶着翻地,好让在冬天受过冻的泥土,裸在阳光下,开裂蓬松,得到良好的墒情。牛走在犁沟里,犁底抹平它的脚印,形成一道道划痕。父亲光脚踏痕前行,他右手扶着犁柄,把握着方向,左手举起的竹鞭总是在牛头顶上虚晃着。"嘚,嘚……走沟里,走沟里……"声音狂放,在田野中弥漫、回荡。老牛在他的吆喝下,悠悠踏着犁沟,稳稳当当迈着步子。那张犁,向着自己固定的方向,执着地翻切泥土,田地因之而生动。父亲弯腰弓背和一张犁连在一起,质朴简洁的线条充满节奏,如敦煌莫高窟壁画中那幅《耕作图》,在我的记忆里不曾磨灭。

无数幅牛耕图从数千年农耕文明中走来。"工欲善其事,必先利其器",铁犁当是绘图的一支利笔。犁由耒耜演变而成,在甲骨文的字典中,约出现于商朝,用牛来牵拉以后才有了"犁"的专名。"地辟于丑,而牛则辟地之物也,故丑属牛。"

父亲犁田时最能体现出一种豪迈诗情的,当属夏雨中的耕作。晴天收割早稻,雨天耕耘、栽插晚禾,父亲望着天空的脸色敲打"双抢"的节拍。粗壮的雨丝抽打着刚被镰刀切割的禾管,水面上泛起一个个酒窝,稻田在腼腆地蓄水。披蓑戴笠的父亲牵牛扛犁来了,把千年的古典形象带到田间,一蓑烟雨陪伴着父亲与犁。有了足够的雨水融合,一犁土的重量减轻不少,父亲的一声吆喝,竹鞭的虚空高悬,让牛的疾走成为可能。犁头在水面下利索穿越,水面上生出无数扑腾的翅膀,我经常怀疑那里有大鱼翻滚。蓑笠没有掩去父亲精神抖擞的样子,他的表情凝重,皱纹里嵌入豆粒般的汗水,一珠套上一珠,滚下来照样滴成雨声。饱经夏炎的牛,在雨水中显得格外轻松,如虎添翼自奋蹄。当水面平静下来,稻田的又一页改写完毕。

稻田里有时间的面孔,人们无法看清。犁铧赋予父亲对于泥土的探索,父亲的时间,化作泥土一张又一张的页码。这页码是无穷无尽的,父亲处在某一页上,写出读不厌的文字。

　　农闲时,父亲经常走近挂在柴房墙上的犁,静静看一会儿,也许,并没有什么特别的原因,只是想看看,心中就多了一份踏实与向往。父亲走过去,手拿一块抹布用心擦着,目光明亮。那时,父亲应该没有想过,他用那张犁还要翻动多少泥土。

　　泥土空心漫长的喉管里,有犁铧和父亲的脚印在穿梭。冰冷的或者温热的雨水,填满了泥土弓起的脊背和抬起的每一片缝隙,一次又一次的浸润,融洽出无数根系的生命,稻禾们愉快地生活着,滋养父亲及其家人。

　　想象不出,老房子墙壁倒塌的一刻,那张犁摔碎时是否会疼,但我知道,它砸地的一瞬间,肯定撞到了父亲往日的身影。

(田再联,语文高级教师。安徽省作家协会会员,发表文章数篇。)

阿　咪

黎　戈

阿咪是一只流浪猫，非常常见的三花，黑、白、橘色混杂，我一直觉得：这种猫的毛色有禅意和艺术感，随着母亲孕产时的即兴发挥，同一窝小猫，有的黑鼻子，有的白尾巴，同样的基因搭配出高低不同的颜值和风味。阿咪非常幸运地拥有了纯色的尾巴、花色工整的面庞和机灵的大眼睛。

不过，这些都是我和皮皮对它逐步亲近、喂养它之后，才慢慢观察到的。但细细想来，它是什么时候来到我们眼界里的，还真记不得了。好像是去年秋冬，模糊感到有几窝小猫，老在对面的铁皮屋顶上晒太阳，我和皮皮笑说这个真像罗马的大广场，人类闲置的公用空间，成为猫们的乐园。

阿咪是否夹杂其中？我不记得了。

再后来，秋天结束，寒冷的冬日到来，无意中，那些猫都散尽了。死了？迁徙了？不清楚。人类每天都被各种大小杂事、无聊的边角信息磨耗着，焦虑地抵挡，或是麻木地虚度一日又一日，没有多余的时间去关注不起眼的小动物。它们艰难地活在人类生活空间的边缘：从垃圾箱里努力地翻捡着厨余，喝雨水，在夜间的车棚里，找个破纸箱子过夜。

阿咪好像就是那时候出现的。余光中，老有只猫进出我们的楼道。天气那么冷，雪也落下来了，皮皮让外婆放个纸箱子在角落，说让那只猫睡进来过夜。但是，我们第二天去看，纸箱没有入住痕迹，阿咪倒是找了个更好的住所——我们隔壁邻居是个心善的女孩，常常喂流浪猫，阿咪就栖在她的摩托车踏板上，她的车上有个厚棉布挡风帘，正好挡住观者的视线，又透气，便于观察周围，及时逃离。她爱动物，阿咪大概是凭借某种本能接收到了这种善意的信息——动物行为专家劳伦兹好像说过,动物的前庭功能不弱,它们能识别情绪情感。

不管怎么说,我松了口气。阿咪已经完成了身份识别,自认为是我们的楼猫了,大摇大摆地出入我们的单元,直奔二楼——就是我们那个好心的女邻居家——去讨猫粮。后者干脆给阿咪在过道角落放了一个小碗,每天倒一把猫粮进去了。

阿咪很乖巧,每次看到我们都会喵喵叫,大概是来来回回打照面次数多了,我和皮皮也渐渐感觉到它微弱的存在,有时几天不见,竟隐隐觉得少了什么,有隐忧,生怕它被人诱捕了去。我们都觉得它偶尔的回眸、不戒备的亲近,对我们是一种付出,白白得了人家的好感,似乎该有所回报。有天我对皮皮说,我们也买东西给它吃吧,邻居买猫粮,我们就买冻干鸡块和小鱼干吧。

阿咪第一次吃到零食的欣喜,让我很难忘,它几乎跃上我们的大腿,但还是小心翼翼地保持分寸。虽然它天天舔毛,努力维持基本的体面和洁净,但是下雨天只能窝在车下水洼里的它,常常去翻捡厨余的它,又怎么能像家猫一样干净呢?它并不触摸我们,却毫不吝啬它的高兴表情。我突然很难过,它连一口干净的水都很难喝到吧?

到了黄昏,阿咪就会蹲在我和邻居家交界处,安静地看着我们的门。它大概觉得在善待它的人中间,很安心吧。得到它的信任,我很高兴。难怪那么多人喜欢养动物,比起解读能力颇为复杂、兀自生出很多歧义的人类,它们的心,简单而透明。

阿咪有时肚子饿了,它翻起肚皮,用猫的语言对我们示好,娇嗲地叫两声,并不卑屈。有其他的猫入侵它的地盘,它勇敢地战斗,保护着自己的鱼干和领地,把那只黑猫吓得落荒而逃。有宠物狗逼近,它灵巧地蹿上树,即使是在小憩,也从不失去警觉。一只流浪猫的生存能力,真是可观。

阿咪神出鬼没,它最爱的栖息地是一个车底,那辆车是主人闲置的,几乎不用。我想,对一只猫来说,那里是再理想不过了,矮小的空间,却吻合猫的身高,几乎如同公寓般,能蔽日挡雨,又能挡住大型动物入侵,并且能保持观察优势,从暗处偷窥人类。

有个诗人摆摊卖书,说是天天看到面前如流的脚,阿咪的猫生自然也是如此。我试图拟出阿咪的视界,那是一双又一双走近又远去的脚:趿拉着拖鞋的,是倒垃圾的大叔;几双站下来不动的,是拉呱八卦的老奶奶们,她们讨论的事,无非是孙子入学、儿媳琐碎、广场舞,这些听不明白的人间是非,伴随着阿咪的每一天。偶尔,它看到一双熟悉的脚,嗅到亲切的善意味道,它立刻起身,悄悄爬出来——每次我回家进出楼道,明明没有看见阿咪,但总是在家门口或是小区入口,一转身,不知何处跟来的它,已经默默地立在我身后,目送我远去。

　　我和阿咪,还有那个爱猫的邻居,形成无形的默契,她放了猫粮,我就补充鸡鸭冻干和小鱼干。阿咪不知何时来过,先吃光了零食,又走了。今天天晴,估计它要远足(也就是去我家附近的公园转转),待会它会回来,继续吃猫粮作为夜宵。看到猫食碗里食物少了一点,我很欣慰,就算今天没亲见阿咪,也知道它好好地活着,身体健康,胃口不错,没有遇到车祸、恶狗或是毒杀它的人。这一抹流痕,就是它发给我的平安短信。

　　我和邻居,还有阿咪,人和人之间,人和猫之间,没有任何交流。同样,我对一些憎恶它的同类,也小心翼翼,我从不敢把食物投喂到靠近人类居处的窗下或门前,我怕那些人嫌弃阿咪搞脏了环境,会驱赶甚至毒杀它。而这些日渐升起的怜惜和恐惧,都是没有语言外壳的。

　　一切皆是默默的。

　　我对皮皮说要不要收养阿咪,皮皮说不用,它现在有吃有喝,还有自由呢。也许有一天它对远方好奇了,也可以去旅行。皮皮说,当然,玩累了还能回来。我说可惜语言不通,不然可以为它准备点干粮,听它说说旅行奇遇。我们幻想着,阿咪像童话里那些历险记主角一样,有丰富的猫生。

　　我喜欢的很多作家,好像都热爱动物。奋勇庇护弱小生物的人身上,都会散发出一种很强很迷人的能量场。无论性格多么温和,他们实质上都是斗士,他们必须和窘迫的生活、日益恶化的生态环境、疾病、死亡不懈战斗。最近看一本兽医日记,这个医生并不富裕,却收养了很多残疾动物。其中有一只是出了车祸,失去听觉、嗅觉、视觉的小狐狸,在它短短个把月的狐生中,兽医夫妻拼了全力,使出浑身解数,想救护它:他们开车载它去旷野,找狐狸喜欢的向阳草丛,给它喂食牛奶和碎肉片,小狐狸一次又一次地把食物吐出来,拒绝进食,妻子难过地落了泪:"这样它会死的啊!"

　　随后,他们灵机一动,找了只大狐狸来。这只大狐狸也是一只残障动物,在它年幼时,曾经被母狐伤害过,落下了心理疾病,数次自残,咬断了自己的后肢和尾巴,做过截肢手术,只剩下前肢可以爬行。兽医把它收在身边,天天和它说话,它终于不再自残。不知是否是物伤同类,大狐狸对小狐狸迸发出怜惜,陪伴着它,给它做养母,可是这些都不能让小狐狸释然,大狐狸急得饭都吃不下,在小狐狸短暂的狐生里,唯一一晃而过的快乐,是被兽医妻子抱在怀里,它恍惚以为回到了妈妈身边,放松地睡去了。这样残破不堪,简直是直奔痛苦和死亡而去的生命,它的意义在哪里?

书里让我感动的是人类和那只拼命想让小狐狸开心的大狐狸养母,一个生命拼尽全部心力,只是为了让另外一个不关己,也没有血缘关系的生命得到须臾的欢乐,这善意就是生命的价值和尊严。

兽医夫妻与受伤的小动物没有利益关系,倒是麻烦不断:这些动物到处大小便、啃咬物件,把家里搞得一团糟。抚养这些残疾动物,他们并不会获得一分钱医药费,甚至听不到一句"谢谢",倒是有一次,伤愈掉头就走的鹿,抬腿就狠狠踢他一脚,扬长而去。他们夫妻做这些护生善事,是因为内心已与外物相连,为它们的苦而苦、乐而乐。

在我和皮去过的动物园里,除了健硕的壮年猛兽,还有三条腿的豹子、眼花缺齿的老熊、断喙的鸟,饲养员们把食物切碎,努力去迁就它们的牙口,给它装义齿(喙)。那是动物园最美的风景之一,那是对"生"至高的尊重,即使是不完美的生命,也有乐活的权利。看那只三条腿的豺子自信满满地跃上高岗,那是善意增熵后的光芒四射。

有种利己思路,是觉得我把什么都给自己,不对他者付出,就会攒出幸福。其实,爱的增值,是在给付和流通的过程中,就像钱必须得花出去,不然就是一堆无用的数字。撇开道德,即使从功利角度来说,大多数自私自恋的人,都活得郁郁寡欢、怨气重重;倒是喜欢付出的无私之人,往往快快乐乐。人如果是个孤岛,就算是金子打造的皇宫,也是一种冰冷的孤绝。而你与他者相连后,就像内河与公海相连,才会拥有更多的资源。一个融于天地的人,会获取真正的宇宙力量支持。他们那无畏坦然的笑容之后,闪着天地神灵之光。

(黎戈,作家,现居南京。著有《时间的果》《私语书》《心的事情》《平淡之喜》等。)

皖地风

循理书院

赵　阳

天启斯文循理兴，良知守拙育英贤。
寿阳文脉成鼎鼐，改制学新又百年。

——黄树先《题循理书院》

一

书院。这两个字就散发着书香。

春节长假期间，寿州古城的旅游突然火爆起来。游人摩肩接踵，进出四座城门，到了需要侧身抢步见缝插针的地步。家人索性不再出门，窝在家里打牌看电视。在这样的环境里，欲寻一方安静读书之地，非校园莫属，于是去位于寿县一中的循理书院。

寿县一中位处城南新区东南隅，开有北、西、南三门。虽然江淮大地刚刚降过一场暴雪，天气寒冷，但从古城步行10公里后抵达，满头满脸已是大汗。我想就近从状元路边的西门进入，门卫不让，说是校园规定，假期里只开南门。我很理解，服从安排。既然是为朝拜而来，当然需要弯下腰来，剥除悠闲。

循理书院白墙黛瓦，被一群现代风格的教学楼、实验楼包裹着，四周流水淙淙，翠竹簇拥。墙角的假山奇石上，披挂着尚未融化的积雪。正面门楣上，悬挂着梁巘题写的

"循理书院"四个大字,两边朱柱有联:"循名责实,望吾徒切莫卑求,苦读后百尺堪登,立志无为辽地豕;理课温书,问尔辈有何远见,兴来时一层更上,开篇常见楚天鸿。"进院,房分三进,厢房廊庑错落有致,分别布置为史料馆、名人馆、民俗馆及书法研习馆等,历史沿革条理清晰,文化渊源脉络分明,图文遗存相互映衬,陈设井井有条,布局张弛有度。

书院后进为一幢四层仿古楼房,题名"如登楼"。名字出自《老子》第二十章:"众人熙熙,如享太牢,如春登台。"依次参观,发现一楼布置为"名师工作室",二楼和三楼分别为各类报告厅、实验室、文学讲习馆、寿州作家书屋等,四楼为藏书楼,书架上的图书琳琅满目,古今中外一应俱全。

如登楼内温暖如春,孩子们游弋于书架边,端坐在书桌旁,畅游于知识的海洋,虽然人满为患,但静谧异常,四周似乎只能听见偶尔的翻书声和做笔记的沙沙声。师生间也有交流与问答,但被他们压低了声音,悄悄地进行。

"躲进小楼成一统。"外面的繁华与喧哗,好似与他们无关。

二

让我们把目光投放到400年前。

明代天启元年(1621),湖北黄陂人士黄奇士(1571—1626),背井离乡,千里迢迢,风尘仆仆地来到淮河岸边的寿州担任学正。

黄奇士,字守拙,号武滨,万历二十二年(1594)举人。中举后进京应试,两中副榜。回乡后师从"天台先生"耿恭简,与长兄黄彦士一起潜心向学,时人并称"二黄先生"。在到寿州之前,黄奇士除了读书、讲学,再未从事过其他职业。

五十而知天命,他杖家之年最终出山,是为了完成心中的梦想。

当时的明朝,经过万历四十八年的发展,到天启年间,社会矛盾日趋严重。世风日下,党争激烈,内忧外患接连不断,社会进入多事之秋,日暮途穷。处在这样的动乱时期,却仍有人热衷于书院教育,效法孔子杏坛讲学,希望通过进德修学培养健全人格,成就人的完美德行,从而实现济世利民的目的。

书院教育,唐代成形,宋代为盛。随着理学的兴起,以王阳明为代表的心学占据当时学界主流,以传播理学为宗旨的书院大量涌现。宋淳熙六年(1179),朱熹在南康军任上修复白鹿洞书院;宋绍熙五年(1194),又在知潭州任上修复岳麓书院。古代士人一生追求"达则兼济天下",成全黄奇士最终走上异乡办学之路,是因为明万历四十八年四月十六日(1620年5月17日)那场廷试,天下1265名贡生参加角逐。七月五日(8月5日),大学士方从哲从中取上卷六卷、中卷八百六十四卷拟授教职。黄奇士得到机会参加遴选,如愿以偿。

这一年,黄奇士已51岁。这也是他第一次离开家乡担任政府职位。

三

"走千走万,不如淮河两岸。"

淮河岸边的寿州,又名寿春、寿阳。"龙泉之陂,良畴万顷",物产丰饶,人杰地灵。作为熟读史书的楚人后裔,黄奇士知道,寿州曾是楚国最后一个国都,楚国历史上最伟大的两位令尹孙叔敖、黄歇,都是淮河岸边人,都在寿春立下了丰功伟绩。到寿州土地上走一走,正是黄奇士潜藏心底多年的心愿。

寿州地处中国南北地理分界线,淮、淝二水在此汇流,古人向有"守江必守淮,夺淮必夺淝"之说,《方舆纪要》将其称为"西北之要枢,东南之屏蔽","南人得之,则中原失其屏障;北人得之,则江南失其咽喉"(清光绪《寿州志》)。魏晋用兵,江东争雄,必先夺寿春。历史上著名的前秦东晋"淝水之战"、南唐后周"寿春之战",都发生在这里。南北政权对峙时期,战争如同拉锯,反复频繁激烈。南宋150年间,寿春先后与金、元隔河相望,人民不胜其扰,备受蹂躏,死亡流离,江淮地旷远而人至稀。三国时期,曹操曾为此作诗《蒿里行》:"淮南弟称号(指袁术在寿春称帝),刻玺于北方。铠甲生虮虱,万姓以死亡。白骨露于野,千里无鸡鸣。生民百遗一,念之断人肠。"元末明初,河南左布政使徐贲也在《晋冀纪行》中写道:"问知古寿春,地经百战后。群孽当倡乱,受祸此为首。彼地土产民,十无一二有。田野满蒿莱,无复识畎亩。"明王朝建都金陵后,为充实帝乡中都临濠府所属州县,大规模从山西及江南苏州、松江、嘉兴、杭州等地组织移民,同时多次调卫屯田。由于人口来自四面八方,生产生活方式不同,民情民俗难以交融,导致民间尚武豪侠,原住民与移民之间、移民与移民之间摩擦不断。怀揣知识分子内心深处接续文脉以文化人的崇高理想,黄奇士任职之前就做足了功课,信心满满,壮怀激烈,义无反顾。

四

黄奇士创建循理书院之事,相关史书和州志多有记述。参与编纂清顺治《寿州志》

的州人谢一鸣,专门写有《创建循理书院记》:

> 书院之建,凡以补学校之缺,而辅其不逮也。黄夫子秉铎寿郡,下车之日,进诸弟子,询之曰:"尔多士亦闻圣人之学乎?夫寻章摘句者,腐儒之习见;拘文牵义者,文士之陋规。圣人之学,则在以今日学问为异日经济,非特建书屋,以朝夕辨难于其间,虽欲进修德业,厥道无由。"诸生闻其说,爰各出资,购高姓市房一所,重修而广大之,师为匾其目曰"循理"。盖欲使游其中者,日持循于天理之内,而渐臻自然也……

黄奇士背负理想使命而来,一下车就急不可待地召集学子聚会明伦堂,询查乡情,讲学行礼,宣传建立书院的重要性。明时最重进士及第,读书人十年寒窗,文武之艺,货与帝王,一举成名,天下皆知。及至清代,科举取士仍是学子的唯一出路,我们中学所熟读的课文《范进中举》(节选自吴敬梓《儒林外史》),说的就是这种故事。八股取士,必须熟读儒家经典,揣摩时文的起承转合。这还好办,寿州在唐时便建有学宫,也称黉学、文庙,庙学合一,承担着儒学教育、培育科举人才的重任。黄奇士到寿州的落脚之地,就在学宫。但是,要想中试,"以今日学问为异日经济","寻章摘句""拘文牵义"断不可行,名师指点,同门切磋,辩难其间,却必不可少。远离尘世的喧嚣,青灯黄卷,书院是最佳的备考场所。特别重要的是,"师为阐明良知之学,"(《创建循理书院记》)寿州人口构成混杂,开办书院讲经布道,洗心涤虑,成风化人,改善民性,更是迫切的现实需要。

黄奇士一生都跟书院有缘。到寿州之前,黄奇士的时光基本上都在书院中度过。他的父亲黄云阁,万历年间先后出任泰顺、瑞安训导和济源教谕,在济源时创建复初书院,并"躬课之",培养、造就了不少人才。他的兄长黄彦士,万历三十二年(1604)进士,官至御史。受父亲的影响,黄奇士与黄彦士在黄陂老家创办了甘露书院,万历末年复兴了问津书院,作为平日读书、修身之所。可以说,书院就是他的精神家园。他的心中,早就绘就好寿州书院的蓝图。

建设书院,首先要解决经费问题。没有足够的财力,蓝图只能是一张废纸。黄奇士只是一名学正,无权无势,社会地位很低,要将空中楼阁变成现实,谈何容易!怎么办?从自己做起,从现在做起!黄奇士带头捐资,为"施金独多者"。同时调动方方面面的积极因素,争取志同道合的有识之士的帮助。

第一个站出来的是同乡魏士前。魏士前(1584—1648),字瞻之,一字定如,号华山,湖北竟陵人,时任寿颍兵备道佥事。"老乡见老乡,两眼泪汪汪",两人同在寿州为官,关系自然大不一般。黄奇士要建书院,老乡不带头,谁来带头?"寿近创书院,兵宪华山魏公捐俸成之。"(邹元标《循理书院置田记》)两年后,魏士前调任,"罄俸捐赠院田620亩"。在以后的几百年里,这620亩院田始终是书院资金的重要来源,成为循理书院薪火相传的重要保证。这位给书院做出巨大贡献的兵备道,估计自己也没想到,寿州人民没有忘记他,并不是因为他的文才武略,也不是因为在寿州期间忙碌的公务和事业,而是这项慷慨助学的豪举。据清光绪《寿州志》记载,寿州名宦祠祀"寿颍兵备道佥事魏士前,前寿州学正黄奇士",因由都是为书院做出了突出贡献。

建立书院,受益最大的是当地百姓。造福桑梓,自然会得到地方士绅的热烈欢迎和大力支持。晚明时期,寿州最有影响的人,首推方震孺。方震孺(1585—1645),字孩未,号念道人,明万历四十一年(1613)进士,时任御史。黄奇士兄弟与方震孺关系密切,方震孺的二弟方震仲当时在寿州学宫读书,黄奇士正是他的老师。黄奇士在《丛桂山房会语》中,两次记录了方震仲的提问。后来,方震孺还替黄奇士在寿州编写的诗集《聊以遣怀》作序:"余友黄守拙,天下素心人也,而又深于道。"现在,黄奇士在家乡建书院,方氏家族不能坐视不管。

再一个伸出援手的是士绅刘继吴。清光绪《寿州志》载,刘继吴世居寿州城南门力田坊,先祖在明初开国有功,家族世袭寿州卫百户昭信校尉一职,其本人为万历四十七年(1619)进士,曾任礼部仪制司郎中,因"议礼有功,加封光禄大夫、太子太傅、礼部尚书,谥清介"。他的儿子刘复生是方震仲的同学,也是黄奇士的学生。《丛桂山房会语》中,也有关于刘复生的记载。这位学生后来弃文从武,战死疆场,受封上柱国。刘继吴的孙子刘之治,是位智者,直到现在,沿淮民间还流传着很多关于他的有趣故事。作为学生的家长,刘继吴对这位刚来寿州任职就"自找麻烦"的学正充满敬意,出钱出力。他还替《丛桂山房会语》写了序言,赞黄奇士"每入讲席,光风霁月,掩映满座"。

黄奇士倡建书院,还动员了其他朋友给予帮助。在到寿州之前,黄奇士于问津书院讲学时,结识了常来书院讲学的江西吉水人邹元标。邹元标,字尔瞻,号南皋,累官至刑部右侍郎。黄氏兄弟与邹元标情谊深厚,互为知己。《熹宗实录》记载:"广西道御史黄彦士,请尊命养德,而荐邹元标、冯从吾、涂宗浚、周汝登诸人,皆始终学问,道德粹然者。"黄彦士向熹宗这般举荐邹元标,可见两人关系非同一般。万历四十三年(1615),

黄氏兄弟复建问津书院,邹元标专门写下《问津书院记》。现在,黄奇士要在寿州建设书院,依然需要老朋友提供支持。他派得意门生方震仲、刘复生,带着他的手书,来到邹元标家里,"愿先生一言以记之"。邹元标挥动如椽巨笔,操翰成章,记载下魏士前倾囊捐俸助学的义举,"俾书院得以永久"(邹元标《循理书院置田记》)。

好了,在同乡、士绅、朋友们的大力支持下,建设书院的资金、物资和舆论氛围等,都已不是问题。经过比较,黄奇士最终选择购置州署北边、报恩寺西边春申坊大寺巷内的高姓市房,在原址上进行改建,"计构精舍25间",包括书楼5间、厢房6间、静室6间、门楼3间等。建成后,黄奇士给书院取名"循理","盖欲使游其中者,日持循于天理之内,而渐臻自然也……"他认为,"只有人欲,更无天理;只有天理,更无人欲"(黄彦士《南京户部司务、前国子监学正仲弟守拙公行状略》),"文有万端,而理惟一。礼即克己复礼之礼,即是吾心之天理,随处博,即随处约矣。天下只有一理,惟精者从良知处辨得其精,用切磋工夫认出至善,便本体一矣"(《丛桂山房会语》),将"此阳明先生极破的语",直接植入教育者的教育理念,是黄奇士对王阳明心学的继承与重要的教育实践。

五

循理书院建成后,黄奇士亲自勒石题匾,撰写院铭:"修德讲学,圣训昭然。立之书院,果育英贤。若有不类,改为邅传。经利毁正,学脉遂湮。天之所厌,神弗庇焉。请视斯铭,以永万年。"他亲自确定教学的内容,"以儒学、理学并存,讲经史,诵诗书,习礼仪"。设儒学,以应科举;建理学,培养学子的良知良能。每日课程"读经若干页,读史若干段,读古大家文若干篇",要求学子"务令湛深经术,淹贯大义,不事寻章摘句"。黄奇士还亲自参订会期为"朔二望六","郡乡绅士彬彬咸集。师为阐明良知之学,莫不虚往实归""后有学者览斯院之设,晓然知理学、经济相为表里,而优入圣域者正未有艾,则吾师创建之功,讵不伟哉"(谢一鸣《创建循理书院记》)。

所谓会期,就是书院集中会讲的时间。"朔二望六",指书院每年二月开课,每月初二、十六上官课,由知州、教谕、学正等官员讲学,点名扃试,考核学子平时的学习情况,奖优罚劣。黄奇士还是书院的首任山长,关于他授课的情状,《丛桂山房会语》中多有记述。

在寿州任职5年时间,黄奇士把主要精力都用在了书院建立及教学管理上,有效地带动了当地学风的改善。以学风带民风,沿淮一带崇文重教,"人文蔚起,称极盛焉"

(清光绪《寿州志》卷九)。寿州渐成一方文风炽盛、人文荟萃的沃土。

明天启五年(1625),黄奇士升任南京国子监学正,次年病逝。而循理书院,自此以往生生不息,薪火相传。明清两代,培养出20名进士。

六

纵观历史,各类书院层出不穷,但绝大多数如过眼云烟,昙花一现,很快就消逝在历史的长河中。循理书院尽管规模不大,但历经战乱,屡毁屡建,风雨飘摇中从未间断。

清康熙年间,循理书院迎来历史上最重要的一次复兴。

清雍正十一年(1733),"析寿州所属故下蔡县地暨州城北门以外地置凤台县,并划州城东北隅6坊为凤台县治"(《寿县志》),寿州城形成"一城两府"的奇观。其时,寿州设学正1名,凤台县设训导1名。是年,周之晋到寿州城担任首任凤台知县。

周之晋,浙江会稽人,雍正七年(1729)拔贡,雍正十年壬子(1732)副贡。这是一位"沈浸六经,渔猎百家"的饱学之士,"善政其端"。到寿州后,他首先调查研究,熟悉周边环境和风俗民情。循理书院被分置,但院田多在寿州,循理书院其时被僧人侵占,学田也被乡民占耕。调研的结果是,"愀然于文教之不古","访有所谓书院者,欣然曰:'吾得教育之所矣!'(程锡琮《重理书院记》)"。在黄奇士创建循理书院115年后,乾隆二年(1737),周之晋痛下决心拨乱反正,大刀阔斧地重整书院。

周之晋主要做了三件事:第一,追田220亩,归还循理书院,确保书院有钱办事,可持续性发展;第二,聚众讲学,沿袭明时黄奇士制,聘请名师秦怡、张鹏翥、朱玑等为驻院讲学,确保书院的学术权威性,增强书院的影响力和凝聚力;第三,严定课程,"司训兼课",由训导兼理书院,也就是说,循理书院办得好不好,行政长官训导得负主要责任。

这三条措施,成为寿州后任为官者致力办好循理书院的金科玉律。其后,钟旭、程延赞、徐廷琳、孙菖生、龚世毂等知州、知县、学正,都为循理书院的经营运作、维修发展,做出了突出贡献。

七

明清时代,循理书院文化史中又一个高光时段,发生在清乾隆三十九年(1774)后。这一年,43岁的张佩芳由合肥县令升任寿州知州。

张佩芳(1732—1793),初名汝芳,字荪圃,山西平定人。张佩芳幼时家贫,但聪颖好学,7岁读经,旁及子史,手不释卷,过目成诵。乾隆二十年(1755)中举,次年中进士,历任安徽歙县、合肥县县令,寿州、泗州知州。据清光绪《寿州志》记载,张佩芳在任上"以文学为政事,延亳州梁明府巘主循理书院讲席,士风丕振。佩芳工古文,深入韩柳之室"。《安徽通志》也载:"张佩芳调合肥,升寿州知州,建裕备仓八十间,延梁巘主讲循理书院,士风大振。"

梁巘(1710—1788),字闻山,号松斋,又号断砚斋主人,亳州人。他出生于书香世家,清乾隆二十七年(1762)中举,次年起任咸安宫教习,不久即放任湖北巴东县知县。巴东是个贫穷偏僻的山区小县,梁巘在那里任职9年,俗务缠身,苦不堪言,加上"性恬淡,不交势利",长期无法调动,索性以母亲年迈,辞职回亳。其时,梁巘已以书法精湛而闻名大江南北,后来的"清末民初学者第一人"杨守敬在其《学书迩言》中曾评介:"梁同舟(同书)领袖东南,梁闻山昌明北学,当时有'南北二梁'之目,诚为双璧。"刚到寿州任知州的张佩芳久慕其名,得到消息,马上动身,亲自赶到亳州,与梁巘彻夜长谈,延请梁巘出任循理书院山长。高山流水,知音难求,梁巘深深被张知州的盛情和真诚所感,一躬到地,欣然接受。

其年,梁巘已65岁。在以后的日子里,梁巘常驻寿州,以书院为家,直至终老。

在主持循理书院山长的十多年中,梁巘除向门生弟子讲经授史外,还传授书法技法与学书旨要。其论书笔记《闻山评书帖》《承晋斋积闻录》等,都是他在书院讲学期间的研究成果。"院长梁先生巘教诸生必以正,而尤长于书,今寿子弟之学书能通晋唐法,皆先生教也。"(清光绪《寿州志》)

随着梁巘的到来,循理书院声名鹊起,影响日盛,周边各地慕名前来求学就教的学子纷至沓来。青年书家邓石如就是其中的一位。

邓石如(1743—1805),字顽伯,号完白山人,安徽怀宁人。他出生于寒门,祖、父皆酷爱书画。与众多求学者一样,初出茅庐的邓石如来到寿州,只为了能够拜梁巘为师。但当梁巘看了邓石如所刻印章和篆书作品后,十分欣赏他的天赋,认定其将来必成大器,不让其执弟子礼,而是以文友的身份,对他的学书与治印给予启发和指导,鼓励邓石如深入精进。时间不久,梁巘就亲自写信,把他介绍给了金陵好友梅文穆,为邓石如在书艺上的深造和提高铺平了道路。

梁巘一生,书碑较多。书刻之精,在清代中叶首屈一指。他在寿州循理书院讲学时间最久,留传下来的碑刻墨迹也最多。他在《自书论跋》中曾说:"吾所书诸碑,以寿州

《报恩寺》为最,《孙氏乐输记》次之。《乐输记》古厚结实,冠诸碑之上。"这说明他在寿州留下的碑刻书法不仅数量多,而且多是精品。他在讲学期间有意培养了一批书法弟子,把一生的学书心得毫无保留地传授给他们,为寿州后来形成习书之风起到了很重要的引领作用。

今天,寿县已成为远近闻名的中国"书法之乡""文学之乡"。上溯历史,我们感念张佩芳,为官从政,"兴寿之要,惟在求才";我们也要感念梁巘,"不畏浮云遮望眼",清醒地认识到自己感兴趣的主业是教书写字,而不在仕途上浪费生命。他们丰富了循理书院的文化内涵,循理书院也成就了他们的千古美名。

八

让我们再把目光拉回到现在。

农历正月十五一过,寿州古城大街小巷的游人终于少了下来。出家门,顺东大街往北一拐,穿过箭道巷牌楼,巷内的香樟树经过春节期间雨雪的浸润,枝叶苍翠欲滴,散发着浓浓的香气。三三两两的游人挎着背包,握着相机,在街两边的景区景点里进进出出,拍照打卡。小巷的右边是寿春总兵署旧址,左边是曾经的寿州州署。明、清两代,这里是官兵练功射箭的地方。曾几何时,黄奇士"复于学宫隙地立射圃,暇率诸生习射,以进厥德"(王泽弘《黄武滨先生传》),"箭道巷"由此得名。行约800米到达巷口,循理书院旧址就在眼前。

晚清时期,全国书院纷纷改制,循理书院与时俱进,积极融入时代发展的洪流中。清光绪二十七年(1901),清廷颁布圣旨,废除科举,兴新学。寿州孙家鼐被任命为学部大臣,在京负责筹建京师大学堂(今北京大学),同时捐银千元,帮助循理书院改为寿州公学,培养出金克木、孙炬方、孙仲逸、孙溥方等一大批高材生。民国时期,又先后改为寿县初级中学、寿县县立中学。1951年易名为寿县中学,1974年更名为寿县第一中学。

2013年,寿县一中根据发展需要,实行整体搬迁。移址出城后,占地264亩,建筑面积14万平方米,新校"心脏"位置复建循理书院。学校继承"循理"为校训,更赋予其新的含义,"千教万教教人求真,千学万学学做真人",力求让每个学生的个性都得到充分和谐发展。寿县一中成为一座特色鲜明、质量优异的省级优秀示范高中,成功加入中国价值教育联盟学校,每年毕业高中学生1500人,高考本科达线千余人。

循理书院旧址占地30亩,建筑面积5.5万平方米,现在是寿县县委党校的所在地。

走进校园,桃李梅樱盈然入目。一排排民国时期修建的学校教室,掩映在高大粗壮的法梧怀抱中,山墙上挂有铭牌,已被列为重点保护对象。最后一排的教学楼,正面俨然高悬"循理楼"三字,其大如斗,其色金黄。校长介绍,县委党校也已在古城外新建校园,今年就能实现整体搬迁。腾出来的书院旧址,将移交寿县文学艺术院,作为开展"循理大讲堂"等文艺活动的场所。

去年,寿县针对文艺人才辈出、活动增多、影响增大的现实,专门安排编制成立寿县文学艺术院。为赓续寿州文脉,加挂"循理书院"的牌子。

时逢盛世,"惟楚有才,于斯为盛"。

(赵阳,安徽寿县人,中国作家协会会员,淮南市作家协会副主席,寿县作协名誉主席。出版《四季人生》《城墙根下》《寿州走笔》《寿州情缘》《我在寿县等你》等散文作品集。)

奠枕楼头望长淮

贾鸿彬

一

乾道八年(1172)深秋,滁州奠枕楼成。辛弃疾登楼北望,看见了走近淮河的自己。

立马淮河北岸,背后的风很硬,脚下的冰也很硬。南面春的气息悠悠,虽然很弱,辛弃疾还是感受到了,他屹然催马向前,渡过淮河。在楚州(今淮安),他和随从稍作打尖,便直奔建康(今南京)。绍兴三十二年(1162)正月十八,辛弃疾到达建康。

上一年九月,金主完颜亮主渡过淮河大举南侵,想从采石渡江,遭遇南宋将领虞允文阻杀,惨败后转往扬州。金的辽阳留守完颜雍乘机自立为帝,进据燕京。身在扬州的完颜亮,置后方的混乱于不顾,限令大军3日内必须渡江。取胜无望的兵将被逼哗变,杀死完颜亮,并派人去南宋议和,大军撤离扬州。

这一年,中原义军突起,气势如虹,泗州、陈州、顺昌、邓州等地被起义军占领。21岁的辛弃疾也聚集了2000人,加入耿京领导的山东河北忠义军。由于他少有文名,耿京令他担任掌书记。完颜雍在燕京站稳脚跟后,一面安抚百姓,大赦天下,瓦解义军;一面征调大军,各个击破,剿杀义军。中原的一些义军随即溃败,耿京所部面临严峻形势。辛弃疾献计于耿京,应当归附南宋朝廷,改编为南宋朝廷的正规军,以便长期抗金。这才有了绍兴三十二年早春的建康之行。

宋高宗赵构因为前方督师,此时依然住在建康,他接见了辛弃疾,同意接纳义军南归,并授予耿京"检校少保"的官衔,还正式任命他为太平军节度使。辛弃疾等人也都一并给予官衔。前途一片光明,辛弃疾彻夜北返。走到海州(今东海县),有消息传来,耿京已被手下叛将张安国所杀,忠义军溃散。辛弃疾怒火熊熊,当即组织50人,闯过几万人的敌营,来到济州(今济宁),擒获叛徒张安国,并振臂高呼:大宋的10万军马就要杀来,大家快快起义反正。驻军中原本很多是耿京部下,1万余人当即起义反正。辛弃疾带着他们,押着叛徒,杀开一条血路,渡过淮河,一路南向,直达建康。这一次往返,辛弃疾有没有路过滁州,已无法考证,但他领略了淮南山水,目睹了遍地疮痍。叛徒张安国最后被押到杭州,审判后斩首。许多年后辛弃疾"壮岁旌旗拥万夫"的词句,就是回忆这段峥嵘岁月的。

辛弃疾惊人的勇敢和果断,使他名重一时。高宗赵构任命他为江阴签判,从此开始了他在南宋的仕宦生涯,这时他才23岁,可谓少年得志,意气风发。而令辛弃疾想不到的是,做了36年皇帝的赵构却感到厌倦了。到了五月,他传位给过继儿子赵昚。

赵昚是为孝宗,是南宋最有作为的皇帝,即位后的第二个月即颁布手谕,召主战派老将张浚入朝任枢密使,共商恢复河山大计。他接受史浩的建议,下诏为名将岳飞平反,追复其原官,赦还岳飞被流放的家属。除此之外,赵昚还逐渐开始为被贬谪和罢免的主战派大臣平反复官。他重用主战派,积极备战,改变了赵构在位时对金的屈服政策。辛弃疾眼睛为之一亮。

张浚主张立刻北伐,身为宰相的史浩则认为,张浚虽有中兴之心,却无中兴之才,可谓志大才疏,仓促出兵必不能胜。绍兴三十一年(1161),金兵南侵,淮南涂炭,至今尚未恢复。现在南宋又兵弱将庸,主动出兵是冒险之举,应固守淮河以南,恢复淮南,卧薪尝胆,静观金人之变,再决定是否北伐。年轻气盛的辛弃疾上书张浚,根据自己对局势的分析,建议对金人要分兵攻击。张浚回复"某只受一方之命,此事恐不能主之"。隆兴元年(1163)四月,赵昚绕过三省与枢密院,直接向张浚和诸将下达了北伐的诏令。北伐先胜后败,再大败,割地赔款称"叔侄之国"的绍兴和议签订。

二

"绍兴和议"中规定宋金以淮水中流为界,在此以后,江淮之间便成了南宋北部的"极边"。南宋不把淮水作为一道必须严守的防线,淮南地区便经常成为宋金交战的场所。据史料记载:自高宗建炎元年(1127)到孝宗隆兴二年(1164)的38年间,金人7次大规模渡淮入侵,两淮之间饱受战争苦难。这地区的人民越来越多地向外地逃亡,农田大量荒芜,民户疏疏落落。辛弃疾几次往返于淮南东西两路,民物萧条和防守力量的薄弱,他都看得十分清楚。他认为朝廷自愿把淮南之地供作战场,是绝对失策的事情。为此,他在其后的一系列奏论当中,多次谈到经略淮南问题。

符离之战后,辛弃疾写成论文10篇,对宋金对立形势和军事斗争的前途做了详细而具体的分析。这就是《美芹十论》。《美芹十论》于乾道元年(1165)呈送朝廷,他想以此来重新唤起孝宗赵昚北伐意志和必胜信念。论文的前3篇,论证了金国外强中干的情况,认为它不但不可怕,而且还有"离合之衅"可乘。论文的后7篇,就南宋方面如何充实其实力,从事作战的准备,以便能抓紧时机完成恢复大业等事提出了意见,并做了具体规划。在《守淮·第五》《屯田·第六》中,针对符离之战后淮南的凋敝,他主张守江不能丧淮。纵观中国历代地方政权,其中不乏以江南为根基的南方政权。单是以建康(南京)为都城的就有7个,三国时的孙吴、东晋,以及之后南朝的宋、齐、梁、陈四国和南唐。这些南方政权都是以长江为屏障,与北方政权划江而治。可是单单守着长江,无法挡住北方政权的进攻。起码要占据长江以北的淮河两岸,也就是军事战略上所说的"守江必守淮",只有江淮一体,才能够形成纵深防御,单是一条线的长江防线是远远不够的。"夫守江而丧淮,吴、陈、南唐之事可见也。"(《守淮·第五》)辛弃疾主张把从北方归来的军民安置在两淮,家给百亩,并给以室庐、器具、种粮和杂畜,分为保伍,加以训练,无事时是力田的农民,有事时便成了抗敌的兵将。这样,淮南的经济实力和军事实力就可以大大地增强了,就能够形成纵深防御。守可以屏卫江南,攻可以出兵中原。

乾道六年(1170),辛弃疾又向曾在采石大战中获胜的宰相虞允文上呈《九议》,讲述了"恢复大义"的9项建议。在谈到对敌斗争的军事手段的同时,强调为求国家的财力足以供应旷日持久的用兵之费,在未战之时必须"惜费用""宽民力",把一切与恢复之事不相干的费用和工役全都减免,把人力和物力集中使用在恢复工作上,到十分必要时再取之于民,这样才不至于弄到"事方集而财已竭,财已竭而民不堪"的地步了。

《九议》没有任何结果,辛弃疾依然不气馁,又接连两次向朝廷上了《论阻江为险须藉两淮疏》《议练民兵守淮疏》,强调说明淮南之地的战略地位。

三

在南宋一般当国者的心目中,早已把滁州认作荒僻的"极边",认为是弃之不足惜的地方,几年前辛弃疾上奏时,没有人肯对辛弃疾的建议认真加以考虑。在南宋一般官绅士大夫们的心目中,同样没有人和辛弃疾具有相同的见地,他们只是把滁州当作敌骑可以随时到来的地方,是最缺乏安全保障的地方,因而没有人肯担任那地方的官缺。谁被派到那里做官,谁便认为自己倒了霉。

这种情况之下,乾道八年(1172)春,在杭州任司农寺主簿的辛弃疾被派做滁州的知州。南宋朝廷之所以把辛弃疾派往滁州,是因为他在先前曾经条陈过滁州在军事上的重要性,还是因为他几年来表现出具有用兵守边之才,特地派他去发挥他的才具,实现他的抱负的,均不可考。但辛弃疾欣然而至。他仍然怀着满腔热血,带着他驱逐外侮、恢复失地的抱负,到这个被官场鄙弃的地方去找一个施展的机会。

当然,这个任命对于辛弃疾的仕途来说也是一个重大的突破。因为他来到南宋以后,第一次当上了一个地方的主官。而且这个任命还带有一种破格提拔的意思。因为辛弃疾官阶比较低,只是从八品。按照规定,像他这种官阶、这个级别的官员去当一个州的行政长官的时候,实际上是不能够叫作"知某州"的,只能称作"权发遣某州",也就是论资排辈他不够格去当这个州的主官,但是他有才干,于是就暂时派他去主持这个州的军政民事。

绍兴三十一年(1161)和隆兴元年(1163)宋金的两次战争中,滁州受到的战争的破坏都是空前的。历任地方官都没有在恢复市井民生上做过努力。从乾道四年(1168)到乾道七年(1171)的前后4年之内,滁州又相继遭到水旱之灾。所以辛弃疾来到滁州以后,尽管早有心理准备,但是他在滁州看到的景象还是令他大吃一惊。原来的城郭早就成了一片废墟,居民们住在瓦砾场上搭起的茅棚里,大风一吹就有垮塌的危险。市面百业萧条,根本看不到商人和旅客,居民都养不起鸡豚。韦应物所吟咏过的"滁州西涧",碧水穿城依旧,但两岸衰草萋萋。

辛弃疾目睹此情此景,决定"宽征薄赋,招流散,教民兵,议屯田",具体实施他曾经设想的经略淮南理念。他首先从减轻滁州地区民众的负担着手来进行恢复工作。滁州在近10年虽然接二连三地遭到兵祸和天灾,但朝廷对这里的民众,却和太平年代、太平地区一样的征收租赋。居民如果在本年内无力如数缴纳,便把所欠数目并入下一年的赋税合并督催。辛弃疾到任之初,检查了一下州民欠缴租赋的账目,一共是580万有余。他上奏朝廷,请求把这些欠款全部豁免。经他再三陈情,终于得到朝廷的同意。

辛弃疾到任之初的滁州是萧索的,但天顺人意,从开春起,就风调雨顺,是丰年之兆。他在这里所看到的民众,就如同欧阳修《丰乐亭记》中所云:"安于畎亩衣食,以乐生送死。"他们勤于治生,乐于稼穑,吃苦耐劳,渴望安宁。据周孚《滁州奠枕楼记》记载:与战乱之前相较,滁州只有十分之四的人户,因而存在着大量的荒地。辛弃疾通过发放贷款、帮助修建房屋等措施,招徕流亡的民户,使其各安本业。对于从金国境内逃出、流散在淮南各地区的民户,依照古代屯田的办法,分拨给他们土地、农具、杂畜、种粮,使其向滁州集中,平时耕垦,农闲时则对壮丁加以教练,编组为民兵。很快,滁州流亡的农户大量归来。其他的一些流民也纷纷来到滁州落户。辛弃疾将他们组织起来,屯田、军训两不误。夏粮秋禾都获得了丰收,一年前的萧索之气一扫而光。这一点,他能够媲美北宋先贤欧阳修,"小邦为政期年,粗若有成"。

百姓归来了,城防巩固了,接着就要恢复市井繁荣,这样才能更多地聚集人气。辛弃疾设法招引商人到滁州去营业。他减免商贩们应向政府交纳税额的十分之七。商贩们都闻风而来,因此在短期之内,征得的商税数目超出数倍。辛弃疾利用源源不断的税收来烧造砖瓦,采伐木材,雇佣工匠,在一片瓦砾的西涧河北岸建造邸店和客舍,使商贩们各有定处,过境商旅也都有暂时的归宿。他把这一新建的市场命名为繁雄馆。"自是流通四来,商旅毕集,人情愉愉,上下绥泰,乐生兴事,民用富庶。"崔敦礼在《代严子文滁州奠枕楼记》中欣喜地说。

在繁雄馆上,辛弃疾又修建了一座楼,取名为奠枕楼。奠枕者,安枕也,表达了滁州人渴望天下太平、高枕无忧享受生活的愿望。此楼就是供滁州人在闲暇时候登临赏览的。楼成之日,辛弃疾专门举行了一个隆重的落成典礼,登楼举杯痛饮,和百姓一起庆贺滁州的复兴。有不少名士和朋友也前来作文赋诗庆贺,友人周孚写了一篇《滁州奠枕楼记》记叙建楼始末,远在两千里外的文章大家崔敦礼应辛弃疾友人之邀也写了一篇《滁州奠枕楼记》,以文会友。席间,幕僚李清宇填了一首"声声慢"描绘奠枕楼,辛弃疾读罢,一下搅动了文思,他当场唱和,写出《声声慢·滁州旅次登奠枕楼作·和李清宇韵》:

征埃成阵,行客相逢,都道幻出层楼。指点檐牙高处,浪涌云浮。今年太平万里,罢长淮千骑临秋。凭栏望:有东南佳气,西北神州。

千古怀嵩人去,还笑我,身在楚尾吴头。看取弓刀,陌上车马如流。从今赏心乐事,剩安排,酒令诗筹。华胥梦,愿年年、人似旧游。

词中有对滁州在自己的治理下自然安宁、充满生机的期望,也有看取弓刀的警惕和隐隐的忧虑。

新年来了，农历正月初三，大雪飞扬。两天后，滁州南面江浦县的友人燕某良、陈驰弼、戴居仁、丁俊等人来滁。大家借着瑞雪清光，兴致勃勃地登上银装素裹的琅琊山，游览之后，泼墨题字，命人勒石以记。这方石刻位于琅琊山无梁殿西清风亭后，长1.8米，高1米，内容仅仅叙述游山时间及江浦来游者的姓名等，字虽不多，但镌字楷体隶味，逸趣自然，有东魏元象元年所刻"僧憼造像"的风姿，昂然之气扑人眉宇，称得上书法石刻中的逸品。

辛弃疾这一次踏雪登山留下摩崖石刻，虽不是豪放的辞章，但此举无疑反映了他此时愉悦爽朗的心情。此时的南宋朝廷，除了辛弃疾，还有许多仁人志士立志要光复中原，雪耻复仇。这一年年初，已年过花甲的虞允文怀着光复中原的信念，从杭州上道抵川，设幕府于汉中，实施着他与孝宗皇帝的约定：按照绍兴三十二年（1162）提出的计划，虞允文进军陕西，挥师东入河南；宋孝宗则督师跨江北上，预定某日会师河南。辛弃疾在滁州千骑临秋，枕戈待旦，随时准备金戈铁马越淮河，去除以淮河中线为界的屈辱。

两淮军机变幻莫测，前线战情也瞬息万变。宋孝宗急不可待，整军练武，做攻金准备，期望早日发动对金战争。乾道九年（1173）九、十月间，宋孝宗两次以接受金朝书仪式不平等而发难，企图激化矛盾。并以密诏催促虞允文发兵。而虞允文到四川后，虽采取了一系列积极备战措施，但由于军需未备，迟迟不能确定出兵的日期，因而引起宋孝宗的不满。虞允文当然知道孝宗的心情，为不负厚望，更加日夜奔忙，戴星乘马，冰满鬓髯，终因积劳成疾，于淳熙元年（1174）二月辞世，享年65岁。

此时，在滁州严阵以待，积极准备北伐的辛弃疾，得知一代将星陨落，悲怆地登上奠枕楼，北望淮水，徒唤奈何。自己23岁就于万马军中擒反贼，千里奔驰回故国，但这么多年来却只能"醉里挑灯看剑"。这种落寞和满腔热血相缠绕，常常让他"可怜白发生"啊。乾道九年（1173）中秋前夕，协助他知滁的副手范昂任满，奉诏返京。奠枕楼上，辛弃疾为他践行，作《木兰花慢》，与其作别。

老来情味减，对别酒，怯流年。况屈指中秋，十分好月，不照人圆。无情水，都不管，共西风只管送归船。秋晚莼鲈江上，夜深儿女灯前。

征衫便好去朝天，玉殿正思贤。想夜半承明，留教视草，却遗筹边。长安故人问我，道愁肠殢酒只依然。目断秋霄落雁，醉来时响空弦。

33岁的辛弃疾正值壮年,为何自居"老来"？年年希望,年年失望,"道愁肠殢酒只依然",孝宗皇帝两路出兵北伐中原的攻金战略到头来又是"响空弦"。

虞允文去世不久,悲愤无奈的辛弃疾离开滁州再官建康,任江东安抚使参议官,从此无缘再回到滁州。他的爱国抗金的江淮实践就此中断。

西涧幽草枯荣依旧,深树黄鹂鸣柳非昨。"今年太平万里,罢长淮千骑临秋",奠枕楼上的这句词,浓缩了辛弃疾爱国抗金,经略淮南的理念,折射的是他"金戈铁马,气吞万里如虎"的豪情。这豪情,和滁州奠枕楼共存。

(贾鸿彬,中国作家协会会员,滁州市文联副主席。在《青年文学》《中国作家》《清明》等发表中短篇小说数十部[篇],出版长篇小说、纪实文学《陈其美》《小岗村40年》等10余部,有作品被《中外书摘》《散文选刊》等转载。曾获安徽省社会科学奖、第二十九届华东六省文艺图书奖等。)

徽州的豆腐家族

许若齐

屯溪近郊新安江畔的南溪南村，现在已然成了闻名遐迩的豆腐村。徜徉在街头巷尾，一个个豆腐作坊，低头不见抬头见，村头粉白的墙上写着豆腐的"三行情诗"。

豆腐干：
在夹缝之间，
拼尽一身力气，
只为做有劲道的自己。

臭豆腐：
四方食事，
有些滋味，
只为敢张嘴的人准备。

豆腐乳：
我在时间中对抗时间，
在发酵中重构自己，
最后，热烈地奔向你。

豆浆：

从磨石身上淌过，

从滤布中流下，

带走了豆子的心事。

不知道是谁的大作。徽州的豆腐家族，一目了然。

早年，屯溪江边公园街菜市有一卖豆腐的中年汉子，守在摊子后面，用字正腔圆的当地土话喊出：老豆腐、水豆腐、毛豆腐、臭豆腐、豆腐干、豆腐角、豆腐衣、豆腐乳……行云流水，抑扬顿挫，响彻半条街。

他中气沛足，不间歇，不打嗝，一口气几乎吞吐了豆制品的林林总总。

那时附近还有个豆腐铺子，前店后坊。冬天的凌晨，滴水成冰。我们常常被大人从热被窝里提溜起来，睡眼惺忪、缩头缩脑地拿着钵子去排队打豆腐。与隔壁肉店冷冰冰地关着大门不同，豆腐店很宽容地接纳了我们这些饥寒交迫、瑟瑟作抖的孩子。

在我的记忆中，它真是"冬天里的一把火"：炉火熊熊，热气腾腾，人影幢幢，温暖如春。在昏黄、摇晃着的灯光下，你可以目睹一箩筐一箩筐的黄豆，如何经过若干道程序，转身为一板板雪白的豆腐。

豆腐有水豆腐与老豆腐之分。

水豆腐由一个50多岁的驼背从一个大木桶里一勺勺地舀出来，小心翼翼地放进方格木框里，慢慢地沥水。

驼背长着个酒糟鼻子，眼睛眯眯的，像是没睡醒。他一步一颠地忙乎着，和他人不搭腔。那勺子是紫铜的，闪着幽暗的光；木柄很长，驼背得心应手，运用自如，很有节奏地创造着娇嫩与水灵。

老豆腐的工艺则复杂些，干这活的一般是青壮劳力。最后要一板板地码起，用一块块大青石压出来，形象扁平，有棱有角。

寻常的豆腐，滋养了那时多少寻常人家的生活。

豆腐青菜往往是最基本的组合，冬天吃得最多。菜最好是打了头遍霜的"黄芽白"或"黑棵青"。青青白白的一锅子，光景好的人家，舀一勺子猪油进去，即刻油光闪亮。火功还是要的，文火炖得豆腐绽开了一个个小孔，里面灌满了汤汁。吃时要悠着点，莫烫坏了口腔与食管。倘若能有一点冬笋片、海米之类，那就是菜肴中的上品了。餐桌上最好放一碟自家做的红艳艳的辣椒酱，蘸着吃，你保管要多添一碗白米饭。

屯溪老街上当年有家卖豆腐脑的店,生意很火爆。豆腐脑呈奶白色,蓝边碗盛着,数点葱花,几滴香油,几小块猪油渣,一派活色生香。

一日,来了几位撑排佬,牛高马大,黑黢孔武。刚进门,身子一抖,如出水的鸭子,蓑衣上的水珠洒了一地。坐定,每人一碗热气腾腾的豆腐脑,风卷残云,咂声响亮,连说:过瘾过瘾!末了,老板娘来讨钱,领头的中年汉子嘿嘿一笑,从蓑衣里拎出几条尺把长的鱼甩在桌上。鱼湿漉漉的,鳞上还挂着碧绿的水草。老板娘喜笑颜开,那伙人头也不回,径直去了。

豆腐干当属休宁五城的最好。一方水土成就一方茶干。"茶",取其色如暗酱的茶汁。自然条件的得天独厚叠加着制作历史的源远流长,打造了五城茶干这张靓丽的名片。它的起始可上溯至800年前的南宋末,工艺成熟于元,明代的《宋氏养生部》里记载:"五城豆腐……欲熏晒。唯压实,以充所需。"清代则是全盛时期。传说"天下第一吃货"的乾隆皇帝下江南登齐云山时也曾品尝过,赞其为"江南一绝",并用随手把玩的一方印石,在茶干上按上一道"口"形无字印,意为"有口皆碑"。

那些年月人们囊中羞涩,傍晚歇息了,就在路边摆一张矮桌、几只方凳、几斤散酒、一叠茶干,再加一盘花生米,浅斟慢酌,喝得醺醺然、飘飘然。话都说完了,就看着月出东山,在新安江里撒下碎银万千;然后带着些许薄醉,踏着一街凉月,各自慢慢地走回家。

一个朋友熬夜看足球世界杯,伴他度过那些不眠紧张兴奋之夜的,唯咖啡与五城茶干也!

夜深沉,荧屏亮,土洋混搭,相得益彰,一晚要吃20块!

"与球赛一样调节胃口,不腻不饱。"他如是说。

豆腐角当然也是好东西,炸得泡泡松松的,用撕成丝的棕榈叶串挂起来卖。腌笃鲜、红烧肉是少不了的配料。灌汤入味,一上桌准成了箸争筷夹的主角。徽州一品锅,一般有五层,豆腐角是必不可少的。最底层是笋类,新鲜冬笋或晒干的笋干切成薄片铺就,干豆角、干蕨菜也可充任;第二层是一块块五花肉,要肥一点的;第三层为豆腐角;第四层是鸡块;第五层是蛋饺或肉圆。豆腐角位居中间。承上启下,左右逢源,荤素全接触。也有放老豆腐的,当然,最好是自家磨的,全然没有豆腥味。油水浸润深深几许,一大锅子菜肴,最先告罄的往往是它。

近年来,徽州豆腐家族里行情见涨的却是原本出身低微的毛豆腐。它因表面长有一层寸把长的白色绒毛(菌丝)而得名。根据颜色和长短,可分为虎皮毛、兔毛、棉花毛等。当年它只能混迹于街头巷尾的饮食小摊上,边煎边吃。有歌谣唱之:竹板响,喉咙痒;夹三块,一角洋;一杯酒,真舒畅。

它的出身我以为与徽州人生性节俭有关:豆腐霉了,长毛了,又舍不得丢掉,只能化腐朽为神奇,然后编出一个高贵的来头。说是朱元璋兵败徽州,没东西吃。随从找到几块老百姓藏在草丛里的豆腐,已经发霉长毛。可能是太饿了,放在火上烤后,朱元璋吃了,感觉特别鲜美。以后他做了皇帝,御口品尝过的毛豆腐自然身价百倍了。有了这样的背景,在现今的徽菜系列里,它当然要被隆重推出。徽学是显学,需要诸多内容的支撑,有特色的饮食文化断不可少。毛豆腐或红烧,或油炸,或火焙,或清蒸,都能引出谈资多多,妙语泉涌。

一部《舌尖上的中国》,一下让休宁蓝田方鑫玉家的毛豆腐爆得大名!

它与臭鳜鱼、刀板香并列,俨然徽菜的"三足鼎立"。

去年春天,我去了蓝田方家寻访毛豆腐,接待我的是方家的女婿乔风,他年纪不大,沉稳谦逊。尽管方鑫玉这个牌子已经很响了,他觉得还是没必要做大,管理一旦跟不上,会适得其反。除了磨黄豆用了电动,毛豆腐的制作全是手工。

"豆腐是一块块做起来的,得要有耐心与恒心。"

说起《舌尖上的中国》,他很感激,没有这档电视节目,方鑫玉毛豆腐哪能天下皆知?乔风由衷地钦佩那批编导摄像,素养与专业水平都很高,一点架子都没有,啥事都和你商量。

"自然状态,我干我的,他拍他的,不造作、不刻意。"

正因为记录了生活的本原,所以就有了深深打动人心的内在感染力。

不知不觉我们就聊到了吃饭的时间,他真心留我,我也就不推辞了,只是要求:一碗米饭,一盘煎毛豆腐足矣。

"毛豆腐要长长白毛的。"听了我的话,乔风笑我外行了:毛不要太长,白中带黄最好。

一家人都还在忙着,我一人先吃了。一个很秀气的白底青花盘子,里面四块煎得微黄的毛豆腐,每块上是一小坨鲜红的辣椒酱(自制的),酱上数点青葱。

这是标配,一红一青,画龙点睛,民间的审美水平很高呀!

休宁是状元县,历史上出过19个文武状元,当地人给这道菜起的名字叫"魁星点斗"。

　　豆腐家族中,还有一个另类——腊八豆腐。它是在每年腊月初八前后晒制的,故名之。先把水豆腐做成圆状,在上部中间挖一小孔,放进适量的盐。然后搁在大箩匾上,在冬日暖暖的阳光下晒上几天。它渐渐地变得黄润如玉,吃起来,韧而不坚,很有嚼头。切成薄薄的一片片,浇上油坊里新榨出的麻油,是一道绝好的下酒菜。

　　至于臭豆腐,在徽州也大行其道。闻起来臭,吃起来香,用以往美女作家的话说:堕落是为了飞翔。在徽州的街头巷尾,诸多景点,到处可寻到它的踪迹。一拨拨的游客,一手托着小盘(碟)子,一手用牙签叉着臭豆腐吃。红红的辣椒酱和切得细细的香菜作为佐料也是少不了的。

　　一张照片很通俗,很有烟火气。是在一个小镇的街头,一个小炉子,上面一个平底锅,一中年男子挥着锅铲,正在卖油煎臭豆腐,一个吃客坐在矮凳上,手中的筷子直接伸进锅里。

　　目的是显而易见的,他要夹起被煎得金黄的臭豆腐直接入口,省却了碟碗盘。

　　一切都呈现得自然而然。

　　如此场景,令我心驰神往。

　　(许若齐,安徽休宁人,现居合肥,中国作家协会会员。出版文集《夕阳山外山》《烟火徽州》《一钩新月天如水》《刀板香》《饮食安徽》《晨起一杯茶》等。)

拜谒一棵树(外一篇)

高　翔

一

村曰曹楼,树名银杏。

这座隶属于濉溪县铁佛镇邹楼村的小村庄,地处皖豫交界。虽说有点偏远,但南邻泗许高速,西接411省道,东连022县道,就是乡间也都铺上了水泥路,抵达并不费力。

银杏静立在村口。春夏来访,一树荫青高耸在绵延的绿色地毯上。秋冬时节,片片金黄则给萧索的原野平添了一袭暖色。

1700年前,一粒银杏种子被风带到这里,生根发芽长大。沐甚雨,栉疾风,千年后与曹氏相遇。斑驳的曹氏墓碑文隐约可见:"公祖居河南,惠王之裔,明初时迁于涣北白果树左,由来九世矣……"曹姓集居,建成土楼,命名曹楼。又过了700年,156户656人环居于此,面积0.22平方千米的村庄里共12个姓,曹、王各占45%;丁、李、刘、张、郭、余、祝,合占10%。

曹楼的银杏树地围1.9米,蜿蜒的树根紧趴在地下。粗壮的树干如柱似戟,胸围6.3米,4名成年男子手牵手方能搂抱过来。六大主枝托起伞状树冠,最高达32米,冠幅27米,叶相触在云里。每个主枝都有一人多粗,人能躺在上面睡觉。主枝上又分开无数的树杈,树大自然招风,每个枝杈都无数次地经受过雷击电打,其中数枝已然片叶不生,焦色赫然在目。

作为地球上最古老的孑遗植物,银杏有植物界的"活化石"和"大熊猫"之称,其顽强的生命力让人叹为观止。有村民将被风吹落的树杈拿回家,随手搁置在墙角,不闻不问,连续三年都能长出新叶。由于水位逐年下降(水井得深打二三十米),严重地缺少氧分(从未施过肥),加之极端干旱天气频繁发生,银杏树曾于21世纪初枯死过,只在春天发个小叶,大概手指甲那么大,然后就发黄脱落了。林业部门通过换土、松土、浇水、施肥、吊营养液、停止人工授粉等管护措施,使古树重新焕发了青春。有专家说,如果把树比作人的话,这棵银杏尚处壮年,保护好,再活1000年也没问题。

银杏是曹楼的根。作为安徽省618株国家一级保护古树名木中的老寿星,它偏居一隅,抱朴守拙,光而不耀。

银杏是曹楼的魂。一路走来,不言不语,不悲不喜,阅尽沧桑,看惯风月。秀美着乡村的文化,记录着乡村的历史,并一点点地融入乡村的文脉。

二

遥想当年,曹楼银杏"周覆亩田"。枝叶迎着风飞舞,鸟儿踩着它的肩歌唱。站在树下,抬头望不见天;下雨的时候,往树下一躲,淋不着一滴雨。常年百虫不生,夏天无蚊无蝇,妇女在树下做针线活,老人在树下打扑克下棋,孩子们则爬到树上,三五成群玩游戏。放工后,家家户户早早地抬床、铺麦秸,占据有利位置,酷热的夏季夜晚,因为它的存在而不再难挨。

银杏树是天然药材,根、枝、叶均可入药,生长较慢,寿命极长,从栽种到结果要20多年,40年后才能大量结果,因此又名"公孙树"。雄银杏树,只开花不结果;雌银杏树,不开花只结果。这是一棵雌银杏树,初时结的果只有火柴头那么大,果实成熟不久就落地了。后来附近种满了银杏树,有雄树传粉,结的果便多了起来,但果实却比以前小了三分之一。

身上结满了果实,却没有一丝欲望。公种而孙得,默默地泽被苍生,生而不有,为而不恃,长而不宰。面对这个精神坐标,当代人是否应该思考,给子孙后代留下些什么,后世又将如何书写自己。

三

76岁的王家民是土生土长的曹村人,生在古树边,长在古树下。20世纪80年代,身为果树专家的县委书记张敬富对此树非常感兴趣,一次考察时,看到有学生爬上爬下,顺手牵枝,于是安排王家民保护古树。20世纪90年代,时任宁夏回族自治区高级人民法院院长的邹献朝在回乡省亲时,发现经常有车辆直接从树下碾过,使得古树下的泥土像混凝土一样坚硬,便协调省林业部门加强对古树的考察和保护。王家民利用市、县政协委员的身份,四处奔走呼吁,给银杏树围上了护栏,在旁边加矗一根避雷针。他像供奉祖先、侍奉老人一样,照顾着银杏树,几乎没出过远门。在他的眼中,这棵古树沐天地之灵气,吸日月之精华,是有灵性的。

清末,皖北每个农村都建有围壕,蓄水以防匪患。本地族长发动全村老少挖土建壕,村子其他地方很快就挖好了,唯有这棵银杏树两边,每天晚上挖的沟,次日一早自动填平。族长不信邪,家家户户齐动手,将所掘之土悉数运至村外,第二天起来一看,挖好的沟又恢复如昨。如此反复,围壕终未建成。每遇土匪来袭,全村拖家带口到邻村去躲避。

自然灾害年代,吃不饱肚子。王家民用小褂子兜着银杏果,晚上偷偷摸摸地在野地里生火烧着吃。"都说银杏果有毒,但那时实在没啥吃,也顾不得那么多了,曾经连续四五天不吃饭,只吃它,一点事儿没有。"王家民说话底气十足,看起来也比实际年龄年轻,"我现在血压不高,血脂不稠,全身上下没一点毛病,来考察的专家说,这和我常年生活在银杏树下有关。"

从王家民记事起,到这里烧香许愿的人就络绎不绝,古树被善男信女缠上条条红布,挂上盏盏红灯笼。2006年阴历十二月二十六,天空飘着毛毛细雨,来自上海的吕姓少女一路打听找到王家民。原来,少女的父母是同班同学,上山下乡时一起下放到濉溪百善。听说附近有棵大白果树,二人结伴前来游玩,看到有人放炮、上香、挂红条,方知是来还愿的,遂顺大溜似的在古树下许下心愿。随着政策的落实,两人如愿结为夫妻,并返回上海。前段时间,少女的父亲浑身无力,日渐消瘦,竟至不能正常上班,跑遍上海各大医院,均查不出病因。后经人提醒,方想起20多年前在皖北银杏树下的诺言,遂让女儿替父还愿。也许是巧合吧,两个月后,少女的父亲奇迹般地康复了。次年,已成韩国新娘的小吕又一次来到曹村,专门拜谒银杏树,感谢王家民。

王家民带着感情色彩的描述,给这棵本就具有传奇性的古树蒙上了一层愈加神秘的面纱。其实,无须探究其中的真实性到底有几分。在生物自然演替进化中,多少已成匆匆过客,被淹没在历史长河里,寂寞了无痕。能历经沧桑而不倒,经万事而留名者,本身就是穿越时空的精灵。仰望它,感恩自然的馈赠,心生对自然的敬畏,方是要义。

"杨树高,榕树壮,梧桐树叶像手掌。枫树秋天叶儿红,松柏四季披绿装。木棉喜暖在南方，桦树耐寒守北疆。银杏水杉活化石，金桂开花满院香。"孩童在银杏树前的广场上嬉戏，游人在新打造的银杏园里徜徉，人与树的故事仍在继续。

查济的月亮

夕阳跌落进山凹，炊烟从连绵的马头墙上渐次升起，融入薄薄的暮色之中。

择菜、剥豆、切肉，下午就开始准备的食材，此刻派上了用场。严爸爸掌勺，严妈妈打下手，小严张罗待客。没多久，菜便上了桌。绿油油的小青菜在灯光下愈加明亮，腊味合蒸勾引着眼、口、鼻，拃把长的小河鱼鲜嫩无比。朴素的漂圆做起来着实不简单，肉泥加入芡粉、姜末、葱米，搓成弹珠大小的肉圆子，放进滚水锅，加入食盐，高汤，起锅。半荤半素，半稀半干。

三桌食客都是住店的客人，不到8点，严家三口就忙好了。严爸爸从厨房出来，顾不上解掉身上的围裙，便从口袋里摸出一支烟，坐定，点燃，眼睛有一搭无一搭地瞅着门外。小严把饭菜逐一端上桌，严妈妈从橱柜里拿出半瓶酒和一个酒杯往老公跟前一放，母子开始吃饭，严爸爸一口酒几口菜，全家食不语。

夜幕完全降了下来，月亮挂在天边。群山仿佛沉默的巨兽，白日里的满目青翠此刻影影绰绰。忙碌了一天的农妇、在家门口含饴弄孙的老人、无所事事走街串巷的土狗都归家了，只有叠瀑似的溪水不知疲倦地欢唱、跳跃、奔跑，步伐更加急促，头也不回。

600年，还是1000年前？一个人，还是一群人？逃难，还是迁徙？关于查济的开篇，不光我，即便祖祖辈辈生活在这里的老严也说不清楚。查济离桃花潭仅十几公里，网上有传言，当年李白在辞别汪伦之后来到这里，写下"问余何意栖碧山，笑而不答心自闲。桃花流水窅然去，别有天地非人间"。一个"栖"字，说明李白住了相当长的一段时间，而查济古建筑最远能确定为元代。我更倾向另一种说法，这首《山中问答》作于公元729年左右，李白隐居桃花岩的那段日子。

李白是否来过查济有待考证，但可以肯定的是，头顶的月亮曾见证过李白花间独酌、送客远行、夜不能寐。也因为李白，月亮被赋予更多的象征意义。以月寄心，成为一代又一代人的精神信仰和行为自觉。

前世不修，生在徽州。徽州地处黄山山区，"八山、一水、半分田、半分道路和庄园"。因为山多，所以粮食少；同样因为山多，盛产茶叶、木材、草药。再加上新安江水系四通八达，南宋京城临安的辐射，一批批徽州人走出家门讨生活。泾县紧挨着徽州，处于黄山和九华山之间的丘陵地带,"七山、一水、一分田、一分道路和庄园"。比徽州多的"半分田"无济于事,那外出的人群中自然少不了查济男人的身影。一世夫妻三年半,月光下的查济女人,孤灯不明,卷帷长叹。出走万里少年,归来锦衣富商。至明清时,查济已户户粉墙黛瓦,家家雕龙镂凤,鼎盛时全村有108座桥、108座庙、108座祠堂。

月圆月缺,花开花落,查济安静地绽放在皖南的群山之中,直到21世纪才为世人所知。据说,一位画家到泾县采风,根据多年经验,真正的美景都在最深处,于是他从县城往西南方向不停地走,发现了查济。

即便是国庆黄金周,这里依然寂静。清晨,向村子深处走去,一路不闻人语,只有鸟鸣;罕见人迹,唯有炊烟袅袅。行至高处,可见房屋多依山而建,村落乃傍水集结而成。门外青山如屋里,东家流水入西邻。"十里查村九里烟,三溪汇流万户间。祠庙亭台塔影下,小桥流水杏花天。"诗中的画面在眼前依次展开。

下得山来,漫步在村子里,清澈的河水舒缓地流淌,隔几十米就有一座石板桥将两岸民居相连。不管是大道旁,还是巷子深处,随处可见支起画板写生的人。路过几个很是气派的深宅大院,都是院落里花草葳蕤,但大门紧锁。诧异间,有人来打扫卫生,他自我介绍是当地的村民,所见古宅都是一些有名气的画家租下来当工作室的,他们一年中只有很少一段时间来这里,其余的时间都交给村民打理。站在院子向屋里张望,古色古香的家具、高大的壁炉,让人叹为观止。

鳞次栉比的古民居里大都住着人,我串门般地转悠,主人并不以为意。只是留守的多是老幼,小伙子大多出去打工或创业了。这些年走过太多的古镇,却发现千镇一面。资本的注入、蚕食、改变着乡村。原住居民陆陆续续迁走了,传统的生活形态渐渐消失了,乡村的灵魂剥离了,童年的记忆没有了。仿佛抖音生产线上打造的美女,美颜、滤镜、瘦脸,然后粉墨登场,搔首弄姿,妖娆多情。而查济则像个出阁不久的村姑,清新、自然,顽强而悲壮地抵抗着城市化、商业化的侵袭。

乡村衰落是一个世界性的问题。英国工业革命推动了人类文明的巨大进步,却是以牺牲广大农民利益为代价的。统治者为满足新市场需要而强迫广大农民破产,将农田变成牧场,农民被迫转化为工人。拉美过度城市化,大量农民拥入城市,而城市建设步伐滞后于人口增长速度,不能提供充分就业机会和必要生活条件,政府和农民自己都抛弃了乡村,致使乡村严重衰落破败。以查济为代表的中国古村落,因为地处偏远,在城市化突飞猛进的几十年里得以幸存,但在近年来愈演愈烈的城镇化运动中,它们不断被有组织有计划地拆掉。

　　城里的月光照亮的是梦,乡村的月光抚慰的是心。"我不知道那月亮,是怎样升上了半空/我也不知道许溪河,何时开始了流泻银光/五百年前的屋舍、祠堂、狗、石桥、石板路,河上飞檐、河边栗子树/黑暗中,越来越亮/书生、刺史、石匠、稻谷、建筑师、捣衣女/一切好像已经消失,一切好像正在重现/今夜,查济的露水,应该全是月光凝成的/今夜,所有的爱人,都是这山村的月光。"诗人雷默把我引向这里。此刻头顶的月亮明晃晃的,月光笼罩着查济,查济温暖着我。不知道查济还能坚守多久,它会是下一个丽江、凤凰,还是继续以自己的样子独特站立?

　　(高翔,安徽省作家协会会员、安徽省散文随笔学会会员,鲁迅文学院安徽作家班学员。在《美文》《安徽文学》等文学期刊及报纸发表文章30万字。)

剔银灯

颠狂艺术家

思不群

"你写得多么规矩啊,你的手上全是规矩。"

傍晚,我在窗前用孙过庭小草抄诗。尖齐的纯狼毫笔,出锋不过半寸,在黄色毛边纸上跳舞。它迅速地移动,轻轻地跳跃,锋颖不时将轻微的震动传递给手指,如同自行车骑过纹路纵横的水泥路面。所抄诗歌是自己的《钟表店之歌》:"那里收集枯枝上的流水/收集无字碑/人间的秘密写下又抹平……"这是一首颇令我自得的诗歌,曾抄过多遍。在这个傍晚的笔下,这些字又来到了熟悉的路面,走得旖旎而准确,绞转,方折,重按,轻提,每一笔都从以往的抄写记忆中醒来。正在颇为自喜之时,忽然有人在我身后说道:"你写得多么规矩啊,你的手上全是规矩。"

"书道精严,没有规矩扶着如何走得路。"我答道。

"孙过庭说'既知平正,务追险绝',再看你的书写,点画迟滞,意态淹留,平正有余,险绝未睹,远乖草书之味。规矩不是让人死,规矩要让人生。"背后的说话声似有惋惜。

我站起身来,转过身对着墙上的《古诗四帖》复制品看了好半天,恭恭敬敬地鞠了一躬:"张老癫说得对,也许是因为我午间未饮酒的缘故。待我先饮几杯,再来下笔不迟。"

他笑着回答道:"善。"

《古诗四帖》是张旭的代表作,某日在一个专做古人书画复制品的朋友那里看到,便要了来,将它挂在书房的墙上,日日相对,端详赏玩。晨昏雨晴,烟霞满纸之上,醉意朦胧的张旭不时浮出纸面,一身宽袍大袖,见我俯身习书,总会时时指点几句,我也会嘻笑着或附和,或辩解。

"北冥有鱼,其名为鲲。鲲之大,不知其几千里也;化而为鸟,其名为鹏。鹏之背,不知其几千里也。"庄子《逍遥游》素来爱读,其绝大地、摩青天,自由来去,追求一无所待的精神自由,每每令人神往。于杀伐频仍、人生百死之际,而构想绝对之自由,庄子真是孤绝又天真,天真得让人敬佩。千年之后的张旭正是那只身长千里的鲲鱼,怒而飞,则化作其翼垂天的大鹏,在盛唐空阔清朗的云天里,纵横八荒,呼风卷雨,俯仰自得。

张旭,字伯高,一字季明,唐代吴郡(今苏州)人,家族并不显赫,毕生只做过低层官吏,世称张长史。张旭善书,且是疾风骤雨般的狂草书。其书作《古诗四帖》《肚痛帖》已然成为大草之作的最高范本,令人观赏之后,欣然、愕然、讶之、叹之。如果没有书法,在文人雅士灿若星河的唐代,他的命运几乎就是如一粒微尘落入河水之中,被滚滚江流挟裹而去,即使有人想去认出他,也无从寻找。史籍中有关张旭的记载曾有两处,见于《旧唐书·贺知章传》和《新唐书·李白传》,但均作为附记、作为尾巴而存在。著史者可能未曾料到,这是一个巨大的尾巴,它并不甘心默默地拖在后面,它总是掉转头来,与主体并驾齐驱,相与顾盼,乐则大笑,怒则大叫,飞扬恣肆地奔跑在天空之下。

张旭与贺知章甚为相得,二人曾经携手同游天下,放逸山水之间,笑谈垆边窗下,嘱酒赋诗,临风说书,癫狂之事做尽,三吴之地行遍。贺知章是越州永兴(今浙江萧山)人,但早年即迁居越山阴(今绍兴),尽得羲之之妙,放逸之气日多,痴狂之念日甚,行游之中,少不得做些坦腹东床、以书换鹅之事。二人每每酒至十分,眼光朦胧之际,顿觉人间之易老,复喜混沌之未开。见人家厅馆墙壁素白如绢,不觉手中痒极,痒不能忍,于是索笔疾书,一时墨迹纵横,不复能止。二人虽醉意十分,但下笔如武松打虎,头脑里虽地动山摇,而拳拳中的,打在实处。围观之人中,有懂得书法的,便急忙找来了藏经纸、黄麻纸之类。兴犹未尽的张、贺二人并不多问,拿来就写,但见一条黑色小蛇在纸上游动,倏忽上下,左冲右突,快时如回旋舞之连绵不绝,断时如拳手之斩钉截铁。众人看去,字字仿佛自生,从纸间钻出,须臾之间,数纸书毕。而二人亦酒意渐醒,书兴已尽,于是相视一笑,掷笔而去。

天宝十五年(756)春,李白与张旭会于溧阳,二人相见,少不得一番豪饮。饮酒之

余,李白赋诗一首《猛虎行》相赠。诗中写道:

> 楚人每道张旭奇,心藏风云世莫知。
> 三吴邦伯皆顾盼,四海雄侠两追随。
> 萧曹曾作沛中吏,攀龙附凤当有时。
> 溧阳酒楼三月春,杨花茫茫愁杀人。
> 胡雏绿眼吹玉笛,吴歌白纻飞梁尘。
> 丈夫相见且为乐,槌牛挝鼓会众宾。
> 我从此去钓东海,得鱼笑寄情相亲。

此时正值"安史之乱",诗中充满了离乱之感和相知之情。不管李白与张旭交情如何,他们之间必有一种天然的精神契合。好酒,好书,好诗。他们的生命与艺术密不可分。因此,唐朝人将张旭之草书、李白之诗歌和裴旻之剑舞称为"三绝"。唐代是一个狂生的时代。顶天立地的自信之气充盈宇内,诞育而出的是那些个性各异的癫狂之徒,这三人就名列其中。绝者,妙绝。此三人均是摩天客,作诗则"君不见黄河之水天上来,奔流到海不复回",剑舞则"掷剑入云,高数十丈,若电光下射",作书则"如从空掷下,俊逸流畅,焕乎天光"。张旭之草书,如同得自天授,一派天光照耀之下,但见盘龙下坠,身形舞动,开张扬厉,落于纸上,则虬曲盘结,追逐嬉戏,一派活泼之气。如见担夫争路,身未动而意先露,欲左先右,欲行故止,最终却又相揖相让,各走半边。如闻鼓吹,笙簧齐作,箫钲共鸣,声声相接,此起彼伏,相作相和,可谓洋洋大观。如公孙大娘剑舞,寓刚于柔,软软的长袖忽变为利剑,妩媚的身姿暗藏拔山扛鼎之势,借雷电,开山路,风驰电掣间"孤蓬自振,惊沙坐飞"。

绝者,险绝。唐代吴郡人孙过庭在《书谱》中说:"初学分布,但求平正,既知平正,务追险绝。既能险绝,复归平正。"在狂草的书写中,对于险绝的追求是全面的,是根本性的,是本质性的要求。所以狂草之书,从根本上来说,就是以身犯险,是死中求生。有唐一代,楷书发展到顶峰,成为历代至则,法度精严,规矩森然。欧虞褚陆,各擅其极。而极顶亦是绝路,张旭于诸家之外,慧心独运,精研狂草,是对主流的主动疏离,独发滥觞,闯出一条生路。这与李白避开律绝而将歌行体推至顶峰有异曲同工之妙。他们都不走寻常路,以过人的胆识和险绝的技艺,在艺术的无人区大胆行走,为后人开出一条大路。"先贤草律我草狂,风云阵发愁钟王。"(皎然《张伯高草书歌》)其点画之酣畅,其气韵之雄壮,以淋漓的笔墨线条完美地象征了唐代的精神气度。睹其书作,后人每每震惊于书写中那摧枯拉朽般的速度。是的,速度,加速度,精神加速度。在艺术爆发的临界点上,忍受着内外的双重压力,张旭以毁灭般的加速度,将艺术天体推至人们面前,使人震惊于它的浓密难辨、猛烈集中、质量庞大和咄咄逼人。其迅疾之势不仅仅是对书法技艺的考验,更是对主体意志的考验。在古往今来的艺术实践中,我们可以发现,艺术以其不断生长、不断深入的"贪婪"本性,向艺术家索要全身心的投入,这是"命若琴弦"般的创作,艺术家往往只能孤注一掷地将血肉投入其中,助艺术更快地生长。此时,他完全抛开了皮囊,让主体进入绝对自由的境界,无古无今,无人无我,无哀无乐,无始无终。

　　绝者,绝对。绝对,往往是伟大艺术的真谛。没有绝对的精神,就创造不出极致的艺术。张旭用狂草演绎了一种绝对化的艺术,迅速略过章草、今草、大草等书体,一意孤绝地在峰顶高速奔走。在这里,书法脱离了实用领域,进入了纯粹审美的空间,获得了艺术的极致性表达。他将书法艺术推向极致,深度契合了艺术对绝对性的追求,使之获得了风标独具的品格。书法在他手中化作一团火,成为一种生命的燃烧物,而他则沉浸在艺术创造的狂喜之中,并获得生命的肯定性力量。那些缠绕的线条在激情中痉挛,那些浓淡不一的墨色表征着频率不一的战栗。在这里,书法,点画,墨色,成为一种主体性情的直接表现,抽掉了象征、隐喻、意味的中间物,直达本质。在这里,深刻显露出书写的一次性特点,它与生命同构,是主体所有热情不计后果的一次性散发。

　　我常常想象这样一个场景:张旭手擎一支宣笔,接引那"黄河之水天上来",流泻于麻纸之上,水流遇石则珠玉飞溅、惊涛拍岸,过湾则洄流急转、不能自已,河道逼仄则渊深静流、力透纸背,水域宽广则洪波浩荡、横无际涯、滚滚东去。水流到哪,哪里就开花、歌唱、雀跃。但实际上,这"黄河之水"并不仅仅是"水",而是掺进了酒味,是酒使得这"水"活了过来,如有神助般在张旭的手下自由流转。在艺术的世界里,酒是一个重要角色,酒成为艺术创作的酵母。张旭的狂草艺术,更是始终与酒联系在一起:"张公性嗜酒,豁达无所营。"(李颀《赠张旭》)杜甫在《饮中八仙歌》里写道:"张旭三杯草圣传,脱帽露顶王公前,挥毫落纸如云烟。"清亮的酒水初则润泽心田,带给敏感的心灵以慰藉,继则如火般在艺术家体内燃烧,热辣的火焰将他们生命本能烧得发烫——"我是心头难受的火啊"(海子《传说》)——这内在的燃烧使体内的压强不断升高、膨胀,越来越高,那些挣扎欲出之物最后必会解除皮囊对精神的控制,弃却桎梏纠缠,爆发出来,放浪形骸,在世界上自由地舞蹈,自由地奔跑,于是"李白斗酒诗百篇",于是"张旭三杯草圣传"。史书中关于张旭的两次记载,均与酒密切相连:

> 吴郡张旭,亦与知章相善。旭善草书,而好酒,每醉后号呼狂走,索笔挥洒,变化无穷,若有神助,时人号为"张颠"。——(《旧唐书·贺知章传》)
>
> 张旭,苏州吴人。嗜酒,善草书。每醉后,号呼狂走,乃下笔,或以头濡墨而书,既醒自视,以为神,世呼为"张颠"。——(《御定全唐诗·卷一百十七》)

在这里,可以看出,张旭的狂草不是一般性的书法创作行为,而是一种内心满蓄之后的迸发,弓既引满,不得不发,主体的激情被引燃,它必须找到一个出口,通过疾如闪电般的书写,将那内心的激情通过笔管下注,通过墨汁复写出内心的崇山峻岭、飞流激湍。其"号呼狂走",甚至"以头濡墨而书",是兴情所至的自然发抒,是一种生命的沉醉、酒神的舞蹈。此时的书法家,已经完全与书法融为一体,被书法所占有,书法最大限度地使用他,摁着他的手,将最优美的线条和点画泼染在纸上,所以这也是艺术之醉。醉是彻底的自我放弃,通过自弃他进入艺术的至深奥秘所在,大地深层的原始痛苦与原始喜悦在墨水中和解,在他手中涌现出艺术自由的本质。有酒的时候,则下笔如龙,满纸烟云;要下笔时,则会向酒要灵感和创作的冲动,酒与书已经难解难分。传说东汉时期的师宜官善汉隶,时人重之,他自己也颇为自得。他爱酒,但家贫,于是经常身无分文地出入酒家,每每于一方墙壁之上展示其绝妙书艺,一时观者如云。等到有人替他代付,看看酒钱差不多了,就将多余的字抹去。据说当代诗人海子20世纪80年代中期独自住在北京昌平,教课之余,写作之外,身边友朋稀少,每每被孤独所捕捉。一天他走进一个小酒馆,对老板道:"我为大家读诗,你给我酒喝,如何?"没想到老板却回答道:"我可以给你酒喝,但你别在这里读诗。"这是典型的艺术家的孤独,无人理解的孤独,不同时代艺术家之境遇如此不同。"三绝"并非下里巴人之术,在唐朝而能得到万人敬仰,观者甚众。张旭酒后号呼狂奔,下笔如疾风骤雨,如此癫狂之行、狂狷之态,而被封为"草圣",真乃生逢其时。

张旭虽书名震天下,但他一直都是低层官吏,家无所营。对于他来说,书法始终只是一种生命行为,一种纯粹的艺术,而没有成为进身之阶、谋利之途。即使成为"草圣",他仍然过着"问家何所有,生事如浮萍"的生活。与他可相类比者,当属怀素无疑。怀素一生生活清贫,而于书法则矢志追慕,未曾中辍。家贫无纸,于是种芭蕉万株用来习字;芭蕉叶不够用,他又漆了一块木盘、一块木板用来练字,以致盘板皆穿。怀素之书线条瘦硬圆熟,钢筋铁骨,有如武学高手千钧之身立于一指之上。其书风与他作为僧人的长期禅修有一定关系,充满了一种苦寒之美。怀素之书同样劲疾,也同样少不了酒的激发。"饮酒以养性,草书以畅志"(陆羽《僧怀素传》),怀素一日九醉,醉后见墙壁,见器皿,见衣裳,也不管其他,只是振笔写去,流利无穷,而心生愉悦,喜上眉梢。恍惚之中,我仿佛看见瘦如枯树的怀素坐在一张宽大的芭蕉叶之上,叶大如船,漂浮自如,而狂僧醉眼蒙眬,身瘦衣宽,袍袖被风吹动,枯手如着魔一般兀自挥写不止,但见点画纵横,笔笔实笃,如从树叶间射下来的斑斑日光。这日光反射进怀素之眼里,双眼忽然明亮起来,放光生辉,手中行笔更加迅疾,如巫师神魔附身一般,飞沙走石,风旋雨狂。这是酒醉,也是艺醉,"颠张醉素"是主体与客体泯然无间的艺术神遇,可遇而不可求。实际上,癫狂正是艺术的正常状态,它颠覆了世俗对生命的层层覆盖与遮蔽,掀翻了一道又一道桎梏,将生命之自由,艺术之自由,毫无顾忌地呈现在大地之上。"将进酒,杯莫停。""古来圣贤皆寂寞,惟有饮者留其名。"正是由酒所激发出的人书合一的顶峰状态,销去了他们的万古愁。

宋代黄庭坚曾自称因不饮酒,故狂草稍逊。黄庭坚是大书法家,其行书高迈超逸,意态自足,如高士行世,其草书如枯藤盘结,苍劲森然。但是由于他的性情中缺少一种癫狂之气,他的草书行笔黏滞,墨意浓烈,如聚在一团的蜜,"浓得化不开"。相比之下,同为宋人的米芾倒更近于张旭。米芾生性诙谐古怪,好洁成癖,爱石成痴,颇有张旭的痴癫之气,被人称为"米颠"。他遇见奇丑之石,竟喜形于外,纳头便拜:"我欲见石兄二十年矣!"颇有相见恨晚之慨。真所谓超然物外,而得趣物中,自性天放。米芾毕生穷心尽力于书学,曾收藏得一幅张旭《秋深帖》,欣喜若狂,视若珍宝,当即写下尺牍一件,即为《张季明帖》:

  余收张季明帖。云:秋深不审气力复何如也,真行相间,长史在世间第一帖也。其次"贺八帖"。余非合书。

米芾此帖既是对前贤张旭的致敬,也是对他的戏仿。张帖"真行相间",米帖亦"真行相间","气力复何如也"六字不仅内容源自张旭原帖,且全用张帖笔意,以一笔书首尾相连,如瀑布一般直泄而下,意气一贯到底。整件作品潇洒风流,意味深长,有如竹林七贤雅集,于树深林茂之中,溪水潺湲之旁,沐高风,对晚霞,或醉卧,或正坐,或长啸,或相对谈笑,或携手而游,具有一种生命的自在与逸气,这件书作成为米芾的尺牍精品。

张旭与贺知章等被称为"吴中四士",说明他的文学造诣很高,不过流传下来的作品极其有限,不过十来首。明人杨慎《升菴诗话》卷十评其为:"字画奇怪,摆云掖风,而诗亦清逸可爱。"少年时,读到其《山中留客》一诗,颇觉清明条畅,尚不知他有"张颠"之称,有狂草之作。后又读到其余诗作,诗风仍一以贯之。如《清溪泛舟》:"旅人倚征棹,薄暮起劳歌。笑揽清溪月,清辉不厌多。"清辉与明月相映,征棹与劳歌相伴,静谧月夜,人与自然弥合无间,而毫无愁绪,只有一种如溪水静流般淡淡的喜悦,被明月照亮,如细碎清辉洒满船头。还有一首《桃花溪》:"隐隐飞桥隔野烟,石矶西畔问渔船。桃花尽日随流水,洞在青溪何处边。"据传诗中所写桃花溪位于湖南桃源县桃源山下,而陶渊明《桃花源记》即源出于此。这首诗中暗含的隐逸之意、野外之想,让人想起张志和的那首《渔歌子》,烟波之上,山涧溪边,桃花流水相伴,渔樵生涯自足,充满了对自在人生、远离喧嚣的向往。实际上,他的书法代表作《古诗四帖》所写内容前两首为北朝庾信的《道士步虚词》,后两首为南朝谢灵运的《王子晋赞》和《岩下见一老翁四五少年赞》,都为道家修仙长生之意。对于张旭而言,沉醉于书法之中即是最佳的修仙之道。"虚驾千寻上,空香万里闻。"这只唐朝的大鹏鸟,如飞龙入云,背负青天,千寻之上,须臾万里,他的耳边正吹来化境的清香之风。

(思不群,原名周国红,1979年生,安徽望江人,现居苏州。作品散见《人民文学》《世界文学》《钟山》《作家》《诗刊》《扬子江诗刊》《诗歌月刊》《星星》《诗选刊》等文学期刊,著有诗集《分身术》、随笔集《左手的修辞》,编著《苏州作家研究·车前子卷》[合作]。)

茶事二帖

曾 园

陆羽的身后事

　　茶行业的奇怪之处真是一言难尽，先说一个陆羽时代的茶行业习俗。陆羽，字鸿渐，唐朝人。翰林学士李肇生卒年不详，813年在世，称得上是陆羽的同代人。他在《唐国史补》记载过这样一件事："巩县陶者，多为瓷偶人，号'陆鸿渐'。买数十茶器得一'鸿渐'，市人沽茗不利，辄灌注之。"意思是，巩县人做陶瓷的，都会做"陆鸿渐"瓷人，你买十件茶器就会获赠一个"鸿渐"，那些茶商买回去后供着，买卖不顺，就用开水浇灌"鸿渐"。

　　买十送一还好说，生意不好用滚水浇陆羽像算是怎么回事？台湾作家林清玄用充满正能量的说法为此举婉转回护：茶商"用茶水来供养浇灌在陆羽的头上，祈求他的保佑"。不过，这种供养方法还真是独特。

　　宋朝人费衮在《梁溪漫志》一书中坦率得很："鸿渐嗜茶，而终遭困辱。嗜好之弊至此，独不可笑乎？"意思是陆羽嗜好喝茶，终究遭受了困窘和侮辱。嗜好的害处到这个程度，难道不可笑吗？

　　明朝胡宗宪的幕僚沈明臣也写诗笑谈此事："尝闻西楚卖茶商，范磁作羽沃沸汤。寄言今莫范陆羽，只铸新安詹太史。"

　　但是，陆羽的《茶经》并不仅仅是嗜好的记录，《茶经》在宋朝有了陈师道的序，见解深远："茶之著书，自羽始；其用于世，亦自羽始。……山泽以成市，商贾以起家，又有功于人者也。"陆羽写了《茶经》之后，人们都喝起了茶，原先的山野变成了茶叶市场，很多商人发家致富,陆羽的书对人们是有大用处的。

可惜,宋朝的茶人大多没能理解陈师道的话。福建人蔡襄写了一本《茶录》,其中提到:"昔陆羽《茶经》,不第建安之品。"福建建安茶很好,而陆羽没有进行品第,这算是捅了马蜂窝。

没多久,福建人黄儒写了本《品茶要录》,手法相当老辣,先歌颂大宋朝政治形势一片大好,"故殊绝之品始得自出于蓁莽之间,而其名遂冠天下。借使陆羽复起,阅其金饼,味其云腴,当爽然自失矣"。黄儒断定陆羽生前没有口福,假设他喝过必定"爽然自失"。能让茶圣陆羽喝过之后茫然迷失的茶,也不知道好到何种程度了。

给陆羽画了像,黄儒还不满意,他用吸饱了浓墨的笔畅快地写道:"昔者陆羽号为知茶,然羽之所知者,皆今之所谓草茶。何哉?如鸿渐所论'蒸笋并叶,畏流其膏',盖草茶味短而淡,故常恐去膏;建茶力厚而甘,故惟欲去膏。又论福建为'未详,往往得之,其味极佳'。由是观之,鸿渐未尝到建安软?"黄儒的意思是,眼界限制了陆羽对制茶工艺的理解。在"蒸"这个工艺之后,陆羽建议摊开茶叶,防止茶叶堆积造成茶汁被挤压出来。黄儒说,建茶茶味很足,哪里害怕茶汁流失呢?《茶》经中的工艺记载太不全面了。

要之,一、陆羽没喝过什么好茶;二、陆羽对工艺的理解未搔到痒处;三、陆羽没去过黄儒心中的"茶叶胜地"建安——这算是一个茶人犯了大罪。

福建人熊蕃在《宣和北苑贡茶录》一书中为耿直的老乡黄儒频频点赞:"郡人黄儒始撰《品茶要录》,极称当时灵芽之富,谓使陆羽数子见之,必'爽然自失'!"

唐人张又新写过一本书叫《煎茶水记》,里面说陆羽曾对天下名水进行过品第。欧阳修认为此书很不客观,怒斥"又新妄狂险谲之士,其言难信,颇疑非羽之说",气头上的欧阳修又说:"使诚羽说,何足信也?"假使陆羽再生,面对一腔正气的欧阳修,恐怕只能说:"我……"

到了明朝,文人为本朝的散茶冲泡方法喜不自胜,开始嘲笑《茶经》中的制茶工艺。

沈明臣的死对头屠隆在《茶说》一书中说:至于曰采造,曰烹点,较之唐宋大相径庭。彼以繁难胜,此以简易胜,昔以蒸碾为工,今以炒制为工。然其色之鲜白,味之隽永,无假于穿凿。是其制不法唐宋之法,而法更精奇,有古人思虑所不到。而今始精备茶事,至此即陆羽复起,视其巧制,啜其清英,未有不爽然为之舞蹈者。

屠隆认为当时的茶"色之鲜白,味之隽永,无假于穿凿",质量摆在那里(如今天那些茶商挂在嘴边的话,"好喝就是硬道理"),不需要任何广告词汇来"穿凿"。"穿凿"

的意思是"勉强解释,牵强附会"。那么,屠老师认为陆羽的《茶经》是"勉强解释,牵强附会"喽?明代人屠隆与宋人一样,同样要求陆羽复生来见证明代茶叶工艺的兴旺,用词也差不多,"爽然"云云,拾人牙慧,但"为之舞蹈"是否过分?

日本人冈仓天心在《茶之书》中讥讽过明人忘性大,对唐宋茶事已经不甚了然,此说刻薄但真实。但明人偏偏要炫耀自己的行家身份。

明人冒襄在《岕茶汇抄》一书中的表现如同班主任附身,点陆羽的名,点玉川子卢仝的名:

> 古人屑茶为末,蒸而范之成饼,已失其本来之味矣。至其烹也,又复点之以盐,亦何鄙俗乃尔耶。夫茶之妙在香,苟制而为饼,其香定不复存。茶妙在淡,点之以盐,是且与淡相反。吾不知玉川之所歌、鸿渐之所嗜,其妙果安在也。善茗饮者,每度卒不过三四瓯,徐徐啜之,妙尽其妙。玉川子于俄顷之间,顿倾七碗,此其鲸吞虹吸之状,与壮夫饮酒,夫复何殊。陆氏《茶经》所载,与今人异者,不一而足。使陆羽当时茶已如今世之制,吾知其沉酣于此中者,当更加十百于前矣。

今天很多看不懂文言文的文化人,都乐意发唐人往茶里加很多东西一起喝的历史。他们当然属于粗陋不文之人,但还不至于像屠隆直接将唐人的审美定性为"鄙俗"。而且,还想象唐茶"香定不复存"的幻境。

唐朝茶道让名人冒襄很不满意,他看不上别人猛饮,只爱啜饮,简直就是妙玉的前身——何况他那么喜欢"妙"字!至于工艺,今天的普通人都不想跟他谈吧:满世界的茶饼,无非就是为保存香气而制。茶是优雅之物,不知道为何明人一定要奋袂攘臂地哓哓强辩。

夏树芳《茶董》中讲过一个酒会的段子,明代村学究的嘴脸与趣味跃然纸上:

> 宣城何子华,邀客于剖金堂,酒半,出嘉阳严峻所画陆羽像,悬之。子华因言:前代感骏逸者为马癖,泥贯索者为钱癖,爱子者有誉儿癖,耽书者有《左传》癖。若此叟溺于茗事,何以名其癖?杨粹仲曰:茶虽珍未离草也,宜追目陆氏为甘草癖。一座称佳。

称陆羽为"叟"是否合适?"甘草癖"有何佳处?

宋朝诗人王禹偁写过一首关于陆羽泉的诗:甃石封苔百尺深,试茶尝味少知音。唯余半夜泉中月,留得先生一片心。

我觉得这首诗才真正理解了陆羽,千余年来,也只有陈师道与王禹偁等几个人才算是真正懂得感恩的茶人。

茶的鸿门宴

如果一个诚恳的人,虚心去茶叶店喝茶请教,最容易听到的一家话很可能是"茶无上品,适口为珍"。这句话听上去很舒服,诚恳的朋友更会以为自己听到了上千年茶文化里流传、积累下来的饱含哲理的金句。但谁能想象得到,这句朗朗上口的话,问世可能还不到一二十年——跟茶文化有关的书里,其实是这样说的:"茶有千味,适口者珍。"

仔细琢磨这句话,"茶无上品,适口为珍",如果是茶商对顾客说的,无非是一种陷阱般的恭维。这句话预先给外行顾客的品位点赞,但实质上巧妙回避了关于自身茶叶品质的讨论,否定了茶行业共同体的价值观。

你接受了这句恭维,你会真的按照自己的口味来选茶。这没问题吗?

试想,一个观影量很少的小镇青年来到某电影论坛想学点东西,却被逼着发言。他喜欢的可能是某影片,于是就被诱导说出"对我来说,全世界最好的片子是某影片"这样的话,还得到了肯定。他会不会意识到,自己被引入了一个骗局?

"适口为珍"的故事,大多数说法是指来自《山家清供》:

> 太宗问苏易简曰:"食品称珍,何者为最?"对曰:"食无定味,适口者珍。臣心知齑汁羹。"太宗叹问其故。曰:"臣一夕酷寒,拥炉烧酒,痛饮大醉,拥以重衾。忽醒,渴甚,秉烛中庭,见残雪中覆一齑盎。不暇呼童,掬雪盥手,满饮数缶。臣此时自谓上界仙厨,鸾脯凤腊,殆恐不及。"

齑汁是什么?一种说法大致是用盐腌制咸菜后产生的黄色卤水。

齑应该有很多种,北魏贾思勰所著《齐民要术》书中,介绍"八和齑"是用蒜、姜、橘、白梅、熟粟黄、粳米饭、盐、酱八种料制成的,用来蘸鱼脍。鱼脍就是生鱼片。

这种说法内藏一种玄思,引起了很多人的共鸣,被历代文人雅士引用。苏易简所说的"齑汁美"表面上强调的是个体独特性,其实还包括审美的"瞬间性"。这个回答针对"食品"而言,更是合理。

但其实,"适口为珍"这个说法并非是22岁中状元的少年天才苏易简发明的。我最初的疑心是,关于口感上的鉴赏,年轻人再聪明也不济事。很简单,婴儿无疑喜欢香甜软糯的食物,而咖啡、苦瓜、香烟、茶、烈酒要等到成年后才能享受。甚至,一个成年人要有极广阔的胸襟与体悟能力,才能享受到北京豆汁、上海醉蟹、广东鱼饭这类食品中厨师与本地人的良苦用心。

早在唐代,著名诗人刘禹锡写了篇《代武中丞谢赐新橘表》:

> 臣某言:中使某至,奉宣圣旨,赐臣新橘若干颗。特降恩光,猥颁庆赐。珍逾百果,荣比兼金。臣某中谢。臣伏以丹实初成,包贡爱至。芬馨味重,方列于御筵;雨露恩深,忽沾于贱品。感同推食,事等绝甘。岂惟适口为珍,实冀捐躯上答。臣无任感戴之至。

在这里刘禹锡用"适口为珍",恰恰强调了美食的共通性,似乎还夸张地暗示:想不到我这么微贱的人,也能品尝出宫廷美食的好处。

对比之下,苏易简的确将这个词发挥得淋漓尽致。我们对比一下,明代人袁华在其《耕学斋诗集》中写过:"物岂有定味,适口为珍馐。"这就很普通。两者用法有云泥之别。

中医养生文化主张,药不在贵,对症则灵。食不在补,适口为珍。的确是有见地的看法。

但现在这种刚诞生不久的话已泛滥成灾,"茶无上品,适口为珍"成了比较有效果的推销话术。比较恶劣的用法是在八个字后面加上惊叹号:茶无上品,适口为珍!用在什么场合呢?凡是顾客指责商家的茶不好的时候,这句话就变成了不软不硬、软硬兼施的挡箭牌。

商家心中真的没有上品吗?未必。现在最为著名的茶叶山头是云南双江勐库镇的冰岛老寨,五年来价格扶摇直上,今年已至每斤1.6万元。冰岛老寨每年出产大约10吨,但市面上可能多达上千吨,几乎每个茶叶店都能看到。

在另外的场景中,这句话其实是比较有涵养的遁词。很多商家真爱自己的茶,也会邀请茶人去品尝。茶人却之不恭,只好去了,哪知场面如鸿门宴般险恶——现场遍布录音录像的手机与专业摄像机。

　　喝了没几杯,主人图穷匕见:"请问老师,你觉得我们这次拼配的茶叶如何?"窘迫的茶人在快门声中很可能根本没有心情品尝茶汤的滋味,但话筒已经抵到胸口,甚至要塞入口中,他只好缓缓地说:"很高兴来到充满禅意与侘寂精神的茶空间……众所周知,茶无上品,适口为珍……"

　　也就是说,咱们这位茶人已经投降了。在充满商战意味的场景中,我们应该允许茶人投降。喝茶,并不是生死攸关的事情。在这个瞬间,请大家原谅并允许一个茶人奇怪的沉默。

　　(曾园,诗人,资深媒体人,茶文化研究者,曾任《新周刊》《南都周刊》主笔,出版《词的冒险》《有茶气》《茶叶侦探》等书。)

风雅的礼物（外一篇）

张秀云

翻旧时文人小品，最易被其风雅打动。

作为礼物，赠诗赠画赠折扇赠贴身信物，这些都寻常，不远千里赠一枝梅花，就超乎常人想象了。"折花逢驿使，寄与陇头人。江南无所有，聊赠一枝春。"南北朝的陆凯出差江南，正逢梅花盛开，粉的白的花朵迎寒怒放，香飘数里，生长于北方的他，大概从来没见过如此香艳的阵势，顿时激动得不行，忍不住要攀折几枝。此时，正好遇到从北方来的驿使，就托他带一枝送给好友范晔。陇头人范晔彼时在长安，距江南路途遥遥，马不停蹄也得数日奔走吧，这枝怒放的梅花，如何能完好地送达？我想驿使起初一定是推脱的，只是架不住诗人请求。以当时的保鲜技术和交通水平，如此千里奔波，这枝梅花到达长安时，花朵肯定摇落殆尽了，只是，这并不妨碍朋友的感动，不妨碍礼物的风雅。

一坛泉水，也是风雅的礼物。蒋坦在《秋灯琐忆》里自述：一个叫余莲村的朋友到杭州拜访他，所带的礼物就是一瓮惠山泉水。惠山泉在无锡西郊，距杭州有四五百里路吧，这一瓮泉水怎么携带？挑着还是抱着，船载还是马驮？旅途上是不小的负担吧。所以，此礼不仅风雅，还可以说贵重。收到泉水的蒋坦非常开心，他把刚得的天目山早茶拿出来，竹炉烹饮，好水煮好茶，入喉甘美异常，"不啻如来滴水，遍润八万四千毛孔"。好茶在手，知己相对，二人剪烛论文，如胶似漆，真乃人间美事也。

南朝人陶弘景曾有诗云："山中何所有，岭上多白云。只可自怡悦，不堪持赠君。"可有一天，这种遗憾也被打破了。南宋周密所著的《齐东野语》记载了这样一个故事：苏东坡在山中，见云气如群马奔突，"遂以手掇开，笼收于其中。"他把满满一竹笼白云提回茅舍，打开笼放出来，那云仍能掣去变化，这个发现让他很是开心，感慨道："然则云真可以持赠矣。"

用竹笼装白云，总让人觉得心里不踏实，竹篾间隙再小，云还是有逸出去的风险。清代《绍兴府志》里记载的那个叫杨珂的人于是更换了容器，他用小口大肚的罐子来装。云气弥漫的四明山上，他以手掬云，扑入罐中，以纸封口带到山下，宴席间把罐子搬出来，来一场"云朵秀"：用针刺破封纸，"则一缕如白线透出，直上。须臾绕梁栋，已而蒸腾坐间，郁勃扑人面"。表演非常成功，酒友们个个惊呼，皆叹奇绝。此后，杨珂经常如此将云带回来赏玩，并赠给相知者。

既然白云都能当礼物，那么，花香也可以。夏天在荷花盛放的荷塘里，收一瓶子荷香；秋天在黄雪满阶的金桂下，收一瓶桂香；飞雪漫漫时，在梅林里收一瓶子梅花香。用蜡将瓶口封严实，也可以驿寄了。伊人打开这瓶礼物，香气忽地从瓶口扑出来，可会惊得她一个趔趄？

那么月光也是堪赠的。找一个月华如水的良夜，最好是秋夜，或者德令哈的高原之夜，夜幕中月圆如镜，星子宝石般一闪一闪，用盒子把星月之光收入其中，寄给相知的人。只要是真相知，他一定懂得这份礼物的珍贵。

还有，溪流声也是堪赠的。一道清澈的溪水，从高处欢快地跳跃着奔跑着，跳过一块又一块石头，抚过一片又一片苔藓，饮水的小鹿把影子照在上面，闲花把落蕊丢到里面，游来游去的鱼儿把溪水挠得咯咯欢叫。没有录音设备的年代，就用盒子把它们装了，亦是不俗的礼物吧。其他如风声雨声、蛙声蛩声、落叶声鸟鸣声，也都是堪赠的，只要受者够风雅，这些有形的无形的礼物，皆情意绵绵无绝期。

花　　笺

同样是小幅的纸，一叫作"笺"，气质立马不同，就有了竹林和明月的气息，而再冠以"花"字——"花笺"，更是妙境自现，如幽兰如朝露，不染人间烟火气了。这样的小纸，自然只适合佳人题诗，适合才子传信，适合小心地夹在书页中，在有风的日子就一杯茶细细赏玩。

唐朝才女薛涛，算是把花笺玩到了极致。清晨的天空还悬着没有退场的一弯明月，她就到浣花溪边采花去了。小绣鞋蹚着草尖的露珠，一朵朵鲜艳的鸡冠花落进她敛起的裙裾里。那些饱满的花朵被石杵一下一下捣出芬芳的汁液，将一张张白笺染成艳丽的桃红。她用这芳香的红笺与诗人们唱和往来。"双栖绿池上，朝暮共飞还。更忆将雏日,同心莲叶间。"迎来送往间弄假成真,她向元稹抛去爱情的橄榄枝。元稹也情意绵绵地回应:"别后相思隔烟水,菖蒲花发五云高。"花笺传诗,来来去去。只是,那个男人最善于纸上谈兵,于他来说,"曾经沧海难为水"那样的句子,不过是写写而已,只能证明他曾经被爱情打动过。"风花日将老,佳期犹渺渺。不结同心人,空结同心草。"浣花溪畔,女诗人终于绝望了,她卸下红妆换上道袍,专心做红笺养菖蒲去了。

相思本是无凭语,何必花笺费泪行!那些桃红的笺纸,就赠予别人谈情说爱吧。

桃红的颜色自带隐喻,自带一份不可言说的暧昧和挑逗,"鱼玄机诗文候教"几个字,宜写在这样的纸上。"咸宜观""女道士""李亿下堂妾",这些名头都是桃红的,是青秀山林中高张起来的艳帜,长安城写诗的不写诗的男子、老的少的男子,被勾惹得坐立不安,一个个揣着桃红的心思,向咸宜观进发。"易求无价宝,难得有情郎。"这是沉鱼落雁的鱼玄机阅尽千帆之后,写在红笺上的一声长叹吧。自恨罗衣掩诗句,举头空羡榜中名。谁让她是女儿身,又是如此早慧如此妖娆的女儿身?情场是非多,恨从中来,她一不小心打死了争宠的婢女,杀人偿命,美艳的人生画上了一个血淋淋的句号。

崔莺莺托红娘送给张生的那首"待月西厢下,迎风户半开",也适合这种桃红的花笺,李清照"笑语檀郎,今夜纱厨枕簟凉"也属于这种花笺。从春风得意到家国飘零,李清照写下过那么多诗篇,但这种让人浮想联翩的桃红色句子,仅有此一。如此含情脉脉的句子递到她的檀郎面前,那个沉迷于金石书画的书呆子,该魂魄猛然一酥,立马飞奔着温席去了吧。

还有一个做花笺的女子,她的命比薛涛鱼玄机们都好。"秋芙以金盆捣戎葵叶汁,杂于云母之粉,用纸拖染,其色蔚绿",这个美丽的清朝民间女子,有生之年一直被他的先生蒋坦宠着爱着。戎葵花好看,叶子也碧绿可爱,她采叶制笺,就是要给先生抄诗的吧?夜月下虫声唧唧,两个人在灯前抵头并肩,她用小楷给他录《西湖百咏》,亲密的影子印在窗纸上,一百多年之后,还羡煞我等众人。

不过与闺房相较,这等蔚绿的花笺,还是更适合于书房吧。绿笺生来就带有竹林的气质,有凌寒松柏的气质,宜于青衫磊落的士子铺在眼前,细毫浅墨,写"离离原上草",写"杨柳岸,晓风残月"。梅影在窗,青衣小童在一旁吱嘎吱嘎地磨墨,书生边写诗边吟哦,一字一音,如风过松林,如清籁起长川。绿笺之上,有一点伤感没关系,有一点牢骚也没关系,落第的蒲松龄躲进寒室写《聊斋》,那句"惊霜寒雀,抱树无温"的叹息可以落在绿笺上,骆宾王"露重难飞进,风多响易沉"的抱怨也可以写在绿笺上。人生苦短,绿笺抒怀之后,还跨上瘦马,披一身鸡声淡月,继续赶路吧。

　　苏东坡的《久留帖》,是写在一张土黄色花笺上的,笺底隐隐有花卉暗纹。那种黄磅礴厚重,是黄土高坡的黄,是"黄河之水天上来"的黄,是"漫漫黄沙路"的黄,自带着高天厚土的雄浑,雄浑里还暗潜着一股苍凉。这样的黄笺,适合岳飞怒发冲冠,适合辛弃疾金戈铁马,适合王昌龄"万里长征人未还"。

　　而碎金点点的金花笺,不着一字,就有一种富贵气象,宜于满月似的杨玉环把玩,"云想衣裳花想容,春风拂槛露华浓"这样的句子落在上面,是鲜花着于锦帛的热闹。它的锦簇花团,一般青衣小帽的寒士是拿不住的,要想相宜,也得孟郊那样《登科后》,赴过琼林宴打马御街前,志得意满地撩起袍袖,写"春风得意马蹄疾,一日看尽长安花"。薛宝钗的"好风凭借力,送我上青云"也可以落在金花笺上,尽管最后曲终人散空余红楼一梦,但不妨碍这个梦曾经的金碧辉煌。

　　那种雪浪笺,白色底子上隐着浪花暗纹,夜雪初霁般清凉和虚无,如果偈语非要找一种花笺落笔,"菩提本无树,明镜亦非台"只能落在这种纸上。但明镜都非台了,惠能不会介意外物,他心中无纸,已经随手题在寺院的墙上,题在天下悟者的心里。这样的素笺,就留给王维写诗吧,写"行到水穷处,坐看云起时",写"江流天地外,山色有无中"。也要给妙玉留一点,当初宝玉过生日,妙玉送的拜帖是粉色的花笺,出家之人,怎么用粉笺呢?这月光一样素白的雪浪笺,才更适合她"槛外人"的身份。

　　雪浪笺的素白,也算所有花笺所有世相的总结吧,一切的热烈与繁华,终要归结到素白,归结到"白茫茫大地真干净"。

（张秀云,媒体人,出版散文集《一袖新月一袖风》等,现居宿州。）

金蔷薇

旷野记

黑　马

1

旷野古老而寂静,有原始的生命力。

交替生死的村庄,年复一年的绿意,漫上石阶。

北斗七星,悬挂于静美的夜空,月朗星稀的冬日家乡,隐藏了炉火的夜话。遥远的天际下,有锋利的斧子在山林中,昼夜呼啸。

在那些低低的云彩之下,白杨树哗哗作响,秋蝉发出了最后的一声嘶鸣。

一束光,来自高高的树冠,滑落在我的掌心。

在苏北偏僻的小镇上,我靠在窗前聆听冬天的寂静,伴着屋内暗红的炉火。透过豁口的窗棂,我看到禅房花木深,青竹闪亮,一粒孤单的雪来到了我的纸上。

一座村庄蓄积了风声,雨声,读书声……

一座村庄需要声音来点亮,比如木门转动时发出吱嘎的寂寞声响。

老屋里的灯盏,亮了。窗外的松枝上映出火焰,让人有了归隐之心、还乡之心。诸神啊,请接受我倾倒的美酒吧!

此刻,星辰挤满了帐篷;此刻,葵花在古老的书籍中死去。

闻鸡起舞,你将在枯萎的隐身术中醒来。一把青铜剑穿越古今,照着你锈蚀的眼睛。

侠客安于耕读,早已忘却了名声。

2

花开半山,人心已乱。

大地之上的星辰,浩如烟海,唯有大野守护着历代的诸神。

那些丹顶鹤与麋鹿,那些猕猴与白鹭,那些浣熊与细尾獴,那些曾经深陷的灵兽的脚印,为人类的征途提供了诡奇变幻的方向。

那时,太阳燃烧;那时,漫天星辰化作流星雨。烈焰纷飞,浩大的思想在风雨中疾走,孤独落单于荒烟蔓草的岁月。

雷雨轰鸣,似盛开的情欲,裸呈着大地的秘密和火焰。

蒹葭苍苍,爱多像一场艰难的修行啊!

——这相遇于苍茫的千里之外的知音。

爱上你的忧伤,爱上你的梦境,爱上你噙着银针的瞳孔,这生活中的美和蜜意,春风才是温暖的双桨,是我们亲密拥抱时的手。

这是一个人的宗教,那个风一样的女子,正是春风的知己。

让我们回到旷野,回到农谚中的人生大美;让我们邂逅纯真的爱情,犹如这苦楝树叶的演奏,只要用心领受,一切都唾手可得。

3

我在山中打坐,忘却雾霾在与阳光角力。

——这遥远的净土,近在咫尺,安放我疲惫的肉身、圣洁的歌声以及内心的浪漫主义。

每个人心里都住着一个心灵的故乡。

有瓦蓝的天空,有青青竹篱,有皎洁的月光,有红泥小炉,有沸腾的铁水壶,有莲蓬、菩提子以及哲学意味的茶盏。

有风的鼻息,有淡泊的内心;有遥远的雨意,有人生的一米阳光。

——煮沸的,正是我们内心的湖泊。

湖泊是古老的镜子,专注于打磨明月之心。

而此刻,你正被时光的风缱绻地吹拂。我的云龙湖,让那些险象环生的大鱼自由吧,让那些飞鸿的倒影漫过我的梦境。

历代的诸神啊,在苏北传授我歌唱的秘密!

我向神摊开的掌纹里,有鸽哨阵阵,有十里桃花;有山峦的走向,有河流的梦想。

月亮湾的桃花,一遍遍轮流被月亮爱着。

——让思想者继续赶路!

4

暮色寂静,而旷野无边。

你的心是乐器,是失传的曲谱,是柔软的春天,是春天放荡的涟漪。

大地倾如摇篮,奇妙的蒲公英是晚风里四处奔跑的孩子,碰撞出甜蜜的泪珠,在苦歌飘荡的黄昏,取悦着大地。那些真理的种子,注定一次次被风派遣,随遇而安,成为生生不息的风景。

你被描述为夏日和风中的藤蔓,与春光里的美,一起打开心扉,见证阳光和风雨。

有梦无悔,一如你眼底的纯净和苏醒。

古桥之于倒影,舟楫之于明月,丝绸之于宋锦,吴语之于昆曲,洞庭山之于碧螺春,桃花坞之于寒山寺,诗情画意之于千古绝唱……在时光的卷轴里律动、展开、腾挪、雀跃。

爱旷野,爱晚风,也爱禅寺。

那蕴含了内在魔力的江南,爱过我的胸口,掀起无止无休的澎湃。

5

一粒风霜,自有比豹子更动人的花纹。

怀念古镇的琴声、庙宇的梵音,几朵梨花飘落在屋檐,红烛在寂静处暗自流泪,你在庭院里走动,如一朵淡雅的茉莉。

——这是美学的范畴。

钟声远去的山岗,野花开遍的山岗,那里曾经站着一对恋人,幸福热烈地拥抱,背对着干净的墓地。

多年之后,一场紧跟一场的大雪,如归隐的词根,落在故国宽阔的音域上。

呵,安静之美!这黄昏中的落日。

霞光掩映,风吹傍晚的芦苇,这样的场景在灼伤着我:河滩上,小沙弥还在青石上习字。

一声鸟鸣就能点亮一个秋天,我把感动捂在手心里。

直到有了盐粒一样的落雪,在草尖上跳跃,在石板上跳跃,在树丛和窗户间跳跃。

而心中的雪,是苍茫大地握不住的火苗。

涨潮的意象,温暖了我们曾经依稀的梦境。

(黑马,又名苏侠客,本名马亭华,1977年生,中国作家协会会员。出版诗集《苏北记》《寻隐者》《黑马说》《祖国颂》《江山》《煤炭书》,散文诗集《大风》《乡土辞典》,诗学随笔《诗是一场艳遇》。曾获第六、七、八届全国煤矿文学乌金奖,第五、六、七届宝石文学奖,第二届中国·曹植诗歌奖,第五届万松浦文学奖,第二届唐刚诗歌奖,部分作品被译往海外。)

高原的夜色(七章)

赵惠民

高　　原

湛蓝、宁静而美丽的高原。

天空、夜色。

只有太阳、月亮,还有放羊的星星。

吹着谷笛走向山口的牧羊小哥,把羊群拉进丰腴的谷内草丛中喂养饲养员的失意。

河水呜咽着从旁边流过,面对千年的雪山,起誓:即使大海干涸了千百次,我对你的爱也永远不变,决不枯竭。

高原的苍穹,永远碧蓝,像我在梦中偶尔听到天空的呜咽。

我只能远远地仰望着我的天空,回到月色如银的静夜。

穿　　越

我在春天到处都是花的季节里穿越。

灿烂的高原,依然是绚丽灿烂。

我曾在梦里化作一匹草原的骏马,扬蹄奋起,穿越在空旷博大的高原之上。

放眼万里高原,我目睹修行者由人成佛的过程。风也在吹拂着山顶上五彩斑斓的经幡,让人怦然释怀。

格桑花开满雄浑、敦厚的高原。藏族人桀骜不驯的白马横空出世,在万里疆场上踏蹄、飞跃。

春天的高原、草甸,喂大腿高身长的马匹,以天驹的姿势大跨步向前疾驰、冲刺。

哦,青藏高原,世界上最高的珠峰,我驾青藏烈日为马,走过千百年,把红尘缕缕的阴霾,化作桑烟升腾的家园。

柴 达 木

山垭口,横穿而过的飓风,掀起千堆雪。

涌来。

年轻的日月山,一座无法超越的山坡大盆地,变为大禹治水的湖,让山隆起,治水。

让它塌陷。

格拉丹东以亿万年众星捧月的姿势,打开明亮的阳光把盆地照亮。

柴达木的春天到处都是鲜花,时间深处,厚重的高原褶皱的额上贾商陆续出现,踏出了一条条盐官小道。

我多么爱我,多么喜爱的柴达木的天空啊。

我们的牧歌,是为了对你唱一首清脆、感人的圣曲。

这样的时刻,想你的思绪会更加如珍珠般璀璨、耀眼。

雪 山

以固执、骄傲的姿态雄踞。

格拉丹东,几千万年的沉寂,高高在上,使白头的山峦塑成冰冻的海拔,铸成雪域群峰之巅。

在高原生命的诗韵中,生命犹如一张白净的纸,将皑皑的白雪与高原旷远的风情描绘。

淳厚的雪山,在阳光之下闪闪发亮,碧空之下,连绵起伏的雪峰,支撑起青藏高原的原始与雄浑。

雪山的高度,已在巍峨的高原之上,丹峰的神韵,把冰雕的神韵镶嵌在风雨难以消磨的原色之上。

如锦似绫,银雕玉砌,气象万千。

格拉丹东,唐古拉山脉是你的臂弯。

而你,是中华民族之魂!

盐　茶

盐巴与茶叶在锅里煮了又煮。

加上酥油在"冬姆"里搅拌、浸润。

如此美妙和谐的交融,方孕育出一壶如此香浓的酥油茶。

香茶甜蜜,浸润肺腑,已成藏区大叔、大妈的生活必备,盐与茶的组合融入了藏区人家的一日三餐。

这样的生活是荒凉而清寂的,而面对雪山草原,将高原弥漫的盐茶醇香纳入心怀,也是藏族人民对美好生活的憧憬与祝福。

饮一碗盐茶,心中涌进无限清润与温暖。

盐茶弥漫的日子,青稞酒拂去岁月的风尘,赐予饱满的力量,向着高远的天穹辐射出瞩目的荣光。

飘香的酥油滋润了布达拉宫金顶的阳光,高原神秘的秃鹫携带超脱的灵魂,开始生命崭新的轮回。

日　月　山

题记:文成公主的水银日月宝镜,不幸在赤岭失手摔碎,两座岭峰变成闻名于世的日月山。

公主的宝镜变为日月山。

公主的泪水流成青海湖。

山岭,就此隆起。盆地,就此陷落。日月之山,无法阻挡公主对家国的情怀。一池青波,浸淫着公主苦苦思念的痛苦。

日月山以西、以北,全是褐色的山地、一望无际的草滩、一望无垠的戈壁和一望无垠的青海湖水。

高大的白马原地踏蹄、嘶鸣,深深留恋着疆土。

西域旷远如歌。

总会有人在日月山前驻足,仰慕,流下怀念的泪珠……

谒拜,总是以一种方式默默进行。

高原暴雨

雷电叱咤。暴风骤雨。

高原上看雨,那是花光流泻的一种气势。

憋闷了的低压气层,打开封闭的气囊,急流直泻,在雄关险隘夺路向前冲刺。

穿越这次暴雨,我在临行前许下宏愿:千万别淋湿藏族人民的牛羊马群,千万别淹没青稞的繁茂与芳香。

佛家讲究:心诚则灵。

但愿我的夙愿能化作一根定雨神针,祈求风雨以最小的撼动,为藏家百姓降下甘露,为藏区万物生灵祈福!

(赵惠民,笔名瑷瑛,山东莱州人,中国作协会员。已在《人民日报》《文艺报》《中国作家》《北京文学》《山东文学》《鸭绿江》《时代文学》《散文选刊》《今日文摘》《安徽文学》《朔方》《星星》《散文诗》等国内150余家报刊发表各类文学作品1600篇[首];作品收编入30多种选集,出版散文集3部,散文诗集2部,长篇小说、影视文学集4部。现为《散文诗报》主编。)

邂逅瓦尔登湖(外五章)

姚 园

当眸子与路牌相视,一缕莫名的激动,催生而出的心花在脸庞怒放。

尽管我深知,即使沿着梭罗曾经漫步的林荫小道不舍地追寻,我踏入的不过是被一袭风吹散的想象。

但我依然相信,脚下的滚烫不是因为这七月盛夏的缘故。而清澈的瓦尔登湖中的游泳者泛起的一圈圈涟漪,虽然不可能凝固成一条条永恒的皱纹,却划破了固有的宁静。

倘若梭罗在天有灵,他会容忍瓦尔登湖的水不再似"树林中的一个隐士"?

梭罗当年凭借自己一双手的灵巧与坚忍,在森林搭建的栖息之居,如今徒留一具框架,于时空流转间落魄。

游客中心附近倒是复制了一间小屋,可不论是不是外形逼真,或许都与原汁原味隔着不只是回味的距离。

我眼中的瓦尔登湖与我常在他字里行间踏青,在我灵魂深处恢宏的《瓦尔登湖》,隔着似乎不仅是俯仰的距离。

抑或没有距离的距离,才是距离的缘起呢。

而今生无论处于何地,无论朝不朝瓦尔登湖回眸,都丝毫不影响记忆之门的朝向。

尽管记得是忘却的开始。

在流淌的时光里

抑或是愿望先于驾驶,让我们抵达坐落于雪山下的犹他州自然历史博物馆。
先生掏出一张信用卡,眨眼间,握在手心的门票,替我们推开了观赏的大门。
流动的步伐,意识流一般通过文物、图片、文字,穿越历史的风雨。

一群在父母引领下的五六岁模样孩子,则不一样了,他们纯净的眼神盈满了好奇,那是童年的碧绿、揣度的斑斓,在他们的世界里闪舞。
或许此时,只需让他们明了,与其追究一个答案的水落石出,不如沿着一个问题多层次、多维度航行。

经历似乎教会了我们什么,又似乎什么都没教会。
在流淌的时光里,好像只能与随时可能向我们扑来的无奈,握手、言和。

另一抹光亮

午后在休斯敦街头悠游,与"前世"是一座散发着岁月墨香与迷离的邮政大楼(1936至2014年)的天空草原不期而遇。
刹那间,一丝惊奇溅起的浪花洒向了我。
不是屋顶摇身为一片芳草茵茵、植物的错落有致和鲜花斗艳的花园给人的出其不意,而是原来欲360度一览城市景象,只需要一次静静地伫立。
眸子是不是在表象的繁华与向荣上打转,因为看到的往往是看不到的一面?但我依然痴迷于路上。

不是为了看见什么,而是为了看不见什么。我不想让看见,成为能看见更多的障目的一叶。
抑或才可能让思维另辟一条蹊径,与生命的另一抹光亮相逢。

感受是自己的一片天

对于我,亚特兰大仿佛是"前往"的代称,哪怕让自己陷入词穷境地的印度寺庙。

它不会使尴尬爬上我的脸颊,美似乎从来不靠语词的堆砌,而是翩然于时间的深处,和我们温婉地相逢。

先生掏出手机对着我不停地按下快门,是为了留予他年话曾经,也是为了不是感受的感受吧。

尽管不少时候,个体的感受轻如鸿毛。但对崇尚跟着自己感觉走的我而言,感受难道不是自己的一片天吗?

何况此地本是美的一个象征,且似乎还能悠悠地倾听它的一柱、一石、一雕刻、一草一木、一花一树,那独特游离的语言,向我们娓娓道来生命中的某些或重或轻或真实或虚幻或理性或浪漫……

晃悠奥兰多

傍晚从酒店款款而出,放眼一瞥,竟然与一只在花坛玉立的秀丽的白天鹅对视。一缕激动的涟漪,驱使我朝她滑步,可她眼神里对我这个陌生人写满了警惕,并以展翅飞离,暗示她的不信任。

这世界,还有信任在芬芳信任?
直面外界的纷扰,谁不是先将自己包裹起来?

天边那抹绚烂的晚霞却大相径庭,不管我从何种角度去拍摄她,她都以淡定、以变幻多姿、以斑斓的色彩恣意。

我今天也在奥兰多漫无目的的晃悠中恣意,不觉然间踱步了13公里,是疲惫将我遗忘,还是新鲜感将我萦绕?

偶　　遇

在诺克罗斯一个偌大的停车场,我的目光竟然被一只白色的小狗在空荡荡驾驶室的窗前张望的神情牵引。

那含着三分急迫,二分失落的双眸,凝固了我的步履。

不知是怜爱式的笑意在我脸颊的流溢,还是我手臂的舞动散发的一阕善意,它才扭头,瞟了我一眼,便继续它坚定的翘盼!

一生能够遇上令已义无反顾的人或事,即使不能跟等待擦肩而过,也是一种幸福,在等与被等之间荡漾。

(姚园,女,重庆人,现居美国西雅图。美国《常青藤》诗刊主编,中外散文诗学会副主席。曾获全球征文比赛一等奖、第三届中国最佳诗歌编辑奖、丝绸之路国际诗歌艺术金奖及多项其他文学奖等。已在海内外多家出版社出版十余本文学书籍,其中散文诗集《穿越岁月的激流》荣获"中国当代优秀散文诗作品集"。2012年出品海内外第一盘散文诗配油画的DVD高清专辑——《流淌在时光之外》。)

七步，抵达诗意苍茫的圣殿（组章）

李春林

七步，时间之光

时间的光，是生命的奇迹，蛰伏在黑暗里，核心虚无，目标浪漫。

然而，在三国时代的八斗，江山如画，风语如历史的咒语，无法抵达诗意的神谕，曾经相守的多少豪杰啊，在此沉寂于树木的深邃和泥土的辽阔。

诗意的散漫，却缥缈在一种古老的眼里，七步，那瞬间的梦想，修改了多少难以破解的历史密码，同时又打开了多少难以回避的历史难题。

圣殿之上，九州风神，帝王低微，蝶舞天涯，那些沉寂的影子，在七步的路上，充满纠结，流逝的光芒，让一个人独自地看见了遗落于泥土的星光。

七步成诗，让一个灵魂深处的自渡，在刀剑如梦的眺望的深处落入凡尘；让一个生命最初的梦想，在一种朴素的机智中，可以想起明天早上，那青青的朝阳获得重生。

七步，只是路的一种借口

路，拆除包装的江湖久远。七步之路，曾经在梦里相见，在慢慢而来的崖壁上邂逅。七步之路，那是七步江山，那是七步天涯啊，它隐藏在枯萎的花中，让人看不见草原和炊烟。

七步之外，庭院深深，墙角的彼岸花，是纯粹的帝王预约，是无差别的宫廷之火，是摇曳多姿的眺望与秋叶！

诗语如兰，远离的依恋，在乎一种借口之后的别离，在于邂逅之后的诗句深邃。时间会在那只水鸟起飞的地方等候,河流依旧。

八斗之才在慢慢地等候,那成熟的芦花深处,荡漾起往事的苍凉,那深深的哀怜获得重生。

七步之外,爱会消失于苍茫

爱,一种苍茫有度的记忆,会在寂寞高远的云朵之上,散落的历史的花语。垂暮的江南丝竹、迁徙的候鸟,面对裸露的江山经语,为难层层。

唉,酒意朦胧,江山觊觎,兄弟向南。那些曾经的伤害,需要多少勇气去表白。

青梅竹马,如斯的红豆,立于天地。造化不灭,是谁的眼睛,静美了一世情缘?

时光之旅,江山的远方,让那一片片绿色花海,难了殿堂之上诗语受伤的彷徨!

是啊!是谁?醉了红尘。失望的颓废,让那游离江南水乡的茉莉花,获得重生。

七步天涯,守望的是谁的眺望

一种守望,如风中苍茫有度的波澜,让一方浸润历史密码的影子深入骨髓的眷念。

再次感受,再次感受七步诗,再次读懂了千年的芳香,再次感受到了那些时间不语的卑微、轻轻地藏于心底的荒蛮。

在八斗,历史的回眸纵然记忆消失,而重生的风雨也会带来时间的蹉跎,沧桑的浪漫也会给予田野不一样的生命的芳香。

那些失却的精彩,不会丢弃人生的情怀,也不会离开秋叶的记忆与远方。

在一个清晨,风会轻抚月色朦胧中的桂花,静静地回望炊烟袅袅中那句冷冽的秋词,在一种忏悔的誓言中,翩然而至,轻轻地了却了一桩历史氤氲的重生之缘,抵达诗意苍茫的圣殿。

(李春林,安徽省作协会员,中国散文诗协会会员。在《诗选刊》《诗歌月刊》《散文诗》《中国散文诗》等发表诗歌、散文等近300篇首,出版诗集《孤风》、散文诗集《蓝梦》。)

八斗岭

我们只有回家这一条路可走

宇　轩

童　年

友人问我如何看待自己童年。

为获得答案,我听肖邦,喝山芋小米粥。然后来到屋顶吹一会二十一世纪的风。星月在上,仿佛生命里一个个漏洞。与此同时,关于童年的许多切片,仿佛医学院解剖室内那些标本:醒目,辣眼。

在信中,我向友人坦白,我的童年就像一个泥坑。相对于泥鳅、鳝鱼来说,它是一块福地。相对于芦苇、马蹄莲和觅食的白鹭来说,它依然是块福地。但是归总到人的命运,一个深陷在泥坑里的童年肯定危险。经验告诉我,当我从泥坑里爬出来,这份艰难,甚至可以绵延到自己的青年、中年、老年。也就是说,我现在的所作所为,我之所以成为这样的人,很大程度上,受益于童年的经历。那种类似于铁丝勒进肉里、骨头里的刻骨铭心。类似于铁钉嵌入门框里的一股狠劲和暗暗的接受。

也可以把童年形容成一粒酵母。撒在雪白的面粉里,就可以丰富食材的口感。让自己活在当下,成为把柄和笑料的同时,还有勇气好好照顾自己胃口,好好吃饭,好好活着。那种奔腾在舌尖上的味道,是人生蹉跎之后的一次甜蜜补偿。是的,无论走多远,见过多少风景,都是在尽可能给予童年最大的补偿与修正。

童年当然可以是一座雪山,与生俱来的高度有如神授。它那样白,那样穷,那样无为和徒劳,简直可以把时代逼到一个死角。把人,推送到一个低得不能再低的低谷。现在回头去看,仿佛柳暗花明、曲径通幽。只是揣着一份类似于氯霉素一样的苦涩与经历万水千山之后的心知肚明。

如果将来有可能,我希望可以写一本献给母亲的书。写童年的我还是那样多病,那样饥饿与自卑。母亲还是那样倔强,在隆冬之夜,一个人去河里破冰摸鱼。写她还是那样年轻有力,可以用门板夹住前来觅食的野狗。柴火辉煌,那一夜,我们把狗视为恩人,因为它度过我们的命。

湖水与月亮

湖水承载着童年的欢乐与无知。成年以后,湖水可以埋人,可以成为蜃楼,可以度己。一个人在世上披星戴月地走了太多弯路,他最大的理想就是成为湖水本身。最不济,也要成为湖边一棵垂柳、一株苜蓿。再不济,哪怕一根浮木,也要被湖水定义和鞭策。湖水可以升起隐逸之风,它在人群左边,也在人群右边。最大的可能是澄明在心。风动云动之时,我在哪里已经不重要。时间在这里成为一个虚词。人间如果还有审美,湖水的品格让我们终身受益。月亮呢,月亮是亡父的替身。它是心意里面一个永不弥合的漏洞。它是喻体,也是病根。世世代代,它是庙塔上面广为流传一个经典,也是山下永难治愈的虚肿喘嗽的慢病患者。甘草与当归拿它没办法,酒瓶和碗筷也拿它没办法。

雨水和大雪

一生都在泥水里赶路,一生都被语言观照,试图写下一首游子歌。屋漏偏逢连阴雨是一种人生,芭蕉夜雨残灯明是另一种人生。雨是天梯,也是天意。感受它,就是与神对话。感受它,才能再造一块干净的陆地。雨是消息,它的读者广众,无论江南江北、广东广西。雨是恩人,它替我们把人字形屋顶清洗一空,替我们把肩膀上的尘埃反复拍打。

大雪呢,大雪似是故人来。大雪还像从前一样,很美丽。皑皑又披靡之时,英雄遗落在江湖。你见过一根枯枝从雪地冒出来,这枯枝成就了一种朴素的生活,也成就了语言和传统,甚至是偏见。你见过一只麻雀在雪地觅食,这麻雀,引荐于古人,也喂养了今天。炊烟是从前事?在记忆的册页里,因为大雪,炊烟有了神来之笔。是啊,在大雪中,参加过许多亲友的葬礼。在大雪中,我额头触地,跪送老父亲最后一程。

雪是加冕,也是安慰和宽恕。

雪是遗忘,给你空茫而彻骨的回不去。

拉萨与杨店,约等于梦境和现实

想吃梨,想吃苹果,即使隆冬腊月,出门去往对面超市,反季节果实依然可以购买。

想去藏区喝一杯酥油茶青稞酒,坐上 Z164 绿皮火车,背包里放一盒高渗葡萄糖,也就去往高原了。看着梦一样的天空与牲口,我心律失常却又两眼温热。从六千多米的垭口俯瞰人生路。穿行于圣域高原的风告诉我:是钉子,就该找到你的门楣。是木头,就回到你的榫卯。是陀螺,就去寻找你的鞭子。是浮木,就去苏醒你的长江水。

所以我轻微地动荡之后,像鱼,开始它溯源的念头。

杨店是一封信,写信人与收信人是同一人。杨店如当归,如策兰和王维。它是一枚硬币的两面。它如此丰富却又十分偏远和偏僻。所谓成熟就是接受现实,像果子,接受枝头的送别,然后义无反顾地叩响它泥土中的大门。暂时哪也不去了,把老妈妈照顾好,喂她温水与饭食。把杨店活成一个道场,一生都在练习一个忍字。一生捧着父母的策源地,像捧着我在世上最小的孩子。

现实之诗

  两声巨雷之后,村里突然停电
  史诗与科幻惊险于树林上空同一张银幕
  此刻谁在人间仰望
  谁就是它语言里的氛围
  谁就是它散落在民间的音符和雨滴

当我写下这首诗,麒麟与麋鹿在天空相遇了。巨象和万重山若有若无。在同一条渡船上,扮演乘客的是辉煌和暗淡。与此同时,人、鬼、神在闪电的枝丫上、甲板上、峭壁上,被一双具有统筹之力的大手推到风口浪尖。树林上空的银幕,又一次重现史诗般的自然大片。人们透过被闪电划伤的玻璃窗户,再次确认夜晚如隧道,出口即入口。一端系着现实,一端涉及科幻。总之,无论你从哪个方向打量它,深入它,感觉它,每一道闪电都是神的血管,被人间连接;每一声雷鸣都是神的语言,被人间拾掇。房屋被死死按在雨水中是有原因的。像一个人犯错了,低着头,接受内心的问责与思考。请允许人们躲在窗户后面,谈论收成,也谈论报应和惩戒。借由闪电和烛光烘托的脸庞,写满小心是有原因的。大风如古时的酷吏,经它斩落的树叶,交由雨水来收殓。每一片落叶,约等于惊涛骇浪的小木舟。

论 写 作

屋顶的月亮,挂在枣树的月亮,清明的月亮,冬至的月亮,还有童年的月亮和衰老的月亮,为什么它能美如玉盘,又为什么残缺如心中一点悔恨和惆怅,紧挨村庄的小河早就被园林公司夷为平地了,记忆里的小河水为什么还在欢乐还在涓涓不息?

老母亲喊我老六。我也经常喊自己老六。我常说,老六,咱们散步去。无数次面对湖水,眼窝和心胸确实被南风吹疼了。而湖水告诉我的,我却不能向你转译。

为什么我常常看见大雪中的房屋、墓碑和孤零零的柿子树。

为什么我会躺在开满紫云英的田埂,仰望白云,放牧牯牛和白鹭。

童年的草房子早就被时代洪流冲毁了,为什么我还能如数家珍,记得房子里的水缸、镰刀、五斗橱以及枣木箱子里的口琴。

为什么我会成为一名村医,而不是律师、刀客或者乡长?

在巴掌大的杨店乡,我所有的敌人都在这里,为什么我还赖在这里不肯走?

旁　见

饥饿属于悲剧范畴,死于饱腹确实是自找的。但凡侃侃而谈读过多少书,拥有多少学问,应该警惕此人或远离。你不可能计算出这辈子吃过多少谷物,喝过多少水,走过多少弯路,吃过多少亏,但它们能长成你身体里砖瓦榫卯。遗忘是一门学问。日常生活如同竹篮打水。日复一日,往复循环才是伟大的孤品。

世界不需要人类,时间也是。阅读是一种观看,它讲求辩证。

阿莫西林虽是广谱,但也致敏。

有的病人你施针两厘米,即可得气。有的病人你扎下去五厘米,没有一点酸麻胀痛的感觉。尽量不引用前贤说过的话,引用是没有办法的事。拳拳之心,其容积量取决于你能释放多少。释放了,才有接纳的空间和余地。恶补与填鸭,不易消化。我们说小米粥养胃,高汤滋补,那是慢功夫得来。外国人名字包括外国作家名字,几乎都很长,记不住也在情理之中。但别忘了父母生辰和忌日。别忘了方言滋养过的原乡在哪里。万物皆有呼吸,只是维度不同而已。你呼吸你的,让左肺和右肺尽量清明。至于生命的原动力是什么,请你写信告诉我。活到现在我们为何不死心,难道明天还有盼头?总之我来北京已经二十六天没吃米饭,依然活着且健康,可以慢走和快跑。

是故乡,也是世界

身为农民,我常年与老母亲隅居合肥北部乡下。在诗中,我说自己,也说我的老母亲像一棵大树那样几十年不曾出门。在鲜红的农村土地承包经营权证上,明确记载我承包了4.15亩良田。每一块土地所处的方位都被卫星精确测量、标注,并登记在册。土地流转之前,我种植过稻子、玉米、油菜、花生、红薯、大豆,甚至还有甘蔗与西瓜。日常生活所需应季蔬菜,也都自给自足。在菜园周围,我曾栽下梨树、橘树、桃树、枣树和葡萄树。如今这些果树有的花开,有的结果。果子成熟时,想起来,就去摘一些回来,想不起来,就任由果子落在地上,被风吹日晒,被鸟儿啄食。土地流转之后,园林公司在这里种植花卉苗木。我时常以旁观者身份,重回那些养育我的良田,深入纵横交错的小径与花海,像深入它的困境、它的蜕变。一次次试图动用语言,转译它们与我在内心世界的对话。日常即诗,诗就是我的生活。更多时候,我像一个迷途归返的游子,每天沿着小河水、小树林、土地庙,沿着落日和鸟鸣回家,又一次次迎着破晓的朝霞、和煦的南风,裤脚沾满露水与草叶,开始一天的工作。在诗中,我安慰自己:这里就是世界,这里就是故乡。

写作如修行

日常即修行,语言即宗教。因为写,眼前的拖拉机、池塘、小河水有了越过现实的志向。因为写,四季之外别有洞天。灰心吗?那灰烬中的一点火星,或许可以成为冬天这个最忠实的朋友。"比喻是没有办法的事。""有时治愈,常常帮助,总是安慰。"只有母亲头上的蓝布巾最了解母亲的头痛病。"你要相信在世界的某个地方,一定存在着与你灵魂相契的人,找到他,并与之相认。"写作,即是寻找。还没来得及认识的人,我已不想再去认识了。但愿我能做到。

倒春寒确实凛冽,干脆向田野求得一个"忍"字。向落日学习它的赤诚与朴真。在梦中,我发现自己的门牙掉了。在梦中,老父亲敲着床沿说:"喂点米粥给我啊,我还要赶路。"身心里面的加工厂,医学无法检修的,请交给语言。语言无法弥合的,请交给晨光和晚霞。别心虚,别嫉妒,别诋毁,别冷漠。米粥在碗,如白玉。白盐在陶,如细雪。可以喊来虚心、虚竹,听一听高山流水。但要警惕虚情和假意,因为天要下雨,云要打雷,闪电需要漂亮的湖水。

所有的清明是同一个清明。

冥 想 者

> 加缪在书架上呈现他小说里的命运
> 米虫在米缸里韬光养晦
> 我是悲观的
> 是说游鱼在水,而小河水几乎把我烫伤
> 我因此像语言寄养在各州各省
> 已经2024年了,人们除了吃饭
> 还会低头看手机

日常即法典。谜底早已公之于众,而谜面还不肯取下面具。请喊我枯叶蝶,请喊我江淮张。尽一己之力,我邀请你参加七月份的漂流派对,在山中。你是知道的,在审美世界里,哪怕差距只有一厘米,也能成就凛冽和教训。一厘米窗口太宽敞,请填充加缪、策兰与王维。这一天我十分悲观地说待洗的碗筷与我雷同。屋顶阴云正在加重我内心负担。老妈妈的旧手杖、黑轮椅,抽屉里老父亲剪去一角的身份证,它们暗藏一个新时代机关。

这一天我十分悲观,是说米缸长了米虫,书架多了几粒尘埃,小河水多了几只鱼肚白。

小河水可以是册页,是史书。是一些旧账。最大可能,小河水是生病的乳名,寄养在各州各省。我迟到了。以致针尖上的集会，空留我一人。一种想要蒙头睡去的念头，让我差点跌落于市井。

药物无法治愈的地方

上次我们说到汗水与万重山，
今天我想谈一谈雪崩。

从面粉里面拣出盐粒，
从语言里面找到活下去的勇气，
这就是我一天的工作。

老妈妈病情日渐加重，今天她在房间里
耗费两箱中老年高钙奶，制造了
属于她的沙滩与大海。

我尽力了，是说药物无法治愈的地方，也是一种生活。
我尽力了，是说落日里面一个我，
泥潭里面一个我，粪水里面一个我。

还不够啊，所以工作之余我请加缪来帮忙。
四面碰壁之时，我请当归来帮忙。

屋顶很空，屋顶仿佛在说我是有生活的。你见过井绳提着吊桶死死抱住它的轱辘。你见过青苔长在井沿上，青草顾盼在墙头上，时间投映在门楣与眉头上，这一切都是崭新且意义非凡的。旧的你时时提醒自己要突围，要勤快，要温和。你要相信奇迹在昨天发生过，今天它也有可能降临在某省某县。时至今日，加缪还像松枝一样年轻，王维还像江水一样散发着古意的惆怅。而老妈妈的健忘症，仿佛石头忘记它本生活在大海中。

对不起啊，我的导师，我的当归和甘草。在药物无法治愈的地方，有我的亲朋挚友。

在药物无法治愈的地方,幸亏还有生活与审美。有几次,我在阳台上,望着梦一样的小树林,那里有一首诗的起点,也有一首诗的骸骨。

面　　壁

　　之前干旱。也就有了久旱未必逢甘霖的窘迫和担心。每日下班回家,先给卧病在床的老母亲喂水。然后提桶,去菜园给番茄、黄瓜和茄子浇水、除草、扶枝。我们说每一滴汗水都不会白白流淌,是说汗水里的盐分。是说马帮,终将越过万重山而来到人声鼎沸的小市集。我们说每一滴汗水都不会白白流淌,是说,菜园到了六月,果然有了收成和教训。

　　如意是一种果实,不如意是另一种。艰涩是一种果实,欢乐是另一种。

　　这么说,人生就像一棵大树。为柳为槐、为柏为松讲求造化。事实证明,红苋菜十分养眼,小烛台十分养心。我祝你所得即所愿。我祝你晴空霹雳之后,是一场酣畅淋漓的雨水。所以别气馁,别灰心,也别高兴过头。

　　所谓日常,就是驴推磨。尽管卸磨杀驴的事常有。医生说,老者说,与菩提说,仿佛三条河流汇集于一处。筋骨劳累了,睡一觉,就会轻松如常,为了明天还有奔头。可怜的是锄头。长时间不用,就会生锈和腐烂。铁也是有生命和尊严的,像极了我们身体里的二百零六块骨头,像极了房梁上的木头,不承受一点辛苦,不经历一些负重,就对不起它的榫卯。心累了,就要走十万步台阶,去虚空那里,找到妙有。去心那里,找到心。我们只有回家这一条路可走。

(宇轩,本名张宇轩,乡村医生。中国作家协会会员,安徽省文学艺术院第六、第七届签约作家,鲁迅文学院第45届高研班学员。曾获首届屈原诗歌奖,获第二届"全国十大农民"诗人称号。)

诗意地栖居在这片大地上：走近十八联圩

顾雯鑫

十八联圩，氤氲在秋分时节，燥热与凉爽在明媚中交班，气候转换为浓浓秋意，辽阔地域上的片片绿意和凉凉水流也显得分外生机勃勃。芦苇荡里、水稻田间，各种鸟类正在湿地里或闲庭信步，或盘旋飞舞。宽阔的芡实叶子静静地在水中铺开，追着蓝天的倒影，水边的荇菜绿叶附贴水面，晶亮小巧的黄花亭亭立于水上，一路上盛开的各色格桑花高举着手臂，迎送来往游人和巢湖之滨的风。

1

夕阳下，只见合肥的"母亲河"南淝河的河水从十八联圩的湿地静静淌过，缓缓流入巢湖。放眼林湖水草、沿湖民居、田园水榭，尽是金光流淌。正值难遇的中秋节与国庆前后脚的八天长假期，八方游人纷至沓来，在茫茫芦苇荡边上拍摄氛围感十足的婚纱照；在一望无垠的湿地旁静静等候，只为一睹有"鸟中国宝"之称的东方白鹳；在绿色天地间执一支彩笔，任由灵感迸发，在纯净的画布上描绘出心中那幅最美的环境写生……

游客们近距离感受着十八联圩的精彩蝶变，感慨着乡村振兴的勃勃生机，也深刻感悟着"全面推进美丽中国建设、加快推进人与自然和谐共生的现代化"的实践伟力。

2020年8月19日，习近平总书记到肥东县十八联圩湿地考察并作出重要指示，巢湖是安徽人民的宝贝，是合肥最美丽动人的地方，一定要把巢湖治理好，把生态湿地保护好，让巢湖成为合肥最好的名片。

殷殷嘱托，言犹在耳；厚望如山，催人奋进。

3年来，合肥大力推进巢湖治理、保护与修复，对十八联圩生态湿地的规划建设方案进行调整,项目分四期建设,聚力打造碧水、安澜、生态修复、绿色发展、富民共享"五大工程",全面推进经济社会绿色转型发展,一幅人与自然和谐共生的美丽图景正徐徐打开。

2

通过航拍无人机鸟瞰,能看到这块亚洲最大的近自然人工湿地随处充溢的是彰显生命力的翠色,沼泽湿地、多田湿地、林草湿地错落分布,还有时静时动的鸟儿们装点着画面。

这样一幅生态画卷仿佛大自然的鬼斧神工,可它绝不是一种杂乱无章的野蛮生长,而是在一帧帧画面里,可以强烈感受到不容忽视的人工匠心的存在。

缓缓升起的镜头里,一片黄灿灿的田野中,8个青翠大字引人注目——"巢湖,合肥最好名片"。

或许你要发问,这里是被改造的吗?

它以前是一方什么样的水土?

它有着什么样的故事?

3

一幢小楼房伫立在南淝河边的不远处,这是合肥十八联圩生态建设管理有限公司的办公地点。小楼的后面,有一棵不知是移植来还是原本就在这里生活很久的香樟树,四季常青的树冠亭亭如盖,微风轻荡,将夕阳的碎金摇曳在李家政眼底,像一双瞳仁,紧紧盯着远方,久久不动。

一双沉思的眼,一颗跳动的心。

从昔日的长临河渔场场长变身为今日十八联圩湿地的建设者与守护者,看着眼前这片湿地,十八联圩生态建设管理有限公司董事长李家政的内心百感交集。

十八联圩得名是因为这里很多地方因地势低洼形成圩区,大大小小共有十八个,曾是巢湖近岸的自然蓄洪湿地,早些年人们的生产生活都是在圩区内开展。而今天的十八联圩生态湿地所在区域的前身是一个被百姓们唤作"2814渔场"的渔场。现在很多周边的年轻人可能都甚少知道,只经常在老一辈的家人口中听说过。

此处原来之所以叫"2814渔场",是因为在20世纪80年代,为满足市民对于鱼类食品的需求,同时也为了环巢湖沿岸的农户致富奔小康,环巢湖沿岸建起了一批渔场,当时的长临渔场由此诞生。长临渔场是联合国粮农组织与中国政府合办的2814水产项目之一。渔场于1987年开工建设,1990年全面投产。

30多年前,李家政从水产中专班毕业后,来到2814渔场工作。在他和渔场同事的共同努力下,渔场养殖品种逐渐齐全,养殖技术标准日益完善,养殖的亩均产量提高了,鱼类更丰富了,亩均利润也提高了。村民的"钱袋子"鼓起来,市民的"鱼篮子"丰起来。同时,渔场在水产的主业发展一片大好的局势下,相继开发建成"农家生态庄园""休闲垂钓园"等项目。据当年渔场的工作人员回忆,当时场内池塘星罗棋布,沟渠纵横交错,修有场内道路,宽广平坦,可以直达每口鱼塘,游人、垂钓者络绎不绝。

但是,到了21世纪,致富途径不仅是渔业,粗放的水产养殖方式一步步蚕食着这里的生态环境。长期的围湖而渔、投放大量饲料、尾水直排对巢湖水环境造成不可逆转的影响。同时,围湖造田的开发,大量的人类活动介入,让这里的生物多样性也遭到了一定程度的破坏。最关键的是,每年的长江中下游的梅雨季,让地处江淮分水岭的圩区成为洪涝的重灾区,不仅渔场正常的生产活动大受影响,也严重影响到周边群众的生产生活。

4

为生态让路是大趋势,也是历史的必然。

2016年的特大洪涝灾害使得整个十八联圩湿地全部淹没。为了沿岸居民的生活安全,也为了守得一湖安澜,肥东县决定针对受灾的圩区实施"退居退渔"工程。而李家政的身份,也从渔场场长变成了渔场关停的推动者。在与渔民们协商后,曾经风风火火的长临渔场在一夕之间整体关停。

2018年,十八联圩生态湿地修复工程启动。从恢复湿地内自然植被到恢复游禽栖息地,再到消除鱼塘底泥污染释放风险……一系列生态湿地修复的建设工程拉开了帷幕。

2020年的夏天,湿地建成过半,巢湖流域连续遭遇九轮强降雨,面临超历史水位的洪水。为了打赢巢湖保卫战,7月19日,合肥启动十八联圩分洪蓄洪,缓解了城市防洪压力。庆幸的是,大水过后,大部分湿地建设成果保存完好。

一个月后,习近平总书记深入安徽考察调研,将防汛救灾和治河治江治湖作为考察重点之一。在肥东县十八联圩生态湿地蓄洪区巢湖大堤罗家疃段,总书记察看巢湖水势水情并作出重要指示。此后,合肥继续加快实施巢湖生态保护与修复工程,坚持不懈推行内湖生态一体化治理,同时,坚持"生态湿地蓄洪区"总体定位建设湿地,围绕保护好行蓄洪和生态保护功能,优化调整设计方案:一是筑牢洪水之库,作为南淝河超百年一遇洪水前置库,总蓄洪水量约1.3亿立方米;二是打造巢湖之肾,作为南淝河旁路净化系统,年净化南淝河水量约2.1亿立方米;三是构建百鸟之巢,丰富区域的生物多样性,营造多种湿地生境,提供鸟类、鱼类栖息场所。

5

"关关雎鸠,在河之洲。……参差荇菜,左右流之。"

在湿地水泊上行船,宛如置身江南水乡草荡,会不时惊起一滩鹭。芦苇边上,绿头鸭或游弋,或扑朔,倏忽,一只游隼张翼掠过,优美弧线打破了一池平静。

而湿地深处,33座生态渗滤岛星罗棋布。这是生态湿地建设中最具特色的亮点。它们位于湿地修复工程三期区域,如同一块块在水一方的绿洲错落分布,别具一格。很难想象,看似浑然天成的生态渗滤岛,原先竟是连片的养殖鱼塘,退渔后鱼塘底泥中氮磷元素严重超标,如何处理这些污染的底泥是湿地修复工程面临的一大难题。

工程人员采用淤泥筑岛和生态渗滤技术,将鱼塘底泥就地转化,岛下用工程桩固定底泥,再种植上池杉、乌桕、垂柳等乔灌木,吸收底泥中的氮、磷元素,不仅解除了底泥中污染物释放风险,更让这一个个小岛成为鸟类栖息的天堂。岛与岛之间的水域,栽种荷花、睡莲、芦竹、苦草、狐尾藻等挺水植物、浮叶植物和沉水植物等37种植物。这些湿地植物错落有致、相互协同,已构建较为完整的水生植物净化系统,有效削减了南淝河入巢湖污染负荷。

除了这些生态渗滤岛外,针对鸟类、鱼类、两栖类等不同类型生物的栖息需求,十八联圩湿地还构建了包括季节性草滩、湿草地、滩地、芦竹沼泽、浅水区和深水区在内的多样化湿地生境,形成了良好的湿地生态系统结构。

6

生态环境好不好,鸟儿用翅膀来"投票"。

黄胸鹀等濒危鸟类的出现,就是环巢湖湿地生态环境持续向好的佐证。黄胸鹀又名黄胆、禾花雀，对栖息地和环境变化十分敏感，属国家Ⅰ级重点保护野生动物，被《世界自然保护联盟濒危物种红色名录》列为极危物种。

采访时正值仲秋，是来十八联圩寻访鸟类的最佳时光。秋高气爽时节，芦苇将枯未枯，芦花似白非白。跟着专业的"追鸟人"老钱，他不断提醒"轻轻地、轻轻地……"，悄声摸到芦荡中，小心翼翼探出头，目光正好与水边漫步的白琵鹭相接，它们温文尔雅，形体优美，步态轻盈，呈"一"字形散开，从此岸到彼岸，来回折返，搅动一池秋水。

观鸟爱好者张力早年就经常到十八联圩来拍鸟，他说："那时候还没有治理，很脏很乱。现在风景优美，我们的画面也经常会捕捉到新'来客'！"还有观鸟者告知，在十八联圩还观察到东方白鹳、黄胸鹀、白琵鹭、红胸秋沙鸭、小天鹅、蓑羽鹤等国家一、二级保护鸟类近2000只次，数量占环巢湖湿地的一半。而随着生态湿地建设的彰显，这一数字正在逐年增加。

现在的十八联圩抬头水上有鸟，远眺水中有绿，俯身水下有鱼。春秋季节一群群的鸟类迁飞经过这里，白日惬意游走于泥滩，稍事观光和觅食，而后找一落脚处享用食物，待能量补给充足后继续迁徙，余下一串袅袅清鸣。

随着三期工程完成，环巢湖十大湿地全面建成，十八联圩湿地生物多样性也在稳步恢复，已成为合肥所有湿地当中生物多样性最集中的地方。这个慷慨的野生生物聚集地不仅有美丽高贵的鸟类，还应包括那些默默奉献、其貌不扬的底栖动物，乃至芦叶芦花和野草。它们是维系这一华丽家族的生物链，又是华丽家族的家园所在。

7

巢湖治理，湿地是天然的屏障。

作为入湖河水的"净化器"，十八联圩湿地在污染拦截方面也发挥了重要的作用，主要污染物指标进水氨氮和总磷比治理前削减了一半。2022年11月10日，《湿地公约》秘书处为合肥颁发了"国际湿地城市"认证证书，合肥成为全球43个"国际湿地城市"之一，这项荣誉代表了合肥湿地生态保护的最高成就。

2022年9月，作为国家150项重大水利工程之一，十八联圩生态湿地蓄洪区项目开工建设，总体工程将于2024年完工。合肥坚持生态湿地蓄洪区的定位和规划，保护好生态湿地的行蓄洪功能和生态保护功能。具体而言，生态湿地蓄洪区兼具"防汛+生态"双重功能，洪水来袭时发挥蓄洪功能，成为洪水之库，力保城市安澜，平日里则发挥湿地物质生产、调节生态平衡、调节大气、净化水质、为动物提供栖息地等多重作用。

作为南淝河超百年一遇洪水前置库,合肥十八联圩生态湿地建设管理有限公司总经理童亚峰介绍说,十八联圩原四期、五期方案修改完善后,将建设蓄洪区建设工程和生态湿地修复工程两部分,建成后十八联圩湿地总蓄洪水量约1.3亿立方米,可降低合肥主城区洪水位约0.2米,将有效缓解主城区防洪压力,充分发挥生态保护功能,让巢湖这张"最好名片"更加亮丽。

8

眼下及可以预见的未来,十八联圩都让人欢喜和期待!

因十八联圩生态蓄洪区建设而转型、搬迁的渔民们,如今都过上了新生活——入住了整齐划一的安置小区,居住环境改善了,饮用水安全了,还在家门口找到了新工作,最关键的是,过去那种"一发大水,一年辛苦劳作就白费"的日子,一去不复返了。

十八联圩背靠合肥市区,"水陆空"皆有令人心醉的风景,交通便利,有着得天独厚的区位优势,搭配上辽阔的水面资源,可以说是发展文旅产业的"潜力股"。在城市打拼了一周的市民,闲暇时到这里来个一日游,岂不快哉?

近年的端午节,长临河镇都在十八联圩湿地举行龙舟表演赛,游客在走进湿地观赏美景的同时,也可深刻感受传统文化的魅力。湿地的科普宣教、旅游观光作用逐步显现。十八联圩将被打造成集生态养殖、绿色种植、度假体验、科普教育等多功能为一体,以"生态湿地+"为主题,具有示范带动作用多功能融合高质量发展的生态湿地,擦亮"生态名片",激活乡村振兴内生动力,让湿地真正成为市民共享的绿色空间。

9

十八联圩有不少茂盛的香樟树。几十、上百年的香樟,承载着岁月与乡愁;更多的是风华正茂的新绿,昭示着新时代的生机和希望。香樟树下,不施农药的绿色生态大米正以喜人的长势迎接丰收的季节。

步入新时代,"大湖名城"合肥市生产总值逐年增长,2020年跻身万亿城市俱乐部。十八联圩生态湿地风景好,承载城乡一体化发展的巢湖污染不增反减,展示了一个快速崛起的新城与生态环境和谐共生之"道"。

现今,几个世纪前德国诗人荷尔德林诗句中写的"诗意地栖居在大地上",如何实现它已成为现代人寻找的命题。让湿地保护成果惠及城乡居民可能是答案。城乡融入自然、水脉贯通城乡必将是一座美丽城市乃至美丽中国的基本格局。我们期盼拥有与自然和谐相处的美好生活状态,湿地保护道阻且长,行则将至。

（顾雯鑫,肥东县融媒体中心团委书记、记者,肥东县响导乡蒋祠社区党总支第一书记、驻村工作队队长。）

从"五柳村"到"千柳村"(外一篇)

张守福

柳树,适应于各种土壤,有易于繁殖的特性。因而,在历史的长河中,它始终与人类相伴。据说,古人对树木的钟爱,一是槐树,二是柳树。槐树有根脉的寓意,有寻根的念想,"若问老家在哪里,大槐树下老鸹窝",从古至今,已成为国人的共识。而柳树代表了新生的希望和对未来的憧憬,"碧玉妆成一树高,万条垂下绿丝绦。不知细叶谁裁出,二月春风似剪刀"。大诗人贺知章的《咏柳》诗,写出了新柳的柔嫩妩媚,细叶葱翠袅娜,似二八怀春的少女,身着新衣,舒展着杨柳细腰,等待着春天的拥抱。

所以,千百年来,柳树走进了人们的生活,不仅被赋予了各种各样的文化意义,而且也一直是历代文人墨客的歌咏对象。众多诗句,把史上的"折柳送别"场景渲染得淋漓尽致,已成为传统文化的一部分。

有心栽花花不开,无心插柳柳成荫。柳树种类繁多,水柳、旱柳、垂丝柳、清明柳、垂杨柳、丝柳、烟柳……各地叫法不同,赋予的文化含义也不一样。柳树生命力顽强,即使在恶劣的环境中,也能生长得郁郁葱葱,充满了无限的生机和活力。这也是人们爱柳、种柳、咏柳、赞柳的根源所在,人们种植柳树,以祈求吉祥如意和福报绵长。

在江淮大地上,以柳树为名的地方较多,可以说各地都有,而以柳树为题材的故事传说同样很多。我去过宿州夹沟镇的"大五柳",也多次到过肥东县的"千柳村",听到的一些故事传说,以及依附其上的历史文化痕迹,感觉颇有意义,值得挖掘整理和深度开发。

先说"大五柳",这个地方叫"五柳村",古时也称为"五柳镇",目前是一个行政村名,也是一处正在开发的风景区。相传,"五柳"村名源自隋末唐初诗人、古琴家王绩,王绩的哥哥是隋朝大儒王通,侄孙是初唐四杰之一的王勃,家族中书香传承,文脉兴盛。可见,王绩也算是一位著名的历史文化名人了。古时候的文人雅士大都自视清高,王绩五十多岁的时候辞官来到了五柳村,并隐居于此。他在这里生活,效仿偶像陶渊明在院子里栽种了五棵柳树,自名"五柳园"。因这一带拥有天然的泉水资源,据说自秦汉时期,这里便有了酿烧酒、饮烧酒的习惯,饮酒赋诗,举杯邀月,历来是文人的雅好、做派。王绩等许多文人墨客,皆因这里的山好、水好、泉好、酒好、人好,欢聚于此,吟诗作对,久久不愿离去,留下了许多首脍炙人口的诗歌佳作,使这里成为一处底蕴深厚的人文胜地。

我在此游览时,听友人讲述关于"五柳"的传说,有说王绩的,也有说陶谦的。陶谦何许人也?此人在陈寿的《三国志》里有记载,是与曹操同时代的人物,他在任徐州地方官时,经常来此消遣,对此地钟爱有加,死后葬于"五里之地",人们为纪念他,在他的墓地栽种了五棵柳树。多年后,柳树长成,枝繁叶茂,遮天映日,人们便以"五柳"称之。值得一提的是,这里的柳树品种以大叶柳居多,这种大叶柳树的叶子是椭圆形的,其他地方的柳树大都是小叶柳,没有这么大的树叶,因而别有一番风韵。所以,当今人们称之为"大五柳"。

古时候的城池一般都开挖有护城河,村庄四周也都挖有小河沟,村民们也称其为护城河或圩河。护城河岸边大都栽种柳树,有护堤和美化的作用,是一种家园情怀,也是一种乡愁记忆。在合肥东乡肥东县,有个叫"千柳村"的地方,据说,史上这里曾经柳林深深,到处是柳树,到处有耕牛,到处是柳下耕耘人。书载,明初时期,女真族将领完颜佩奉命率部驻守庐州东乡褚家洼一带,屯垦戍营。女真族人自古以来喜柳、爱柳、崇柳、种柳,他们更信奉柳树为生命的起源,开枝散叶,生生不息。因此,完颜佩部在褚家洼周边方圆数里,种植了大片大片的柳林,自此,人们称这里为"千柳村"。千柳村的后人们秉承了种植柳树的传统,家家户户每年都要在房前屋后栽上柳树,柳树成为后来满族村落的特色元素和独有标志。可以想象,整个村庄被柳树浓密掩映着,惠风和畅,千柳摇曳,繁枝叠翠,绿浪翻腾,放眼大地,一派生机勃勃景象。

果不其然。千柳村形成之后,这里便成了一处风水宝地。据地方志载,这里"西有龙腾地,东有卧虎坡,北有鱼塘沟,南有莲花池",四季瓜果鲜美,鸟语花香,气候宜人,滋润着一代又一代的千柳村人。多年来,千柳村人杰地灵,人才辈出,仅明清两代,史书记载有名有姓的将军、进士、太学士、举人、廪生、贡生及正七品级以上官员几十人,历史文化极其深厚。

千柳云集,柳在人们的眼前,更在人们的心里,栽的是树,种的是情,终形成了一方的"柳树文化"。这里的满族后人视柳树为"母神",意谓柳树落土生根,哪怕是折一节柳枝,插入土中,浇水即可发芽,渐成长为一棵大树。所以,在每年的寒冬"九九"过后的第一天,是千柳村人的柳树节。柳树节这天,男女老少身着节日盛装,给柳树松土、浇水、剪枝、施肥,唱咏柳树,在柳枝上系上红绸缎带,折根柳条插戴在头上,谓之"春天来了,带福回家"。民谚曰:"五九六九,抬头看柳。""九九"第一天折柳、插柳、戴柳,也是民间对美好生活的一种期盼和向往。

从五柳村到千柳村,从文人王绩到武将完颜佩,寻根探源,叩问来处,透过这些柳林柳地,会生发出历史的回响,探寻于文化的渊源,触摸到时代的脉搏。当然,古往今来,柳树也常被用来象征纯洁美好的爱情,有诗句"月上柳梢头,人约黄昏后",青年男女在小河边柳树下约会,彼此偎依,互诉衷肠,谈情说爱,憧憬未来,是多么美妙的诗情画意啊!

寻找乡魂

前不久,怀揣着无限的乡愁,回到了皖北农村。走在乡间的小路上,与迎面而来的大爷大娘们打着招呼,感受乡里乡亲的浓浓亲情,追寻似乎久远的记忆。

回到村子的第一站,理所当然地来到了父亲的小院。父亲去世十六七年了,他生前居住的小院子还在,这里,成了俺们兄妹几人的情感寄托。多年来,不管是谁从外地回来,首先来到的,就是这个小院落。因为这里曾经是俺们的家,虽说小院子没人居住了,可至今还是俺们的家。有家,就有一种安静的归属感。

记得父亲在世时,总是把小院子收拾得干干净净,房前屋后栽种了许多花花草草,院子里挂了很多鸟笼子,养了许多鸟,有人一进来,小鸟儿就叽叽喳喳叫个不停,像是热烈欢迎家人的回归。也就是到了这个时候,才是父亲最开心快乐的,不管哪个儿子女儿回来,他又是杀鸡,又是买酒的,不像是待自家的孩子,而像款待贵客一样,让其吃好喝好。我理解,这是父亲对待在外地工作生活的孩子们的态度,他是让孩子们知道这是"回家了",能够感受到"家里真好"!而每到这个时候,平时略显寂寞的小院子,也就一下子热闹起来了。

家是什么,家是有父母在,有孩子闹,有炊烟起,有欢声笑语,有亲情友爱,有快乐氛围的地方。当然,还有房屋能够遮风避雨。这一点,俺是深有感触的。

都说村落是游子的乡愁,金窝银窝不如自家的草窝,家乡永远在游子的心中,乡愁永远在游子的梦中。俺十七八岁参军离开家乡,几十年漂泊在外,可无论身在何处,心中想念的、梦中思念的,一直是俺的家乡,家乡的小河、家乡的庄稼、家乡的亲人、家乡的小路,还有家乡的风……

想当年,俺从部队第一次回乡探亲,时隔多年猛然间回到了村庄,近乡情更怯,听到了乡音,见到了乡亲,尤其是听到长辈们一声声喊俺的乳名,仿佛一下子回到了童年,一时间感到不知所措了,说话也显得语无伦次,任凭眼泪不停地流淌。

这就是村庄,生俺养俺的地方。从这里走出去,无论走多远,无论在哪里,无论多富有,无论多安逸,哪怕是身处异国他乡,时刻还是想着回来的故乡。这不是传统意义上的落叶归根,这是一种魂牵梦绕,是心灵上的一种归属,是人生灵魂的安放。

早些年俺娘在世时,一大家子人整天打打闹闹的,闹腾得鸡飞狗跳,农家小院里喧嚣不已,热闹非凡。现在回眸一望,那时候虽然贫穷,甚至有时吃不饱肚子,也有冬天穿不暖的经历,然而,对那个时候的记忆,总是快快乐乐的,有满满的幸福感。

再后来,娘生病了,可能是积劳成疾,且一病不起,长年卧床,不到六十周岁就走了。娘在弥留之际,断断续续地对俺父亲说:"咱家小孩多,你要注意身体,守好这个家,孩子们啥时候回来,都能吃碗热饭……"

余生很贵,健康万岁。娘去世了,父亲还是很注意身体的,他生活很有规律,平时打打篮球,练练拳术,乐于劳作,勤俭持家,见到谁都是乐乐呵呵的,喝酒也很控制。他一斤多的酒量,不到万不得已,顶多喝半斤左右,什么时候都看不到醉意。

父亲的酒量大,也为人仗义,村子里谁家有个红白喜事,都请他出面张罗,他也总是乐此不疲。有次,父亲到俺家附近的李兴集上为村里人"要亲","要亲"就是选定结婚的日期。集镇上的人热情,把"要亲"的几个人都喝醉了。在返回的路上,父亲骑个自行车,晃晃悠悠地往家赶,在家门口的小池塘边,他一时没掌握住重心,连人带车一头扎进了水里。家人闻讯,都往池塘边跑,我那时只有十几岁,看到父亲在水中挣扎,一下子跳入了水中,拼命地把父亲往岸边推。父亲上岸了,俺却沉入了水底,要不是有村人及时相救,恐怕俺早就一命呜呼了。为这,记得当时俺娘与父亲打了一架,把父亲骂了个狗血喷头,父亲狠狠地回家睡觉去了。

人到了一定的年龄,在外漂泊时间久了,心里总是惦记着回老家,但也怕回老家,过去回家能见父母人,而现在回来却只能见父母坟。父亲去世后,俺无论啥时候回来,都要到父母的坟地看看,给老人家带点食品、茶叶,还有烟酒,再送些纸钱,在坟前与父母进行无声的"对话"。

都说农村是有乡魂的。乡魂是什么?俺通过多年的感悟理解到,父母是乡魂,老屋是乡魂,炊烟是乡魂,大树是乡魂,鸡鸣犬吠是乡魂,午收秋收也是乡魂。乡魂,就是一幅农村的大写意,既可以是丰收图,也可以是四季景,总是给人以念想,给人以希望。

故乡,令人魂牵梦绕。乡魂,永远萦绕心怀。俺有时在想,如果乡魂不在了,那么,恐怕游子也不会回来了。

(张守福,安徽太和人,从军30年,2013年转业到安徽省政府办公厅工作。业余时间坚持文学创作,系中国散文学会会员、安徽省作协会员。出版长篇小说《圈里圈外》及散文集《情落淮河湾》《秋到九里山》《并不久远的记忆》等。)

桥头集镇之绿

马 健

1

一个人和一座城似乎有一种难以割舍的缘分。我出生在合肥下辖的肥东县一个叫桥头集镇的地方。那时候,懵懂无知的小孩子对大城市的热闹光鲜十分向往,"成为城里人"的念头一直萦绕在我的脑海里。

其实家乡也有家乡的特色,桥头集镇是"千年山镇",这里拥有丰富的矿产资源,蕴藏大量铁、磷、白云石、大理石、猪肝石等。合肥市二电厂、江淮磷矿、合肥四方磷复肥有限责任公司、肥东县钢铁厂、聚龙水泥厂等国有(集体)大型企业均落户于此,工业产值一度占据肥东县半壁江山,素有老工业基地和资源重镇之称,为促进地方经济发展做出了重要贡献。

记得小时候每次坐车路过那里,空中飞扬的尘土,狭窄而颠簸的道路,路旁"灰溜溜"的树木与毒辣的太阳营造出的沉闷气氛压在我胸口,让我喘不过气。相比之下,现在美丽的桥头集镇令我自豪!街道两旁绿树成荫,阳光透过茂密的枝叶洒下点点光斑,平添了一份淡淡的华丽。大片大片舒心的绿意缓解了工人们的疲惫。来来往往的车流、人们明媚的笑脸、纵横交错的大道交织在一起,形成了一幅别具一格的和谐画面。

"一年一场风,从西刮到东"是过去桥头集镇气候的真实写照。那些年,一年中总有几场大风伴着黄沙,特别是春季的沙尘暴,似乎要把人吹走,把房子吹跑。印象中,人们总盼着夏天早早来临,因为那时候小草绿了,树叶绿了,大地绿了,风就小了。

我从小就盼望着桥头集镇有更多的绿地和绿意。"春风又绿江南岸",课堂上学到这么美好的诗句,让我对"绿"更多了几分憧憬。我也去过其他的城市,城市的那些绿意每每令我心生向往,也期待着春风从江南过来,把家乡快快吹绿。只是矿场上除了忙碌的工人,只有凹凸不平的山石,绿色与这片矿场似乎无缘。

二十几年前,我拿着录取通知书到城区报到,从毕业后找到第一份工作至今,我几乎没有离开过肥东。但是在工作和生活中,我从点点滴滴中逐渐了解肥东的过去和现在,也在解读着这座千年古镇的成长密码。我也一直想着、忙着,为她增添一些绿色,好让我的梦想早日实现。

2

不知从什么时候开始,肥东的绿色开始在县城大地萌动。报纸上"绿色发展"成为热词,电视上绿色的画面越来越多,眼睛里能看到的绿更是愈加浓密。家乡桥头集镇的运矿马路,变成了布满绿荫的旅游专线公路;周边曾经光秃秃的山头如今树木葱茏,成为喜鹊、野鸡、野兔的乐园……

初夏时节,我又来到了桥头集镇,家乡的领导姜书记接待了我。姜书记到桥头集镇时间并不长,他举止和讲话中透露出一种老练和成熟,显示了一个基层领导干部应有的应变能力。

姜书记把我们带到通往矿山的那条道路上,曾经灰尘弥漫的土路,如今被铺成了平坦宽敞的水泥路,汽车都能直通想要达到的任何地点。道路两旁绿树成荫,每隔不远就有一个环保垃圾桶,并且每天都有勤劳的清洁工来清扫街道。就连道旁那些呆板的路灯,都被修饰得时尚而亮丽。短短几年,桥头集镇已由一条丑陋的毛毛虫蜕变成了一只美丽的蝴蝶,绽放出迷人的光彩。

我指了指那些废弃的矿山,问姜书记:"小时候矿上人来人往,热闹非凡,这里是什么时候废弃掉的?"

姜书记告诉我们,随着时代的变迁,人们的环保意识逐渐增强,生态环境保护和修复、绿色发展这一新时代的理念渐成主流。随之而来的就是这个老工业重镇推进转型之路:自2008年开始,桥头集镇先后关闭了30家石料开采企业、53个开采宕口和114家石料破碎加工企业。2015年实现境内石料开采加工企业全关停,小镇开始全面向绿色发展转型。

关掉了矿场,意味着生态环境改善了许多,但是面对眼前的一座废弃矿山,矿坑遍地、山体裸露、边坡陡峭,水土流失严重,截图化质灾害多发,周围的生态环境也遭到不同程度的破坏,修复废弃矿山刻不容缓。满目疮痍的矿山,需要找到一个解决问题的办法。

让废弃矿场复绿,这是大家最终的一致意见。于是当地政府说干就干,在主管部门自然资源局的指导和部署下,认真贯彻省、市关于加快推进废弃矿山复绿的系列决策部署,扎实开展全市废弃矿山复绿新突破工作,当年春天的三四月份就抓住春季植树的时间节点,集中开展废弃矿山复绿行动。以后每天开荒种绿,一年也未中断。

为了更好完成复绿行动,当地政府还找相关专业部门高标准编制《国土空间生态修复规划》,以"青山、绿水、造林、护田、守湖、增草、治沙"为主线,构建了涵盖林业、湿地、自然保护地与生物多样性、生态保护红线、生态修复等全要素、全过程保护与修复规划体系,针对山水林田湖草沙开展综合治理、系统治理、源头治理,为生态修复建设提供技术支撑与科学引领。

政府全面推行林长制,加大执法监管力度,联合实施自然保护地"绿盾行动"、森林督察问题整改"清零行动"、矿山整治专项行动,切实加强对自然资源保护利用的常态化监督。

就这样,经过几年的复绿、治理,伤痕累累、满目疮痍的西山,如今实现了华丽转身,焕发出新的生机。

废弃矿山修复保护工程给光秃的山上重新披上青色的外衣。城门建好了,护城河水流淌起来了,青砖碧瓦,角楼林立,古色古香,与周边的带状公园相得益彰、浑然一体。

3

在桥头集镇,人们再也看不到黑色的运矿车了,几乎干涸的河流重新有了清水的滋养,像一条条绿带围绕在小镇周围。已经成型的"一轴双城"框架、宽阔的街道、林立的高楼、新修的场馆、公园,在阳光的照射下迸发出勃勃生机。一些外地游子归来时居然不认识回家的路,回来了又不想走。

而让桥头集镇的绿色能保持与发展,绿植工人的付出功不可没。正是他们持之以恒地辛勤劳作,"绿色矿山"才变得名副其实,"全国环保先进单位"等诸多荣誉也落户桥头集镇。桥头集镇,一个风光旖旎、秀美如画的山水花园;桥头集镇,一个技术一流、矿产富饶的文明矿山;桥头集镇,一个清新雅致、安乐祥和的美好家园。

废弃矿山旧貌换新颜,而山下的百姓生活又是怎么样的呢?

正值初夏,雨后的马路格外清爽干净,同行的黄张村村书记说:"村里富不富,要看路边盖板扣没扣得住。""哦?这就是盖板?真结实!"我用双脚使劲踩了踩,他莞尔一笑。我们并不甘于在村里走走,转瞬被蓝莓花满地的小道吸引。

此刻早晨阳光照耀,蓝莓花清香醉人,沁人心脾。花朵虽然个头小点,却别有一番风味。在翠绿的枝叶衬托下,白色的蓝莓花显得格外典雅,妖娆动人。我忍不住从树上摘下一朵,含在嘴里,淡淡的甘甜沁人心脾,真是阔别已久的家乡味道啊!

"孩子,喜欢蓝莓吗?我家就有刚摘的蓝莓,我给你拿些吃!"这时我才端详大门口正在钉盖垫的老奶奶,她眉毛微白,低鼻梁,额头布满了深深的皱纹,眼中露出慈祥的微笑,显得很和蔼。

"奶奶,不用咧,我家也有。"我摆手表示不用。经过黄张村村书记的介绍,我这才知道家乡的蓝莓已经成为乡村旅游产品,外地游客特别喜欢。在海拔220米的黄张村头山上,蓝莓种植规模1500余亩,品种近20个,是安徽省内最大的富硒蓝莓产业化种植基地。

山多田少不仅是黄张村的真实写照,也是桥头集镇的现状,家乡的老百姓甚至用"六山三水一分田"来形容桥头集镇。近几年,桥头集镇着力推进农业产业结构调整,问山要"出路"。通过山场、土地流转及引进大户等措施,把一座座荒山变成了青山,变成了金山。目前,除了坐拥蓝莓基地,家乡的老百姓还在荒山上种了优质毛竹、苗木花卉,以及油茶、茶叶、山核桃、秋葵、杨梅、猕猴桃等。

驻足良久,我走到马路上,看见了雕刻的"乡村振兴"绿标识牌,五棵树分别代表产业、人才、文化、生态和组织。这里还有一面文化墙,里面的人物栩栩如生,我顿时感觉在乡村振兴中,不仅需要物质生活的提高,文化建设,也应该与经济建设同频共振,并驾齐驱。

我在桥头集镇行走,眼前一幢幢白墙黛瓦的农家小院依水而建,波光粼粼的湖面交织着绿意盎然的田园。风景恬静,空气清新,如同走入画中一般,往来村民的脸上都洋溢着幸福的笑容。当年"穿浅色衣服会被矿烟弄脏"的"衣着禁忌"已经成为往事,人们尽情穿戴光鲜亮丽的服装,展现着新生活的美好,绿色生活已经渗透进桥头集镇人日常的方方面面。

在干净、整洁的乡村小道旁边,还打造了一个百花园,供人欣赏和游玩。百花园里设置了健康步道,晚饭后,三三两两的游客和居民,一边呼吸乡村新鲜空气,一边在步道走上几圈,好不惬意。

这次桥头集镇之行,我认清了家乡的"真相",那便是家乡人取得乡村振兴战略胜利的信心。回去以后,我在日记本扉页上记录下这样一句话:"只要根在,生命之绿便永存。"一座座城虽然千姿百态、各不相同,却是很多人命脉所系。生于斯,长于斯,扎根于斯,桥头集镇的山山水水、一砖一瓦、一草一木,都为我的生活增添着色彩。我热爱桥头集镇之绿,她就是我的生命之绿!

(马健,自由撰稿人,文学爱好者,有文字发表于报纸杂志,征文获奖10多次。)